치

정

치
정

癡
情

현은미 미스터리 스릴러

고즈넉

치 정 癡情

초판 1쇄 발행 2016년 2월 29일

지은이 현은미
펴낸이 윤승일
펴낸곳 고즈넉

출판등록 2011년 3월 30일 제319-2011-17호
주소 서울시 강서구 공항대로 649 제성빌딩 303호
대표전화 02-6269-8166 **팩스** 02-6166-9199
이메일 realfan2@naver.com

ⓒ 현은미, 2016
ISBN 978-89-6885-044-8   03810

지옥이 있다면…… 이곳이겠지.

경조의 계비 주연왕후 신씨의 일기에서

차 례

프롤로그

　한숨도 자지 못했다. 잠은 오지 않았지만 눈꺼풀은 무거웠다. 나는 잠시 눈을 감았다. 그사이 꿈을 꾸었다. 언제였을까. 겨우내 텄던 손이 부드러워지는 봄날이었을까. 그때 난 분명 자유로웠다. 가지 못할 곳이 없었고, 누구도 내게 무엇을 하라고 하지 않았다. 자유의 순간은 꿈에서 깨어나는 찰나처럼 순식간에 지나가 버렸다. 나는 무거운 눈꺼풀을 다시 밀어 올렸다. 창밖으로 희미하게 새벽이 밝아오고 있었다. 곧 날이 밝으면 현상궁과 궁녀들이 세숫물을 들고 들어와 나를 단장할 것이다. 하루도 빼먹지 않는 일과다. 까칠한 피부와 검은 눈 밑을 보면 그들은 단번에 내가 한숨도 자지 못했다는 걸 알아채겠지.

다시 눈을 감았다. 눈꺼풀이 온몸을 눌렀다. 이대로 영원히 눈을 감아버렸으면 하는 바람이 들었다. 하지만 그럴 수 없었다. 이 자리에 오르기까지의 오랜 기다림. 그리고 앞으로 약속된 날들. 오늘만 견디면 나는 모든 것을 얻을 수 있다. 다시 마음을 다잡고 감기려는 눈을 억지로 잡아 끌어올렸다.

현상궁의 그림자가 창문에 비쳤다. 귀신같은 것들. 언제나 내 주변에서 한시도 날 가만두지 않는 것들. 어쩔 땐 동무이다가, 어쩔 땐 적이기도 한 것들. 문이 밀리는 소리가 들렸다.

"중전마마."

다정하고 익숙한 목소리.

눈이 향한 곳에 향이가 속저고리와 치마 차림으로 서 있었다.

하얀 속치마 위로 붉은 피가 봄날에 핀 봉숭아꽃처럼 점점이 박혔다.

나는 그대로 일어나 향이에게 다가가 손을 잡았다. 얼음처럼 차가웠다.

"성공한 거야?"

향이의 얇은 입술은 굳게 닫혀 열리지 않았다.

"다시 벙어리가 된 거야?"

향이는 고개를 저었다.

"성공한 거냐고?"

좌우로 오가던 향이의 고개가 멈췄다. 목에서 올라온 향이의 가느다란 목소리가 겨우 밖으로 터져 나왔다.

"죽일 수가, 죽일 수가 없었어요."

기대한 답이 아니었다.

"죽이지 않으면 우리가 죽어!"

앞니가 아랫입술을 세차게 짓눌렀다. 터진 입술 사이로 배어 나온 피의 비릿함이 전해졌다. 나는 정신을 차리려고 노력했다. 이렇게 무너질 수는 없었다. 나는 향이의 피 묻은 치맛자락을 움켜쥐었다.

"이 피는 누구 것이야?"

향이는 말이 없었다.

나는 향이의 얼굴을 두 손으로 감쌌다. 얼굴에는 땀에 젖은 머리카락이 어지럽게 붙어 있었다.

오른손으로 향이의 젖은 머리카락을 귀 뒤로 쓸어 넘겼다. 내가 사랑한 까만 눈동자, 하얀 얼굴, 길게 찢어진 눈과 작은 입술. 나의 시선이 향이의 입술에 멈췄다. 나는 가만히 향이의 입술에 내 입술을 가져다 댔다. 향이의 얇은 입술이 파르르 떨렸다. 조심스럽게 혀를 밀어 넣었지만 향이는 입을 벌리지 않았다. 향이의 얼굴을 감싼 손에 힘이 들어갔다.

"향이야, 우리는 살아남기 위해서 궁에 들어온 거야. 기억 안 나?"

향이는 애처로운 눈으로 나를 바라봤다.

"이 거지같은 세상에서 살아남기 위해 궁에 들어온 거야. 그런데 지금 네가 그걸 다 망쳐버렸어."

"마마……."

향이의 두 눈에 눈물이 고였다. 이제 더 이상 향이의 눈빛이, 눈물이 무슨 의미인지 알 수 없었다.

"이젠 널 읽을 수가 없어."

이제 곧 현상궁이 들이닥칠 것이다. 피 묻은 속치마를 입은 채 단검을 손에 쥔 향이를 보면 현상궁은 어떻게 할까? 나는 머리를 굴렸다. 지금 당장은 향이를 숨겨야 한다. 나는 단검을 쥔 향이의 손을 쥐었다. 향이의 손이 돌처럼 딱딱했다.

"오늘은 그만하자."

향이의 두 눈이 나를 쳐다봤다. 무언가를 결심한 눈빛.

"죄송해요."

단검이 목을 향해 들어왔다. 알고 있었다. 네 눈빛이 더 이상 날 향하지 않는다는 것을. 나는 슬며시 눈을 감고 읊조렸다.

"죽여."

양반의 딸

1

사람이 죽어 나가도 아무렇지 않았다.

두 번의 난(亂) 이후로 길거리에는 죽거나 죽음을 기다리는 사람들로 가득했다.

어느 날, 아버지는 죽은 어미 앞에서 구걸하던, 눈동자가 유난히 까만 아이를 집으로 데리고 왔다. 아버지는 아이의 손을 잡아끌어 내게 내밀었다.

"네 동무가 되어줄 것이다."

나는 아이의 손을 살며시 잡았다. 난생처음 생긴 동무였다.

"이름이 뭐야?"

아이는 고개를 돌려 아버지를 올려다봤다.

"향이라고 지을까?"

"향이요?"

아버지는 이를 드러내며 웃었다.

"사람이 죽으면 피우는 게 뭔지 아느냐?"

나는 아버지를 경멸스러운 눈으로 쳐다봤다. 어미가 죽고 향도 제대로 피울 수 없는 아이에게 향이라는 이름을 붙여주다니. 어머니는 평소처럼 아무 말 없이 아버지를 빤히 쳐다보다가 고개를 숙여 다시 바느질을 시작했다. 집안에서 아버지에게 대항할 수 있는 사람은 아무도 없었다.

아버지가 향이를 데리고 온 속셈을 드러낸 건 꼬박 한 해가 지나고 나서였다.

"가슴이 언제쯤 솟으려나? 이제 슬슬 솟을 때가 아닌가?"

아버지가 어머니의 허벅지를 손으로 문지르며 물었다.

"아직 멀었어요. 뭘 제대로 먹여야 솟든 꺼지든 하죠."

아버지는 어머니의 말을 믿지 않았다. 아버지는 향이의 손목을 끌고 마당 구석으로 가더니 저고리를 풀어헤쳤다. 가슴 위로 작은 언덕이 막 생기고 있었다. 아버지는 그 길로 나와 향이를 데리고 돈 많은 양반가를 돌기 시작했다.

내가 본 양반들은 한 번도 본 적 없는, 아버지의 아버지보다 나이가 많은 사람들이었다. 얼굴이 검버섯으로 뒤덮인 노인. 입에서는 썩어가는 퇴비 냄새가 나는 노인. 사방으로 뻗은 수염이 뒷마당을 돌아다니는 늙은 고양이 같은 노인도 있었다. 몇 명은 아버지에게 역정을 내기도 했다.

"저 어린 걸 데리고 자네, 뭐하는 짓인가! 아무리 이름뿐인 양반이
라지만, 인두겁을 뒤집어쓰고 사람이 할 짓인가!"

나와 향이는 인두겁이란 뜻을 몰라 서로 곁눈질만 할 뿐이었다.

어떤 이는 반대로 아버지를 화나게도 했다.

"겨우 그 돈으로! 늙어 보신하려면 제대로 돈을 써야지, 퉤."

몇 번을 그렇게 떠돌아다닌 끝에 아버지는 처음으로 만족스러운
얼굴로 사랑채에서 걸어 나왔다. 손에는 작은 복주머니가 들려 있었
다. 무겁게 떨어지는 것이 엽전이 꽤 든 모양이었다.

"순옥아, 오늘은 여기서 자고 갈 것이다."

아버지의 목소리가 갓 뽑은 떡가래처럼 부드러웠다.

"향이는요?"

"당연히 향이도 자고 가야지."

나는 높게 솟은 지붕을 올려다봤다. 처마 밑에 달린 물고기 모양
의 풍경이 바람에 흔들리면서 경쾌한 소리를 냈다.

나와 향이는 오늘 밤은 벌레와 쥐들이 얼굴 위로 떨어지지 말기를
빌며 잠들지 않아도 된다는 것만으로도 기뻤다.

하인은 우리를 잘 정돈된 손님방으로 안내했다. 방에는 붉은 비
단 이불이 깔려 있었다. 태어나 처음 누운 비단은 한겨울 얼어붙은
내 위에 선 것처럼 중심을 잡을 수 없이 미끄러웠다. 나는 이불 안
에서 향이를 꼭 껴안았다. 그렇지 않으면 이불 안에서 미끄러져 버
릴 것만 같았다. 향이의 가슴이 내 팔뚝에 닿았다. 나는 슬며시 향

이의 가슴을 만지작거렸다. 향이는 간지러운 듯이 몸을 뒤틀며 작게 웃었다.

"어르신이 찾으십니다."

문밖에서 남자 하인의 목소리가 들렸다. 아버지는 비단 이불 속에서 향이를 잡아 뺐다.

"가거라."

"아버지, 향이는 우리랑 같이 안 자요?"

아버지는 향이를 문 앞에 선 하인에게 건넸다. 나는 이불을 걷어차고 일어나 향이를 잡았다.

"어디 가? 나랑 놀자."

이번엔 아버지가 나의 허리를 잡아끌었다.

"가만있어."

아무 말 없이 짚신을 신은 향이는 푹 숙인 고개를 들어 나를 한 번 쳐다보곤 다시 땅바닥으로 시선을 옮겼다. 길게 늘어진 눈꼬리가 흔들렸다. 그리고 문이 닫혔다.

"아버지, 향이는 어디로 가는 거예요?"

아버지는 아무 말 없이 술을 마셨다. 밖에서는 아무 소리도 들리지 않았다. 어둠이 모든 소리를 집어삼킨 것만 같았다. 아버지는 술잔을 마저 비우고 등불을 훅 불어서 껐다.

나는 어둠 속에서 몸을 한껏 웅크렸다. 향이는 어디로 간 것일까. 이불 속으로 들어온 아버지는 몸을 몇 번 뒤척이더니 내 곁으로 슬금슬금 다가왔다. 온몸의 신경이 곤두섰다. 아버지의 팔이 실수인

척 내 가슴 위로 툭 떨어졌다. 나는 최대한 몸을 동그랗게 말았다.

아버지의 손이 틈새를 집요하게 파고들어 왔다. 나는 지금 내가 겪는 일을 향이도 겪을 거라는 것을 본능적으로 알 수 있었다. 허벅지를 휘젓던 아버지의 손이 가슴으로 올라왔다. 나는 눈을 꼭 감았다. 술 냄새가 섞인 거친 숨소리가 귓가를 오갔다.

"너도 몇 년 후면 어떤 놈이랑 할 걸, 이 아비가 미리 알려주는 게야."

아버지는 손에 잡히지도 않는 작은 가슴을 계속해서 만져댔다. 나는 향이를 떠올렸다. 일자로 뻗은 쇄골과 작은 가슴을 생각했다. 아버지는 다리속곳 안으로 손을 밀어 넣더니 불콰해진 숨을 뱉으며 아쉬워했다.

"이 비싼 건, 안 되지……."

아버지는 내 엉덩이에 대고 몸을 문질렀다. 나는 두 눈을 질끈 감은 채 이를 꽉 깨물었다. 어서 이 시간이 지나갔으면. 아버지는 지옥에나 떨어져버렸으면. 그러나 시간은 내 편이 아니었다. 내 고통과는 상관없이 더디게 흘렀다.

아침이 밝자 하인이 문밖에서 아버지를 부르는 소리가 들렸다. 인기척이 없자 하인은 문을 열어젖혔다.

나는 실눈을 뜨고 하인의 얼굴을 살폈다. 하인은 비웃고 있었다. 아침 햇살 아래서는 모든 것이 선명했다. 사람들은 비웃을 때 저런 표정을 짓는구나. 입꼬리를 올리며 미간에 주름을 지으며 눈빛에는 경멸을 담고. 하인은 밥상을 밀어 넣고는 문을 닫아버렸다.

나는 비단 이불을 들치고 나와 아버지를 쳐다봤다. 반쯤 벗겨진 바지 위로 탄력 없는 엉덩이가 훤히 보였다.

향이가 돌아왔다. 향이는 아무 말도 하지 않았고, 나 역시 아무것도 묻지 않았다.

아버지는 나와 향이를 데리고 물고기 풍경이 달린 집을 나섰다. 하인들은 건성으로 인사하며 경멸에 찬 시선으로 아버지와 우리를 흘깃흘깃 쳐다봤다. 뒤에서 향이가 다리를 절뚝거리며 힘들게 걸음을 뗐다.

"향이야, 괜찮아?"

향이는 대답이 없었다.

그날 밤, 나는 향이의 허리를 꼭 껴안고 속삭였다.

"지켜주지 못해 미안해."

향이의 까만 눈동자가 내 눈을 들여다봤다. 여전히 말은 없었다. 향이는 이제 더 이상 말을 하지 않기로 다짐한 것 같았다. 나는 거칠게 각질이 일어난 향이의 입에 내 입을 맞췄다. 까만 두 눈이 맥없이 나를 쳐다봤다. 그때부터 향이는 입 대신 눈으로 이야기하기 시작했다. 향이는 지금 내가 필요했다. 나는 향이의 저고리를 벗겼다. 젖꼭지 주변이 퍼렇게 멍들어 있었다. 작은 몸이 온통 단풍나무처럼 울긋불긋했다.

"할머니가 그러셨어. 밤은 낮에 산 사람이 버린 시간을 죽은 사람들이 주워서 사는 거라고."

나는 멍이 든 향이의 몸 구석구석에 입을 맞췄다. 향이의 입에서 얕은 신음소리가 터져 나왔다.

"그러니까 밤에 일어난 모든 일은 귀신들의 짓이야. 너에게 일어난 일도, 나에게 일어난 일도 모두 귀신이 한 짓이야."

내가 향이를 안자, 향이도 나를 꼭 껴안았다. 머릿밑에서 땀이 나고 몸이 노곤해지고서야 나는 쥐었던 향이의 가슴을 놓았다. 졸음이 밀려왔다.

2

여느 날처럼 나와 향이는 아버지의 뒤를 바싹 쫓았다. 그늘에서 사람들이 우리를 보고 비웃는 것만 같아서 나는 고개를 푹 숙였다. 아버지의 걸음은 거대한 대문 앞에서 멈췄다. 뒤돌아보니 우리가 걸어온 길의 태반이 이 집의 담이었다. 아버지는 갓을 매만지며 목을 가다듬었다.

"형님, 계신가! 남촌의 신홍식이 찾아왔다고 전하게."

아버지의 목소리가 담을 타고 넘어가자 문지기가 느리게 문을 열었다.

"어르신 오셨습니까?"

예의 바른 목소리였지만 얼굴엔 귀찮은 기색이 역력했다. 낡은 도포를 입은 양반은 구걸하러 온 걸인과 다를 바가 없었다.

"사랑채에 계십니다."

문지기가 앞서 걸었다. 우리는 작은 문을 여러 개 통과한 다음, 감나무가 있는 마당에 멈춰 섰다. 아버지는 나와 향이를 세워둔 채 사랑채에 올랐다.

겨울 해는 빠르게 지고 있었다. 손끝의 감각이 없어질 정도로 추위가 몰려왔다. 나와 향이는 발을 동동 구르며 아버지가 사랑채의 문을 열기를 기다렸다. 지난 몇 달 동안 늘 일어나는 일이었다. 어떨 때는 짧게, 어떨 때는 아주 길게 나와 향이는 마당에 서서 아버지를 기다려야만 했다. 나는 향이의 손을 꼭 쥐었다. 향이의 작은 손이 바들바들 떨렸다.

창문이 열리더니 나이가 지긋한 양반이 우리를 내려다봤다. 깊은 주름이 파인 남자의 얼굴에는 웃음기라고는 찾아볼 수 없었다. 아버지는 그 옆에서 태연하게 거짓말을 해댔다.

"키가 작은 아이가 제 여식입니다. 옆에 있는 아이는 아비와 어미가 모두 역병으로 죽어 제가 거뒀습니다. 이래 봬도 양반가의 핏줄이죠. 둘 다 올해 열네 살이 됐답니다."

남자는 나와 향이를 번갈아보더니 나를 좀 더 유심히 살폈다. 이런 일은 처음이었다. 보통은 키가 크고 얼굴이 하얀 향이에게 남자들의 시선이 멈췄다. 나는 향이가 얼마나 아름다운지를 보여주기 위한 일종의 비교 대상이었다.

"열네 살이라."

무언가를 생각하던 남자가 나를 다시 찬찬히 훑었다.

"글은 읽을 줄 아느냐?"

아버지가 급히 대답했다.

"언문은 읽을 줄 압니다."

거짓말이었다. 아버지는 우리에게 글을 가르쳐준 적이 없었다. 그저 우리가 어서 커서 가슴이 사발만 해지기를 기다렸다. 간혹 아버지가 예전에 때려치운 과거를 위해 보던 책들을 뒤적일 때면 어김없이 아버지는 가장 두꺼운 책으로 내 엉덩이를 때렸다.

"쓸모없는 딸년이 꼭 쓸모없는 짓만 하지."

내가 책을 통해서 배운 거라고는 맹자와 공자가 아니라 책은 맞으면 아픈 것이라는 사실이었다.

"계집이 언문 정도 읽으면 됐지. 너무 많이 알아도 골치가 아프지……."

남자는 말끝을 흐리더니 시선을 거뒀다. 사랑채의 문이 곧 닫혔다. 나와 향이는 마당에 서서 손을 꼭 잡았다. 아마 아버지는 나이 많은 양반과 논의를 할 것이다. 어느 인심 좋은 양반은 하룻밤의 대가로 쌀 한 가마니를 주기도 했다고 너스레를 떨겠지.

향이는 고개를 숙인 채 괜한 흙만 짚신으로 다졌다. 나는 향이의 손을 꼭 쥐었다.

"내가 지켜줄게."

문이 벌컥 열리더니 아버지가 열띤 얼굴로 나왔다. 나는 향이의 손을 잡고는 내 뒤로 끌었다.

"숨어. 내 뒤에 숨어."

부질없는 짓이라는 것을 안다. 향이는 나보다 한 뼘이나 더 컸다.

"가자."

아버지는 신을 허겁지겁 신으며 우리에게 소리를 질렀다.

"향이는요?"

"당연히 향이도 같이 가야지."

나는 그때야 긴장을 풀었다. 향이의 얼굴도 밝아졌다. 아버지는 아무 말도 없이 대문을 나섰다. 우리는 길고 긴 담 아래를 다시 걸었다. 다행히 오늘은 아무 일도 일어나지 않았지만 불길했다. 아버지의 얼굴은 나이 든 남자가 우리에게 밤을 보내고 가란 말을 하지 않았는데도 들떠 있었다. 마치 주머니에 큰돈을 숨긴 사람처럼 빨리 걸으며 우리를 재촉했다. 종종 하늘을 보며 웃어 보이기까지 했다. 어쩌면 향이를 그 집에 아주 팔아버리게 돼 저렇게 신이 난지도 모른다. 나는 향이의 손을 잡고 조용히 속삭였다.

"도망치자."

향이가 눈을 크게 뜨며 내 손을 잡아당겼다. 말도 안 되는 소리라고 말하고 있었다. 하지만 향이를 누구에게도 빼앗기고 싶지 않았다.

아버지가 빠른 걸음으로 골목을 꺾어 들어가는 게 보였다. 나는 걸음 속도를 조금씩 늦췄다. 간격이 서서히 벌어지더니 아버지의 낡은 도포 자락이 더는 보이지 않았다. 나는 향이의 손을 잡아끌어 발길을 돌렸다. 향이는 아버지와 나를 번갈아보더니 나를 따랐다.

날이 저무는 시전은 한산했다. 가끔 불을 밝힌 집들은 주막이나 홍등가였다. 문을 닫은 시전의 어느 행랑에 숨어서 몸을 숨기면 내일 아침에는 길을 떠날 수 있다. 나는 길을 거슬러오며 봐둔 시전 행랑 하나를 떠올렸다. 각종 젓갈을 파는 곳이었다. 그 안에서 숨을 죽이고 밤을 지새우면 된다. 해가 뜨면 사람들 사이에 섞여 어디로든 떠나면 우리는 자유다.

내가 속도를 내며 걷자 향이도 내 손을 잡은 채 빠르게 뒤따랐다. 아버지가 사라진 우리를 발견하고 뒤쫓아오기 시작하면 나의 계획은 물거품이 될지도 모른다. 나와 향이는 마치 한 몸처럼 움직였다. 행인들이 도망치는 우리와 몸이 부딪칠 때마다 거칠게 욕을 해댔다.

"이년들아, 앞 똑바로 보고 다녀!"

우리는 무슨 소리를 들어도 계속해서 앞만 보며 재빨리 걸었다.

"신순옥!"

아버지의 목소리였다.

"앞만 보며 달려."

나와 향이는 서로의 손을 잡고 달리기 시작했다. 내가 오른발을 내밀면 향이도 오른발을 내밀었다. 내가 숨을 고르면 그때야 향이도 숨을 골랐다. 오면서 봐둔 행랑이 보였다. 문을 닫은 시전의 행랑 안쪽에는 공간이 있을 것이다. 그 안에 몸을 숨기면 된다. 나는 향이의 손을 잡고 오른쪽으로 몸을 틀어 문 닫은 시전 행랑으로 향했다.

내가 먼저 작은 틈새로 몸을 구겨 넣었다. 하지만 공간은 생각만큼 여유 있지 않았다. 문을 닫은 상인이 잡동사니를 그 뒤에 두고 갈 것이라는 생각은 미처 하지 못했다. 각종 젓갈 냄새가 진동을 했다.

뒤이어 향이가 공간 안으로 파고들었지만 몸의 반밖에는 들어오지 못했다. 다행히 아직 아버지의 목소리가 들리지 않았다. 하지만 곧 쫓아올 것이다. 성인 남자의 힘은 우리가 감당할 수 없다. 아버지가 나의 허리를 잡고 뒤흔들던 날, 난 그 사실을 깨달았다.

"향이야, 몸을 더 동그랗게 말아봐."

향이는 내 말대로 몸을 말아서 틈새로 파고들었다. 지금 아버지에게 잡히면 우리는 다시 해 질 무렵이면 돈 많은 양반가를 찾아가 흥정을 해야 한다. 언젠가는 향이나 나나 누군가에게 팔려가 영원한 이별을 맞이할지도 모른다. 향이가 막 오른 다리를 밀어 넣었다. 그 순간 아버지가 향이의 어깨를 잡아챘다.

"이것들이 쥐새끼마냥 어디를 도망가!"

아버지가 향이를 거칠게 빼내자 향이는 내 손을 놓아버렸다. 향이는 눈으로 말하고 있었다. 어서 도망가라고. 하지만 난 향이 없이는 도망갈 수 없다. 아버지는 향이의 어깨를 두 손으로 잡더니 나를 쏘아봤다.

"널 아주 비싸게 팔아먹을 수 있게 생겼어. 이 바보천치 같은 계집년아!"

"싫어요. 늙은이들한테 팔려가지 않을 거예요!"

나는 태어나서 처음으로 아버지에게 반항을 했다. 아버지는 어이가 없단 얼굴로 내 턱을 한 손으로 잡아 쥔 채 흔들어댔다. 나는 최대한 입을 벌려 아버지의 팔뚝을 꽉 물어버렸다. 아버지는 비명을 지르며 벌겋게 부어오르기 시작한 팔뚝을 호들갑스럽게 문질렀다. 나는 다시 향이의 손을 잡아끌었다.

"이 병신 같은 것들이!"

나는 향이에게 어서 도망가자고 눈빛을 보냈지만 비명을 지르던 아버지가 한 발 앞서 내 어깨를 잡아챘다. 나는 다시 꼼짝없이 아버지에게 붙들렸다. 아버지는 나의 뺨을 분이 풀릴 때까지 후려쳤다. 양 볼이 불이 난 것처럼 후끈거렸다.

"이 쓸모없는 계집년아, 내가 널 중전으로 더럽게 비싸게 팔아먹을 기회가 왔단 말이다. 알아듣겠냐?"

나는 아버지가 무슨 말을 하는지 도대체 알 수가 없었다.

3

아버지와 나는 커다란 대문 앞에 다시 섰다.

"이리 오너라!"

아버지의 목소리는 평소보다 크고 당당했다. 문지기가 재빨리 문을 열었다. 그는 아버지에게 허리를 푹 숙였다. 저번과는 분명 다른 태도였다.

"사랑채에서 기다리십니다."

아버지가 먼저 앞서 갔다. 사랑채는 마당에서 오른편으로 돌아 두 개의 문을 지나야지만 나타났다. 저번에 왔을 때 기억해둔 것이었다. 사랑채 뒤로는 낮은 산이 이어져 있었다. 그사이 산은 봄을 맞이하고 있었다.

아버지가 뒤를 돌아 엄한 눈으로 나를 내려다봤다.

"입 다물고 조용히 있거라. 모르는 것도 아는 척, 아는 것도 모르는 척하고 말이야."

아버지의 말이 뭘 의미하는지 몰랐지만, 내가 나서야 할 곳은 아니라는 생각이 들었다.

하인은 나를 사랑채의 옆방으로 안내했다. 그곳에는 이미 내 또래의 얼굴에 살이 오른 여자애들 셋이 옹기종기 앉아 있었다. 문을 사이에 두고 건너편에서 남자들의 목소리가 들렸다.

"주상의 정비이신 장경왕후의 삼년상도 끝이 났으니, 이제 더는 중전의 자리를 비워둘 순 없을 것 같습니다. 계비 간택령이 떨어지면 저희 쪽에서 처자단자를 넣어야죠."

수군거리는 소리. 흥분과 정리되지 않은 말들이 오갔다. 어떤 남자의 헛기침 소리가 들렸다. 좌중이 조용해졌다.

"주상전하 이제 갓 불혹을 넘기셨지요. 당연히 계비를 맞이하셔야죠. 그런데 전 제 딸아이를 그 자리에 보내지는 못하겠습니다. 간택에 응하는 처녀들은 많아야 열여덟 살이 될까 한 아이들입니다. 왕이라고 하나 스무 살도 더 많은 사내입니다. 거기다 장성한 세자가 왕의 자리를 노리고 있다는 것은 누구나 다 아는 사실입니다. 만에 하나 세상이 뒤집혀서 왕이 바뀌면요? 그때 제 딸아이의 인생은 뭐가 됩니까? 저는 딸 팔아 권력을 사는 일 따위는 하지 않겠습니다."

남자들의 웅성거림. 못마땅한 듯 해대는 음, 흠, 저런, 쯧 같은 단어들이 문을 타고 들렸다.

"중전은 하늘이 내리는 자리입니다. 말을 삼가세요!"

누군가 버럭 소리를 지르자 좌중은 다시 조용해졌다. 분명 저들 사이에서도 의견은 분분한 것 같았다.

"맞아요. 우리 김영로 대감의 말이 언제 틀린 적이 있습니까? 다 맞죠. 딸을 팔아 권력을 사는 것처럼 치사한 일이 어디 있습니까?"

나이 든 남자의 그림자가 문에 비쳤다. 남자는 일어나더니 뒷짐을 지고 사방을 훑었다. 그 모습이 마치 그림자극처럼 과장돼 보였다.

"다 맞는 말씀이신데 말입니다. 제가 말이죠. 딸 팔아서 권력을 얻었어요. 다들 아시지 않습니까? 생원시에만 합격해 겨우 입에 풀칠하던 제가 이 자리에, 이 큰 집에 앉은 게 다 누구 덕입니까? 딸 덕분입니다. 아니 죽은 우리 딸 덕분이죠."

남자가 바로 죽은 중전의 아비였다.

"이 세상에 권력이 싫은 사내 누구입니까? 나와보세요."

남자는 다시 좌중을 천천히 훑었다.

"자, 이제 누가 딸을 팔아 이 자리에 앉아보시겠습니까?"

남자가 벌컥 사랑채와 연결된 문을 열어젖혔다.

"여기를 보세요."

사랑채에 모인 남자들의 시선이 모두 우리에게 향했다. 그사이에 아버지도 있었다.

"이 중에 하나는 중전이 됩니다. 지금이라도 늦지 않았어요. 우리 쪽에서 한 명이라도 더 많이 처자단자를 넣어야 합니다."

"세자빈 쪽에서도 가만있지 않을 겁니다."

턱이 각이 진 젊은 남자가 나섰다. 나이 든 남자의 굳은 얼굴에 처음으로 미소가 돌았다.

"내명부의 어른이 없는 상황입니다. 그 말인즉슨 이번 간택은 왕이 직접 한다는 거죠. 이 중에 하나는 왕을 휘어잡을 겁니다. 왕당파의 중심을 다시 우리 쪽으로 찾아와야죠."

남자는 곧 문을 닫았다.

나는 고개를 들어 내 또래의 여자애들을 한 명씩 찬찬히 살폈다. 나까지 합쳐 모두 넷이었다. 아직 채 가슴도 나오지 않았을 정도로 삐쩍 마른 여자애. 얼굴이 까매서 빈티가 흐르는 여자애. 그리고 하얗게 살이 올라 입술이 붉은 여자애. 나는 속으로 두 명은 제칠 수 있을 것 같다는 생각이 들었다.

그날 이후로 나는 훈련에 들어갔다. 한 달 만에 언문을 깨치고 간택의 절차와 질문에 대한 정답을 미리 받아서 속속들이 외웠다. 고깃국과 흰쌀밥으로 보기 좋게 살도 찌웠다. 꺼졌던 볼이 볼록하게 올라왔다.

4

이른 아침부터 문밖에서 누군가 아버지를 찾는 소리가 들렸다. 나는 문틈으로 마당을 살폈다. 그는 석 달 전, 나이 많은 남자의 사랑채에서 본 각진 턱을 가진 젊은 남자였다.

"신홍식 있는가?"

유난히 굵고 낮은 목소리가 기억하기 쉬웠다.

나는 졸린 눈을 비비며 문틈으로 남자의 얼굴을 쳐다봤다. 남자는 화가 나서 어쩔 줄 몰라 하며 뒷짐을 진 채 이리저리 오갔다. 아버지는 저고리를 채 여미지도 못하고 마당으로 뛰어나갔다. 남자는 아버지를 보자마자 마당에 퉤 침을 뱉었다. 아버지는 황당한 얼굴로 남자를 올려다봤다.

"자네, 사촌이랑 붙어먹었다는 게 사실인가?"

나의 시선이 아버지에게로 옮겨갔다. 아버지는 대수롭지 않다는 표정이었다.

"처자단자가 올라가면 자네 집안은 물론, 자네 처가에 대해서도 하나부터 열까지 추적이 들어갈 걸세. 그중에 하나라도 흠이 있으면 간택에 응할 수도 없다는 걸 모르나?"

아버지는 저고리의 옷고름을 천천히 묶으며 태평하게 대꾸했다.

"그게 뭐가 그리 대수랍니까?"

"우리만 그 자리를 만들 수 있다고 생각하는가? 다른 이들은 지금 가만히 눈 감고 있을 거라고 생각하느냐고!"

"중전도 만드시는 분 아닙니까? 가짜 족보 하나 못 만드세요?"

마당을 오가던 남자가 갑자기 벼락이라도 맞은 듯 멈춰 섰다.

"내 그 일로 과거를 보는 것도 그만뒀죠. 철없던 시절에 계집이라고는 집안에서 보는 인척들 아니면 종년뿐이었죠. 종년이야 배가 부르면 다른 집에 보내거나 나이 찬 남자 종한테 시집 보내버리면 그만이지만, 어쩌겠어요. 사촌이 배가 불렀는데. 집에서도 난리가 났죠. 저 계집이 날 꼬인 겁니다. 오라버니, 오라버니 하며 날 따르는데 그게 먼저 꼬리를 친 게 아니고 뭡니까? 나는 적어도 책임을 진 겁니다. 처녀가 아니었으면 책임지지도 않았겠지만. 지금 생각해보니 처녀인지도 아닌지도 모르겠어요. 아이도 태어나자마자 죽어버렸으니 어떤 놈을 닮았는지도 알 길이 없죠. 그땐 제가 좀 순진했지 뭡니까."

아버지는 하품을 길게 하며 마루에 엉덩이를 대고 앉았다. 아버지가 과거를 왜 보지 못했는지. 왜 친가와 외가 모두에게 그동안 냉대를 받았는지. 어머니는 왜 아버지의 모든 폭압을 참고 살았는지. 그 모든 의문이 한순간에 풀렸다. 어머니는 얼굴을 붉히며 부엌문을 닫아버렸다. 아버지가 마루의 한쪽을 손으로 쓸어내리며 남자를 쳐다봤다.

"여기 앉아보세요. 우리가 좀 할 이야기가 있을 것 같습니다."

입을 굳게 다문 남자는 아버지 옆으로 다가가 앉았다. 불편한 기색이 역력했다.

"족보를 만들어주세요. 완벽한 족보를요. 한양은 좁습니다. 큰 읍도 피하시고요. 거창 신씨 가문을 뒤져보세요. 사화에 멸망한 집안이지 않습니까? 복권이 됐다지만 다들 죽거나 노비로 팔려 명맥을 제대로 유지 못 했을 겁니다."

남자는 말이 없었다. 무언가를 생각하는 것 같았다.

"이제 다음 주면 계비 간택령이 떨어지고 처자단자를 받을 겁니다. 무려 몇 달을 공들인 일이 아닙니까? 제 딸아이는 모든 게 준비된 아이입니다. 지금 어디서 또 이런 아이를 구해 준비시키시겠어요?"

부엌문이 열리더니 쌀이 든 바가지를 들고 향이가 나왔다. 자연스럽게 두 남자의 시선이 향이에게 멈췄다. 아버지가 남자를 보며 빙긋 웃었다.

"저 아이가 마음에 드시나요?"

남자는 향이를 뚫어져라 봤다. 내 시선도 남자를 따라 향이에게 멈췄다. 남자의 시선은 향이의 하얗고 반듯한 이마를 지나 작고 도톰한 입술 아래 긴 목으로 흘렀다. 가슴에 닿자 남자는 시선을 거뒀다. 아버지는 궁둥이를 슬슬 옮겨 남자의 귀에다가 속삭였다.

"말만 하세요. 어차피 처녀도 아닌 계집입니다. 하룻밤 즐기시기에 더할 나위 없죠. 족보 값이라 여기세요."

비열한 아버지의 웃음소리가 연이어 들렸다. 귀가 붉어진 남자는 헛기침을 해댔다. 남자는 흔들리고 있었다. 당장에라도 치마를 벗기고 두툼한 허벅지 사이로 손을 집어넣고 싶어 하는 것 같았다. 하지만 그렇게 되면 남자는 신홍식이라는 인간에게 빌미를 주는 것이 된다. 아버지는 그것으로 무슨 일을 꾸밀지 모르는 사람이다. 나는 아버지가 어떤 사람인지는 알 정도로 남자가 현명하길 바랐다. 적어도 나를 중전으로 만들려면 사리분별은 할 줄 알아야지.

남자의 시선이 다시 향이에게 옮겨갔다.

"저 아이도 필요할 것 같네. 족보는 내 구해보겠네."

남자는 마당을 가로질러 사라졌다. 아버지는 사라지는 남자의 뒷모습을 보며 쓴웃음을 지었다. 내가 만약 힘이 생긴다면, 그게 중전이 되는 일이라면, 내가 제일 먼저 할 일은 아버지의 저 능글맞은 얼굴 위에 침을 뱉는 것이다.

나는 남자가 갈 길을 더듬어봤다. 남자는 남촌의 좁은 길을 잘 파악하지 못하고 있을 것이다. 뒷문으로 나가서 옆집의 마당을 지난다면 남자를 몰래 쫓을 수 있다. 나는 조용히 신을 신고 뒷문으로 향했다. 옆집의 마당을 가로질러 뒷문으로 빠져나가자 남자가 인상을 쓰며 걸어가는 게 보였다. 집집에서 흘러나오는 오물이 섞인 물과 좁은 길에서도 결코 양보라는 걸 모르는 꼬일 대로 꼬인 사람들이 그가 가는 길을 막아서는 게 불편해 보였다. 그렇다고 자신의 직위를 밝히는 것도 옳은 방법이 아니라는 것은 그도 충분히 알았다. 그는 묵묵히 모든 걸 참고 있었다. 나는 남자가 앞에서 걸어오는 지게꾼에게 막혀 있을 때, 그의 뒤로 바싹 붙었다. 남자는 내가 붙었는지도 모르는 듯했다.

남자는 지게꾼에게 길을 비켜주고는 사방을 살폈다. 나는 지게꾼의 그림자에 몸을 숨겼다. 남자는 다시 길을 걸었다. 남자는 돈과 권세가 있는 양반들이 사는 북촌으로 향했다. 나는 사람들 사이에 섞여서 몸을 숨기며 그를 쫓았다. 간혹 뒤를 돌아봤지만, 나를 의식하는 것 같지는 않았다. 시전을 지나고 북촌이 가까워지자 남자가 골목으로 들어갔다. 나는 걸음을 재촉해 그가 사라진 골목으로 향했다. 그 순간 남자가 내 눈앞에 나타났다.

"지금 날 미행한 것이냐?"

고개를 들자 남자의 강인한 턱이 보였다.

"왜 날 미행하지?"

남자가 재차 물었다.

"알고 싶습니다."

"무엇이?"

"왜 향이가 필요하죠?"

남자는 흥미로운 눈으로 나를 내려다봤다.

"중전이 되는 건, 접니다. 그렇다면 뭐든 저랑 거래하시는 게 낫지 않을까요?"

그날 밤, 나는 잠자는 향이의 오르락내리락하는 가슴을 가만히 쳐다봤다. 최문호의 말을 어디까지 믿을 수 있을까? 하지만 무슨 일이 일어난다고 해도 궁에서의 삶은 이곳보다는 나을 것이다. 뒤척이던 향이가 눈을 슬며시 뜨더니 잠이 들지 못하는 나를 쳐다봤다. 무슨 고민이 있느냐는 눈빛이었다.

"향이야, 난 중전이 될 거야. 어떻게든 중전이 돼서 널 데리고 이 지긋지긋한 집을 떠날 거야. 향이야, 왕의 눈에 들 방법이 없을까?"

향이는 벌떡 일어나더니 내 손을 잡아끌었다. 나는 그대로 향이에게 이끌려 마당으로 나섰다. 우리는 둘 다 맨발이었다. 향이가 내 손을 잡고 간 곳에는 봉숭아꽃이 붉은 꽃잎을 펼치고 있었다.

"이게 뭐야?"

향이는 봉숭아 꽃잎을 몇 개 뜯더니 내 손 위에 올려놓았다.

"손톱에 물을 들이라고?"

향이의 고개가 위아래로 흔들렸다. 나는 봉숭아 꽃잎을 모두 따기 시작했다. 향이도 거들었다. 나는 작은 돌을 구해서 봉숭아 꽃잎을 조심스레 빻았다. 향이는 내 손톱 위에 봉숭아 꽃잎을 올려놓고는 봉숭아 잎으로 손톱을 돌돌 말았다.

"아침이면 손톱이 붉어져 있겠지?"

향이가 미소 지으며 고개를 끄덕였다. 달빛 아래서 향이의 하얀 얼굴이 더욱 빛이 났다. 향이는 지금 자신의 운명을 알고 있을까. 나는 봉숭아 잎으로 돌돌 만 손톱을 내려다봤다. 우선은 내가 중전이 되어야만 한다. 그래야 우리에게도 다음 운명이 기다린다.

운 명

5

궁의 정문 앞으로 가마들이 늘어섰다. 곧이어 노란 저고리에 적색 치마를 입은 처자들이 일제히 내렸다. 치장을 담당하는 하녀까지 대동한 후보도 보였다. 나는 궁의 문을 올려다봤다. 향이와 돌아다닌 어느 양반가보다도 웅장한 대문이었다. 궁이란 내가 보고 듣고 자란 세상과는 분명 다른 곳이었다.

눈꼬리가 처진 상궁 한 명이 문 앞에 섰다. 상궁은 고개를 살짝 숙여 인사를 하곤 엄한 눈으로 우리를 훑었다. 서늘한 시선이 온몸에 닿았다.

"후원으로 가시지요."

후보들은 서로를 곁눈질하면서 상궁의 지시에 따라 궁 안으로 들어섰다. 양반의 사랑채에서 본 처자들이 내 옆을 지나갔다. 하지만 우리는 누구도 아는 척을 하지 않았다. 무언의 약속이었다. 후원에 다다르자 상궁은 우리를 향해 다시 허리를 굽혀 정중하게 인사를 했다.

"저는 현상궁이라고 합니다. 앞으로 이뤄지는 간택의 모든 절차는 제가 안내하게 될 것입니다."

현상궁이 고갯짓을 하자 어린 궁녀 둘이 새장을 가지고 들어왔다.

"이것은 앵무새입니다."

앵무새는 시전에서 파는 모든 비단을 온몸에 두른 것 같이 화려했다. 내 옆에 선 처자가 내 귀에다 무어라 속닥였다. 원래 어디서든 말하기 좋아하는 애들이 있었다.

"앵무새는 사람 말을 따라해."

나는 놀란 눈으로 속닥이는 처자를 쳐다봤다.

"내 아버지는 장자, 평자를 쓰시는 분이셔. 너는?"

"나는 신자, 홍자, 식자."

현상궁이 새장에 손을 넣어 앵무새를 꺼냈다. 앵무새는 푸드덕거리더니 주둥이를 아래로 박고는 조용해졌다. 나는 다시 장평의 여식을 바라봤다. 그녀는 이 절차에 대해서 뭔가 아는 눈치였다. 나는 그녀가 입은 간택 복장의 비단이 나와는 다르다는 것을 알 수 있었다. 간택 복장을 맞추러 간 시전에서 본 최고급 비단이었다.

처자들 사이에서 놀란 목소리가 터져 나왔다. 앞을 보니 현상궁의 손에 작은 칼이 쥐어 있었다.

"다들 팔목을 걷으시지요. 이 검사는 처녀임을 확인하기 위한 것입니다. 앵무새의 피를 손목에 떨어뜨려서 번지는 자는 처녀가 아닌 것으로 간주해 바로 궁을 떠나야 합니다."

나는 한참을 망설이다 손목을 걷었다. 처녀가 아닌 자라니? 머릿속이 복잡해졌다. 향이가 떠올랐다. 내 손이 향이의 다리 사이로, 향이의 손이 속곳 속으로 들어오던 순간이 스쳐 지나갔다. 그 위로 아버지가 겹쳤다. 내 엉덩이를 잡고 거칠게 움직이던 아버지. 어쩌면 나는 처녀가 아닌지도 모른다. 내 시선이 흔들리자 옆에 선 장평의 여식이 나를 흘깃 쳐다봤다.

"뭐 그리 당황해? 처녀면 당황할 리가 없잖아?"

나는 조용히 숨을 고르고 장평의 여식을 애써 담담하게 쳐다봤다.

"난 단지 검사 자체가 이해가 안 돼. 우리 모두 처녀가 아닐 일이 없잖아."

"그건 모르는 일이지. 세상에 장담할 수 있는 일은 아무것도 없어."

장편의 여식은 어깨를 으쓱하더니 다시 앞을 바라봤다.

현상궁이 앵무새의 날개에 칼로 상처를 냈다.

"지…… 옥……."

놀란 앵무새의 입에서 사람의 말이 튀어나왔다. 궁녀 두 명이 비명을 지르며 날갯짓을 해대는 앵무새를 잡아 쥐었다. 궁녀들 얼굴이 깃털로 뒤범벅됐다. 현상궁은 새의 날개에서 떨어지는 피를 소녀들의 손목에 한 방울씩 떨어뜨렸다.

태연한 얼굴을 한 장평의 여식이 다시 소곤거렸다.

"저 새가 지금 여기가 지옥이래."

"너는 걱정 안 돼?"

"이건 다 마음의 문제야."

"마음의 문제?"

"저딴 걸로 처녀인 걸 어떻게 검증해? 도둑이 제 발 저린다는 말 있잖아. 처녀가 아닌 애들에게 저렇게 겁을 잔뜩 주고, 피까지 손목에 흘리면 알아서 떤다는 거야."

"너는 그걸 어떻게 알아?"

장평의 여식은 다시 입을 닫았다.

현상궁이 점점 가까이 다가왔다. 이때 맨 앞줄에 선 처자의 비명이 들렸다. 사랑채에서 본 입술이 붉고 얼굴이 고운 아이였다. 모두의 시선이 비명을 지른 아이에게로 쏠렸다. 얼굴이 하얗게 화선지처럼 질린 처자의 손목에서 앵무새의 피가 땅으로 떨어졌다. 처자는 급히 현상궁과 땅에 떨어진 피를 번갈아봤다.

"마마님, 아닙니다. 절대 아닙니다. 그런 일은 있었던 적도 없습니다. 상궁마마, 제발 저를 믿어주세요!"

처자의 눈두덩이 붉어지더니 곧 눈물을 쏟아냈다. 현상궁은 표정하나 변하지 않고 눈물을 흘리는 처자를 차갑게 쳐다봤다.

"그것은 저희가 알 수 없지요. 탈락이십니다."

"마마님, 한 번만, 한 번만 기회를 주세요. 제발요. 이대로 돌아가면 저는 아버지에게 맞아 죽습니다."

처자는 오늘 처음 입은 게 분명한 치마를 흙바닥에 깔고 무릎까지 꿇었다.

"어서 끌어내세요."

뒤에 선 궁녀들 몇이 처자를 일으켜 세웠다. 처자는 끌려 나가면서도 목이 쉴 정도로 울부짖었다. 입술이 붉은 아이의 불행과 반대로 나는 마음이 편안해졌다. 적어도 내가 경쟁자라고 생각한 한 명의 처자는 방금 사라졌다. 그렇지만 여전히 서른 명에 가까운 처자들이 남아서 손목에 피가 떨어지기를 기다렸다. 제발 이곳에서 더 많은 처자가 나가떨어지길 속으로 간절히 바랐다.

"마마님, 제발요. 절 믿어주세요. 이대로 나갈 수는 없습니다."

끌려가던 처자가 궁녀들을 뿌리치고 현상궁에게 달려왔다. 현상궁은 아무렇지도 않게 한 손으로 처자의 뺨을 후려쳤다. 처자는 붉어진 뺨을 문지르며 고개를 떨궜다. 현상궁이 일렬로 선 처자들을 엄한 눈으로 훑었다.

"여러분에게 주어진 기회는 단 한 번뿐입니다. 명심하세요."

모두 숨을 죽였다. 무릎 꿇은 처자에게 더는 아무도 동정의 눈길을 보내지 않았다.

"만약 탈락하면 어떻게 되는 거야?"

장편의 여식은 궁녀들에 의해 다시 끌려가는 처자를 무심히 바라보며 대답했다.

"처녀가 아닌 것으로 판명되면 가문에 먹칠을 했다고 자결을 하라 할 것이야."

미처 생각지 못한 일이었다.

"너도 이 관문에서 떨어지진 마, 적어도."

나는 장평의 여식이 한 말을 떠올렸다. 그래, 모든 건 마음의 문제다. 나는 단 하나의 목적만 생각했다. 아버지를 벗어나는 일.

처자가 끌려 나간 이후로 후원에는 어깨를 짓누르는 무거운 침묵만이 흘렀다. 현상궁이 다가왔다. 손목 위에 앵무새의 붉은 피가 떨어졌다. 만약 여기서 손목이라도 살짝 흔든다면, 바람이라도 분다면, 모든 것은 사라진다. 이 관문에서 쫓겨나면 장평의 여식 말처럼 처녀가 아닌 나는 죽음으로 내몰리겠지. 중전이 되지 못하면 어차피 죽음이 기다렸다. 나는 숨을 참은 채 시간이 흐르기만을 바랐다. 여기 있는 모두가 같은 마음이었다.

손목에 떨어진 앵무새 피가 번진 처자들은 이후로도 몇 명이 더 나왔다. 얼굴을 아는 이는 없었다. 그들 중 순순히 나가는 처자는 단한 명도 없었다. 현상궁에게 매달리고 소리를 지르고 욕을 해댔다. 그러나 결과는 모두 똑같았다. 현상궁의 말처럼 기회는 단 한 번뿐이었다.

6

현상궁은 다음 관문으로 우리를 안내했다. 우리는 성씨 순서대로 네다섯 명씩 조를 이뤄 궁의 내전으로 향했다. 내가 속한 조에는 사랑채에서 본 얼굴이 야윈 아이가 함께였다. 우리는 아무 말도 하지 않고 현상궁이 지정한 방으로 들어갔다. 버선 아래 닿는 마루의 촉감이 달랐다. 삐걱거리는 소리도 들리지 않았다. 관리가 잘 된 마루였다. 현상궁이 지정한 방에는 밥상이 놓여 있었다. 우리가 자리에 앉자 곧 궁녀들이 놋그릇에 담긴 죽을 들고 들어왔다.

"타락죽입니다. 허기를 달래시지요."

긴장했던 몸이 풀어지면서 허기가 느껴졌다. 하지만 이것 역시 관문 중 하나다. 음식을 대하고 먹는 모습을 보는 것이다. 깨작거리거나 허겁지겁 먹어서도 안 된다. 쩝쩝 소리를 내서도, 숟가락을 혀로 핥아도 안 된다. 나는 고소한 타락죽 앞에서 마음을 다잡았다. 현상궁이 고개를 끄덕이자 모두 숟가락을 들었다.

"정말 맛있다."

눈썹이 유난히 까만 아이가 입을 열었다.

"난 태어나서 이렇게 맛있는 죽은 처음이야. 도대체 이건 뭐로 만든 거야?"

대꾸하는 이는 아무도 없었다. 밥상에서 대화하는 것 역시 금기다. 아무도 대답하지 않자 눈썹이 까만 아이도 곧 입을 다물었다. 탈락. 나는 속으로 외쳤다.

삐쩍 마른 아이는 숟가락으로 죽을 몇 번이나 휘저은 다음에 먹기 시작했다. 나는 안도의 한숨을 쉬었다. 아무리 교육받았어도 다들 조금씩 실수를 했다. 숟가락을 상 위에 소리 나게 놓는 아이. 밥을 먹다 말고 몸을 뒤트는 아이. 유난히 쩝쩝거리는 소리가 나는 아이. 한 명이 긴장한 탓인지 밥을 먹다 트림을 하고 말았다. 조용한 방 안에서 트림 소리는 유난히 크게 들렸다. 그 소리에 비위가 상한 한 아이가 숟가락을 상 위에 놓았다. 너도 탈락.

나는 바닥에 남은 타락죽을 끝까지 비웠다. 숟가락을 상 위에 조심스럽게 내려놓았다. 현상궁이 문을 닫고 다음 방으로 걸음을 옮겼다. 타락죽을 다 먹지 못한 처자들의 얼굴이 어두워졌다. 그들은 이번 관문에서 떨어질 것이다.

두 번의 관문으로 서른 명에 가까운 처자 중 살아남은 처자는 이제 일곱 명으로 줄었다. 사랑채에서 본 처자들은 아무도 없었다. 장평의 여식은 일곱 명 안에 살아남았다.

"너는 누가 밀어주는 거야?"

장평의 여식이 옆으로 다가와 물었다. 그녀는 내가 생각한 것보다 많은 것을 알고 있는 것 같았다.

"여기까지 살아남은 여식들은 다 뒷배가 있는 거야."

"너는 누군데?"

"네가 말하지 않는데, 내가 말할 이유가 없지. 아무튼 서로 어디까지 살아가는지 보자."

첫 관문과 두 번째 관문 모두 운이 좋았다. 미리 익힌 일들이었지만 사소한 실수만으로도 언제든 떨어질 수 있었다. 하지만 이제부터가 진짜다. 장평의 여식 덕분에 자칫 흐트러질 수 있는 마음을 다잡았다. 그래, 어디까지 가나 보자. 결국 누가 왕비가 되는지. 장평의 여식 말대로 여기까지 살아남은 처자들에게 모두 뒷배가 있다면 일곱 명 중 누구도 왕비가 될 수 있다.

우리는 내전의 다른 방으로 자리를 옮겼다. 궁에는 참으로 많은 집과 방이 있었다. 어릴 적 향이와 손을 잡고 밤이면 상상을 했었다. 한 번도 보지 못한 궁의 어떤 방에는 귀한 거울과 금은보화가 가득할 것이라는. 이 나라의 공주가 되어 보고 싶다며 서로의 귀에 속삭였다. 지금 나는 상상만 하던 궁 안에 있다. 중전이 된다는 것은 이런 것일까? 화려한 문갑과 끼니마다 사가에서는 먹어보지도 못한 음식을 먹을 수 있는 것. 내가 지금 입고 있는 옷보다도 비싼 비단으로 만든 화려한 옷을 매일 두를 수 있는 것. 어떤 여자가 이 자리를 마다할 수 있을까.

"이제는 제가 질문을 할 것입니다."

일곱 명의 후보들이 방석에 앉자마자 현상궁이 입을 열었다.

"자신이 가장 좋아하는 꽃과 이유를 대주시면 됩니다."

모두 당황하는 게 보였다. 나 역시 당황스러웠다. 예상 질문이 아니었다. 현상궁이 오른쪽 끝에 앉은 정승민의 여식을 눈으로 가리켰다. 당황한 정승민 여식의 눈이 빠르게 좌우로 오갔다. 답을 찾고 있는 모습이었다.

"전, 저는 그러니까……."

입을 떼고도 한참을 머뭇거렸다.

"봄에 피는 목련입니다."

"이유는 무엇입니까?"

정승민의 여식이 불쑥 대답했다.

"예뻐서요."

현상궁은 더 이상 묻지 않고 다음으로 넘어갔다. 호박꽃, 붓꽃, 패랭이꽃 등이 나왔다. 이유도 다양했다. 맛이 있어서, 색이 좋아서, 보기 흔한 꽃이라서 등등이었다.

장평 여식의 차례가 다가왔다. 현상궁은 똑같은 질문을 던졌다.

"저는 할미꽃이 가장 예쁘다고 생각합니다."

장평의 여식은 세 손녀를 정성을 다해 키우고 마음이 착한 셋째 손녀를 찾아가다 죽고 만 할미꽃에 얽힌 전설을 대며, 내리사랑을 실천하는 부모의 마음 때문에 할미꽃이 가장 아름답다고 대답했다. 역시 준비가 잘 된 후보였다.

내 차례가 다가왔다.

"저는 목화꽃을 가장 좋아합니다."

한겨울에도 동네를 가로지르는 내에 있는 빨래터에 나가야 했다. 얼어붙은 내를 빨랫방망이로 깬 다음 손이 얼어버릴 것 같은 차가운 물에 빨래를 적셔 방망이로 두들겼다. 그러다 그만 언 손에서 빠져나간 솜저고리가 물속으로 빨려 들어갔다. 아버지의 불호령이 무서워지기 시작했다. 그때였다. 향이가 방망이를 들고 얼음 아래 물살에 딸려 내려가는 저고리를 따라 얼음 위를 뛰어갔다. 향이의 발이 닿는 자리마다 얼음이 균열을 일으키며 벌어지기 시작했다.

"위험해!"

향이는 멈추지 않았다.

"솜저고리잖아요. 비싼 거잖아요. 아가씨가 혼이 나면 안 돼요."

그 순간 얼음이 산산이 조각나면서 향이의 다리가 얼음 사이로 빠졌다. 나는 달려가서 향이의 손을 잡았다. 물살 때문에 향이의 몸이 얼음 아래로 빨려 들어갔다. 흘러가던 저고리가 향이의 다리에 걸렸다. 향이는 자신의 다리에 걸린 저고리를 먼저 끌어올려 내게 내밀었다.

"손 먼저 줘."

향이는 고개를 저으며 저고리를 내밀었다.

"이게 먼저예요."

나는 저고리를 잡아챘다. 그리고 향이를 끌어올렸다. 향이는 빠른 물살에서 겨우 중심을 잡고 가까스로 얼음 위로 올라왔다. 나는 화가 치밀어 올랐다.

"이까짓 저고리가 뭐라고 목숨까지 거는 거야?"

향이의 입술이 파랗게 질렸다. 이가 연신 달그락거렸다.

"목화솜이 든 저고리잖아요. 이 귀한 걸 잃어버리면 아가씨가 맞잖아요."

나는 얼음처럼 차가워진 향이의 몸을 꼭 껴안았던 그날을 떠올렸다.

"목화는 꽃이 지면 솜이 됩니다. 목화솜은 백성들이 춥고 긴 겨울을 견디게 해주죠."

아버지가 처음 향이를 데리고 온 날부터 향이는 내 곁에서 아버지의 폭언도, 어머니의 무관심도 같이 견뎠다. 향이는 길고 추운 겨울을 견디게 해준 나의 목화솜 저고리였다.

현상궁이 작게 고개를 끄덕였다. 장평의 여식이 제법이란 눈길로 나를 쳐다봤다. 일곱 명의 대답이 모두 끝났다. 현상궁은 일어서더니 장평의 여식과 나 그리고 귀가 뾰족한 처자에게 합격을 의미하는 붉은 봉투를 내밀었다.

"세 분이 삼간택에 오르셨습니다."

나는 붉은 봉투를 한없이 바라봤다. 점점 왕비의 자리에 가까워지고 있었다.

문밖까지 아버지의 고함이 들렸다. 뛰어 들어가보니 향이가 아버지 발밑에 깔려서 비명조차 지르지 못하고 있었다.

"입을 열어!"

어머니는 뒤에서 발만 동동 구를 뿐이었다.

"이 병신년아, 입을 열라고!"

아버지는 발로 향이의 배를 찍어 눌렀다. 향이는 배를 안고 데굴데굴 굴렀다. 나는 아버지의 팔을 잡아 세웠다. 아버지가 날 선 눈으로 나를 노려봤다. 나는 붉은 봉투를 내밀었다.

"삼간택에 들었어요."

"아직 중전이 된 건 아니잖아?"

나는 아버지의 발길질이 잠시 멈춘 사이 마당에 누운 향이에게 다가갔다. 향이가 애처로운 눈으로 나를 쳐다봤다. 구해달라고 말하고 있었다. 나는 손을 들어 향이의 뺨을 내리쳤다. 향이의 뺨이 벌겋게 부풀어 올랐다.

"향이야, 입을 열어. 네가 입을 안 열면 우리 모두 죽어."

향이의 두 눈에서 눈물이 떨어졌다.

나는 향이를 마당에 둔 채 방으로 들어갔다. 곧 최문호의 목소리가 들리고 문이 열렸다.

향이는 두 손을 모은 채 최문호의 뒤에 서 있었다. 나와 눈도 마주치지 않았다.

"이 아이를 다시 보시려면 꼭, 중전이 되셔야 합니다."

7

현상궁이 무표정한 얼굴로 삼간택에 오른 세 명의 처자들을 차례차례 훑었다.

"내명부의 어른이 없는 상황입니다. 간택은 주상전하께서 직접 하실 것입니다."

막상 왕을 본다는 사실만으로도 가슴이 뛰었다. 내 미래의 지아비가 될지도 모르는 사람. 왕으로 태어난 단 한 명. 이제 곧 얼마의 시간이 지나면 왕의 여자가 정해진다. 나는 꼭 쥔 손을 펴서 땀을 식혔다.

"주상전하 납시오."

내관의 우렁찬 목소리가 들렸다.

현상궁은 급히 발을 내려 우리의 얼굴을 가렸다. 문이 열리고 발 너머로 붉은색 곤룡포를 입은 왕이 들어섰다. 그 뒤로 내관들이 뒤따라 들어왔다.

"발 좀 치우면 안 되나?"

왕의 목소리였다. 높지도, 낮지도 않은 적당한 크기. 근엄함이 담겨 있었다.

나는 고개를 살며시 들어 발 너머를 살폈다. 현상궁이 옆으로 오더니 내 머리를 손바닥으로 지그시 눌렀다.

"난 네가 중전이 되는 것에 청나라에서 온 노리개를 걸었어. 실망시키지 마세요."

현상궁은 다시 몸을 세워 자신의 자리로 돌아갔다.

현상궁의 속셈이 뭔지 헤아릴 수 없었다. 협박인지, 응원인지조차 분간이 되지 않았다. 나는 마지못해 고개를 숙였다. 발 사이로 잠시 본 왕의 얼굴을 더듬었다. 들리는 말로는 누구는 천하의 미남자라고도 했고, 누구는 곰보라서 궁에서만 산다고도 했다. 하지만 왕의 얼굴은 세상의 소문과는 달랐다. 주름이 지고, 머리가 희어지는, 젊음이 사라지고 있는 남자의 얼굴이었다.

"얼굴들 좀 봅시다."

발 앞을 오가던 왕이 멈춰 섰다.

"전하, 그건 법도에 어긋나는 일입니다."

왕만큼 나이를 먹은 내관이 왕을 말렸다.

"왜요? 내가 데리고 살 부인을 뽑는 겁니다. 그런데 얼굴도 안 보고 뽑아요?"

말과 동시에 왕은 발을 걷어치우고 성큼성큼 우리에게 다가왔다. 제일 먼저 장평 여식의 턱을 잡아 손으로 들었다. 나는 고개를 살짝 옆으로 돌려 장평의 여식을 살폈다. 놀란 기색이 역력했다. 아무도 이런 상황에 대해서는 알려주지도, 답을 주지도 않았다.

"전라도 관찰사 장평의 여식이냐? 세자빈의 아비와 성균관 동기라지?"

장평의 여식은 고개만 끄덕였다.

"벙어리인 것이냐?"

이번에는 고개만 좌우로 저었다.

"벙어리가 맞구만."

왕은 잡은 턱을 놓고 걸음을 옮겨 귀가 뾰족한 처자 앞으로 다가왔다. 뾰족한 두 귀가 붉어졌다. 왕은 처자의 얼굴을 보더니 고개를 가로저었다. 마음에 들지 않는 눈치였다.

"인물들 좀 보라고 내 그렇게 일러 주었거늘, 쯧쯧."

왕은 다시 걸음을 옮겨 내 앞으로 다가왔다. 현상궁이 불편한 얼굴로 왕을 올려다봤다.

"전하, 중전은 인물로 뽑는 자리가 아닙니다."

"그러니 선대의 왕들이 그렇게 후궁을 들인 거 아닙니까?"

왕의 내관이 터져 나오는 웃음을 겨우 참았다. 드디어 왕이 내 앞에 섰다. 왕의 하얀 버선발이 보였다. 머뭇거리던 왕이 갑자기 내 손 끝을 잡아당겼다.

"이것이 무엇이냐?"

나는 고개를 천천히 들어 왕을 쳐다봤다. 정적 속에서 침 넘어가는 소리가 꼴깍, 들렸다.

"너도 벙어리인 것이냐? 아니, 이번 간택은 죄다 박색 아니면 벙어리들만 뽑았답니까?"

"봉숭아 꽃물입니다."

나는 왕의 눈을 똑바로 쳐다봤다. 나는 벙어리도 아니고 박색도 아니다.

"봄이 오면 사가의 계집들이 하는 치장입니다. 처음 보시나요?"

"대답은 내 의무가 아니다. 봄이 오면 하는 짓거리라……."

왕은 내가 한 말을 따라 몇 번이고 음미하더니 내 손을 내려놓았다.

"난 결정했네."

왕의 우렁찬 목소리가 중희당 안에 울렸다. 내관들과 상궁들이 어수선하게 서로를 향해 눈짓했다.

"신홍식의 여식이야. 뭣들 하는 거냐? 어서 이 사실을 대신들에게 알리지 않고! 내 고것들 표정이 궁금하구나."

나는 중전이 되었다.

"전하, 이렇게 결정을 하시면 아니 되옵니다. 궁의 모든 일에는 절차와 법도가 있습니다."

나이 든 남자 내관이 왕을 만류했다. 유일하게 왕을 나무랄 수 있는 사람인 듯 보였다.

"절차와 법도. 그게 곧 짐입니다. 모르시나요? 이 나라의 왕이 누구입니까? 이 나라에 나보다 높은 사람이 있습니까?"

당황한 눈짓을 주고받던 상궁과 내관들은 모두 왕 앞에 고개를 조아렸다.

"내게도 봄이 왔어요."

왕은 내 귓불에 뜨거운 바람을 훅 불어넣고는 중희당을 빠져나갔다. 내관들이 재빨리 왕을 따라나섰다. 주변은 다시 고요해졌다.

나는 조용히 숨을 내쉬었다. 중전이 된 것이다. 기대하고 기대하던 자리에 올랐다. 그러나 하나도 기쁘지 않았다. 여전히 마음은 살얼음판이었다. 왕이 지금이라도 되돌아와서 내가 아닌 장평의 여식을, 귀가 뾰족한 아이를 중전이라고 칭할 것만 같았다.

현상궁이 옆으로 다가왔다.

"감축하옵니다. 중전마마."

나는 그때야 꼭 쥔 주먹을 풀었다.

8

밤이 찾아왔다. 오늘 하루가 꿈처럼 흘러갔다. 내 얼굴 앞으로 얼굴을 들이밀던 남자. 그가 왕이라고 했다. 몇 번을 떠올려봤지만 아버지와 비슷한 또래의 건장한 남자라는 사실밖에는 기억나지 않았다.

현상궁과 궁녀가 이부자리를 매만졌다. 나는 손가락 하나 까딱할 필요가 없었다.

"가례를 올리시기 전까지는 별궁에서 지내시게 될 것입니다."

"내기에서 이겼겠어요?"

나는 일부러 현상궁에게 빙긋 웃어 보였다. 여유 있는 척 굴고 싶어서였다. 현상궁은 어깨를 으쓱해 보였다. 나의 꾸민 여유를 꿰뚫고 있다는 표정이었다.

"내기에서 이기는 가장 쉬운 방법이 뭔 줄 아십니까?"

세 번의 간택을 치르는 동안 질문에 단련된 나였지만, 나이 든 상궁이 내는 질문은 아리송했다.

"이것도 맞춰야 합니까?"

현상궁은 고개를 저었다.

"한 바구니에 모든 것을 넣지 않으면 됩니다."

"그 말은, 저 말고 다른 후보들에게도 모두 거셨다는 겁니까?"

"물론 마마에게 건 노리개가 가장 값비싼 것이기는 했습니다."

믿을 수 없었다.

"제가 중전이 될 것이라 여기셨나요?"

현상궁은 고개를 끄덕였다.

"손끝에 들인 봉숭아 꽃물을 보는 순간 그럴 것이라 짐작했죠."

"왜죠?"

"사내는 항상 색다른 것에 끌리거든요."

나는 손끝을 내려다봤다.

"장평의 여식이 가장 강력한 후보였습니다. 지금 세자빈의 아비인 정대감께서 밀던 아이였죠. 정대감은 간택에 들어가는 모든 상궁과 내관들에게도 손을 썼지요."

나는 그때야 장평의 여식이 모든 걸 꿰찬 듯 절차를 통과해낸 이유를 알았다.

"그런 줄 알았어요."

"어떻게요?"

"새장에서 앵무새가 나왔는데도 놀라지 않은 유일한 계집이었어요."

"절차야 어쨌든 이제 중전마마가 되십니다. 그건 변하지 않을 겁니다."

현상궁의 말 한마디가 나를 들었다 놨다. 긴장한 어깨가 굳어 힘겹게 돌아갔다. 현상궁은 나를 예민하게 살피더니 뒤에 선 궁녀에게 눈짓을 했다.

"어깨를 주물러 드려라."

나보다 나이가 많아 보이는 궁녀 한 명이 내 뒤로 와서 목을 손으로 꾹꾹 눌렀다. 고운 외모와 달리 손끝은 다듬지 않은 소가죽의 표면처럼 거칠었다.

"이제부터 마마의 모든 행동 하나하나를 저희가 지켜볼 것입니다. 말하지 않으셔도 원하시는 것은 모두 마련하겠습니다."

나는 현상궁을 쳐다봤다. 시험해보고 싶었다. 지금 내가 원하는 걸, 진정 내 눈빛만으로 알 수 있는지.

현상궁은 고개를 조아렸다.

"마마, 향이라는 아이가 마마를 보필하기 위해 오늘 밤에 입궁할 것입니다."

"현상궁, 단장을 해야겠어요."

향이에게 새로운 모습을 보여주고 싶었다. 사가에서 보던 내가 아니라 중전이 될 나의 모습을.

치장상궁이 들어와 다시 분을 바르고 동백기름을 발라 삐져나온 머리를 정돈했다. 들뜬 마음에 자꾸 창밖을 내다봤다. 치상상궁과 궁녀들이 나가자 현상궁이 내 정수리를 눌렀다.

"뭐하는 짓입니까?"

"어린애처럼 굴지 마세요."

현상궁은 정수리에서 손을 떼고 조용히 밖으로 나갔다.

장날에 엿가락을 뽑는 장사치를 구경하기 위해 새벽부터 일어나 엄마 치맛자락을 잡고 늘어지던 지난날의 기억을 떠올렸다. 발을 구르고, 엄마의 치맛자락을 잡아당기고, 떼를 쓰고, 화를 냈던 기억이 났다. 현상궁의 말이 맞다. 나는 이제 고작 열다섯이다. 향이가 온다는 말에 가슴이 뛰고 설레는 감정을 숨길 줄 모르는 애였다.

천천히 숨을 들이마셨다 뱉었다. 이제부터 모든 감정은 열을 세고 드러낼 것이다. 열을 셀 동안에도 기쁘면 기쁜 것이, 슬프면 슬픈 것이 옳다.

문이 열렸다. 향이가 댕기를 따고 고운 비단 한복을 입은 모습으로 별궁에 들어섰다. 하나, 둘, 셋, 넷, 다섯을 셀 때쯤 내가 향이를 보고 반기는 것이 도를 넘으면 안 된다는 생각이 들었다. 나는 입매를 살짝 올려 향이를 쳐다봤다.

오래된 동무를 만나는 기쁨. 나는 그렇게 향이를 맞아야만 했다. 하지만 문이 닫히고 궁녀들이 사라지자 나는 향이에게 다가가 덥석 손을 잡았다. 못 본 사이 향이의 입술은 붉어지고, 까만 눈동자는 더 깊어졌다.

"중전마마."

그리고 말문이 트였다. 나는 향이의 볼을 두 손으로 감싸 쥐었다.

"입이 트인 거야?"

향이는 고개를 끄덕였다.

"향이야, 미안해."

나는 내가 내리쳤던 향이의 뺨을 어루만졌다. 당장에라도 향이의 풍만한 가슴에 얼굴을 파묻고 싶었다. 매끈한 허리선을 만지고 싶었다. 하지만 궁에는 벽에도 눈과 귀가 달려 있다. 문밖에 선 이들이 나와 향이의 대화를 듣고 있는지도 모른다. 드디어 향이와 나, 단둘이 됐지만 결코 둘이 아니기도 했다. 나는 향이의 어깨에 이마를 가져다댔다. 엄마의 냄새가 났다. 향이의 저고리를 인두질해준 사람은 어머니겠지.

"미안해하실 필요 없어요."

향이의 입에서 달콤한 사과 향이 났다. 입을 맞추고 싶다. 그리고 허리를 꼭 안은 채 잠을 청하고 싶다. 나는 향이의 뺨에 얼굴을 가져다댔다. 그리고 속삭였다.

"향이야, 넌 이제 세자를 죽여야 해."

나와 최문호의 거래였다.

최문호는 거래를 하자는 나를 사랑채로 안내했다. 그는 각진 턱을 매만지며 이야기를 꺼냈다.

"왕에게 젊은 아들이 있다는 게 무슨 의미인지 아느냐? 이것은 사가에서 장성한 아들이 있다는 것과 다르다. 왕에게는 누구든 경쟁자가 된다. 특히 서로가 지지하는 세력이 다를 때는 말이다. 세자는 지금 자신이 왕이 되기 위해서 세력을 모으고 있다. 그게 뭘 의미하는 줄 아느냐?"

나는 고개를 가로저었다.

"왕이 되겠다는 거지."

"그럼, 전 어떻게 되나요?"

"그래서 세자는 죽어야 하는 거야. 네가 오래오래 중전의 자리에 있으려면. 그리고 난 지금 너를 도와 권력을 잡아보려는 거고."

아침에 눈을 떴을 때, 향이는 이미 내 곁에 없었다. 현상궁이 세숫물을 직접 들고 들어왔다.

"향이는 궁녀 처소로 떠났습니다."

"나이가 차서 들어오는 궁녀는 텃새가 심하다고 들었어요."

"마마, 이제 마마는 향이라는 아이를 모르시는 겁니다."

나는 차마 고개를 끄덕일 수 없었다. 향이를 보고도 모른 척할 자신이 없었다. 나는 향이가 떠난 자리를 가만히 쓸어내렸다.

　"마음을 다잡으세요. 이제 곧 가례입니다. 진짜 중전이 되시는 겁니다."

아버지와 아들

9

치마 밖으로 삐져나온 버선코를 밀어 넣고 사방을 훑었다. 사방이 문이었다.

각 문에는 상궁들이 앉아 있었다. 오른편 문에는 닭을 안은 상궁의 그림자가 보였다. 혹시 모를 왕의 복상사에 대비하기 위해서 살아있는 닭을 안은 상궁이 대기 중이었다.

부리를 묶은 닭이 상궁의 품안에서 퍼덕거렸다. 그림자는 더 왜곡되고 괴상했다. 닭이었다가 어느 순간 괴물로 변했다. 상궁은 애써 닭을 잡고 소리를 죽였다. 상궁들이 나의 초야를 지켜보고 있었다. 머리를 짓누르는 가체가 나를 땅속으로 꺼지게 해줬으면 좋겠다는 생각뿐이었다.

의중을 알 수 없는 시선에서 벗어나고 싶었다. 붉은색 비단 보료를 보자 향이와의 시간이 떠올렸다. 이불 안에서 서로를 만지던 손길. 처음엔 수줍다가 점차 대담해져서 젖꼭지를 비틀거나 사타구니로 불쑥 들어오던 그 손길. 모든 게 아득해졌다. 다시 향이와 밤을 보낼 수 있을까. 문이 벌컥 열렸다.

왕이었다. 어둠에 나이를 숨긴 왕은 거대해 보였다. 밤은 그에게 젊음을 불어넣어 주었다.

"불을 더 어둡게 해라."

왕의 뒤에 있던 내관 한 명이 재빨리 하나의 촛불만 남기고 모든 불을 껐다. 방은 더 어두워지고 왕은 내 앞에 그림자처럼 소리 없이 다가왔다. 나는 무거운 고개를 슬며시 들어 올렸다. 현상궁은 왕의 눈은 바로 보지 말라고 했다. 하지만 나는 현상궁이 알려준 모든 것을 기억에서 지워나가며 왕의 눈을 똑바로 바라봤다. 향이가 알려준 것이었다.

눈을 감으면 향이의 하얀 얼굴이 떠올랐다.

달이 뜬 것같이 동그란 얼굴. 가느다란 긴 눈과 도톰한 작은 입술. 유난히 까만 눈동자. 향이는 내가 궁으로 들어오고 나서 한양의 이름난 기생 혜옥에게 특별 수업을 받았다고 했다. 혜옥은 늙은 호박과 견줄 정도의 박색이었지만 사내들을 치마폭에서 가지고 노는 특별한 능력으로 유명한 기생이었다.

"조선 팔도에서 내가 안 품어본 사내는 왕뿐이지."

손톱으로 꾹 눌러 놓은 것 같이 쭉 찢어진 눈을 가진 혜옥은 향이에게 남자를 유혹하는 기술을 전수했다.

"이래도 좋아요, 저래도 좋아요, 하는 계집은 재미가 없답니다. 그런 건 집안에 고이 모셔둔 조강지처나 하는 짓이라고 혜옥이 그랬어요."

"그럼, 어떻게 해야 해?"

"도발해야지요."

"도발?"

향이가 고개를 끄덕였다.

"쉽게 가진 계집은 쉽게 잊힌다고 했어요. 도망가면서 신발 하나는 흘려야 한다고요."

"신발을?"

"한 짝만요."

"왜?"

"그래야 다른 한 짝을 찾으러 오죠."

길게 늘어진 향이의 눈꼬리가 흔들렸다. 바람에 휘어지다 다시 서는 갈대처럼 위태로우면서도 매력적이었다.

향이의 입에서 흘러나오는 말들은 현상궁이 책을 펼쳐놓고 가르쳐준 것과는 완전히 다른 세계였다. 내가 따라가기에 벅찬 말들도 많았다. 향이는 살아남기 위해서 달라졌다. 더 어른스러워졌고 요염해졌다. 놀란 눈으로 내 치맛자락을 잡고 늘어지던 소녀는 사라졌다. 이전의 영혼은 통째로 버리고 새로운 영혼으로 갈아입은 여인이 되었다.

"하지만 너무 도발적이면 처녀가 아닌 줄 알고 도망가는 게 또 남자래요."

나는 피식 웃음이 났다.

"눈으로 남자를 바라보는 시간은 속으로 딱 다섯을 셀 동안이요. 마음속에서 손가락을 꼽으세요. 그리고 남자의 시선을 확 피해버리는 거예요."

하나, 둘, 셋, 넷, 다섯.

나는 속으로 다섯을 세고 시선을 바닥으로 옮겼다. 순식간에 바뀐 나의 태도에 왕은 다급히 내 얼굴을 두 손으로 감쌌다.

"왜 내가 보기 싫으냐?"

나는 뒤로 몸을 슬쩍 뺐다.

"아닙니다."

"그럼 뭐가 문제더냐? 나한테서 냄새가 나느냐?"

왕은 자신의 손가락을 코에 가져다대더니 킁킁거리기 시작했다.

"손은 냄새가 안 나."

왕은 팔을 들어 겨드랑이 냄새를 맡았다.

"내가 얼마나 몸을 박박 문질러 닦은 줄 아느냐? 그래도 늙은이 냄새가 나느냐?"

순간 왕의 눈빛이 서늘하게 바뀌었다.

"너도 젊은 놈이 좋더냐?"

나는 가만히 왕의 얼굴을 어루만졌다.

"아닙니다. 아무 냄새도 안 납니다."

나는 황급히 왕의 얼굴에서 손을 떼고 다시 눈을 내리깔았다.

"부끄러워 그랬습니다."

"부끄러워하는 여인만큼 매력적인 여인은 없다고 했어요."

향이의 교육은 계속됐다.

"혜옥이?"

"네, 아무리 닳고 닳은 여자라도 부끄러움이 없으면 안 된다고요. 여자가 정조를 잃는 순간은 사내를 받아들이는 순간이 아니라 부끄러움을 잊는 순간이라고요."

"그다음엔? 계속 부끄러워해?"

나는 향이의 까만 두 눈동자를 보며 물었다. 자연스럽게 나의 손은 향이의 저고리를 풀었다. 향이가 저고리를 쥔 내 손을 살짝 잡았다. 막는 것도 아니고, 막지 않는 것도 아니었다.

왕이 적삼의 저고리를 풀어헤쳤다. 밖에서 현상궁의 엄한 목소리가 들렸다.

"전하, 먼저 목을 좀 축이시지요."

왕은 버럭 소리를 질렀다.

"내가 알아서 합니다. 사십도 넘은 나에게 이래라저래라 하지 마세요. 아무것도 모르는 것들이!"

현상궁은 더는 아무 말도 하지 못했다.

왕은 저고리를 마저 잡아 풀었다. 왕의 숨소리가 거칠어지자 나는 속적삼의 고리를 오른손으로 틀어쥐었다. 향이에게 배운 것처럼. 급해진 왕이 다리를 떨며 나를 쳐다봤다.

"왜 그러냐? 내가 뭘 잘못했느냐?"

나는 눈으로 촛불을 가리켰다. 왕은 알았다는 듯 남은 촛불을 불어 끄고 나를 이불 위에 눕혔다. 왕의 거친 손이 속적삼 아래로 밀고 들어왔다. 나는 부끄러운 듯 몸을 굽혔다가 풀기를 반복했다. 나이든 남자의 손이 이런 거구나. 나무 껍데기처럼 거칠거칠한 감촉이 살을 엣다.

나는 물고기 풍경이 달린 집에서 향이의 살을 파고들었을 나이 든 남자를 떠올렸다. 나는 그날 밤의 향이처럼 이를 꽉 깨물었다. 왕의 몸에서는 말린 고사리 같은 체취가 났다. 한 번 배면 쉽게 사라지지 않는 세월의 냄새였다. 왕은 훤히 드러난 나의 작은 가슴을 깨물었다. 그리고 조용히 읊조렸다.

"봄이로구나."

향이의 봉긋한 가슴은 여름날 복숭아처럼 달콤했다.

"남자는 항상 아이랍니다. 나이가 아무리 들어도 여자의 가슴을 싫어하는 남자는 없대요."

나는 향이의 가슴을 한 손으로 움켜쥐었다. 향이가 숨을 뱉을 때마다 가슴이 흔들렸다. 젖꼭지도 따라 움직였다. 빨리 자신을 먹어 달라고 유혹했다. 나는 입속으로 향이의 작은 젖꼭지를 밀어 넣었다. 향이가 곧 낮은 신음을 뱉었다.

"참아야 할 것과 참지 말아야 할 것이 있습니다. 참지 말아야 할 것은 신음이고, 참아야 할 것도 신음입니다."

향이는 이 사이로 대숲을 지나는 바람소리처럼 쉬, 하는 소리를 흘렸다.

나는 얕은 신음을 뱉으며 왕의 머리를 감싸 쥐었다. 왕은 드디어 참을 수 없다는 듯이 바지를 내렸다. 다음은 나도 대강은 아는 순서였다. 아버지가 나를 뒤에서 껴안고 흔들던 그것. 왕은 딱딱하게 굳어버린 그것을 내 눈으로는 한 번도 보지 못한 곳에 밀어 넣을 것이다. 아프다고 했다. 태어나 처음으로 느끼는 색다른 고통이라고 했다. 아프지만 좋기도 하고, 좋지만 아프기도 하고, 온몸이 흔들리고, 입안에서 저절로 아픔인지 희열인지 모를 신음을 쏟게 될 거라고 했다. 그리고 한 번 이 아픔을 겪은 사람은 죽을 때까지 이 고통의 희열을 찾아 헤매게 된다고 했다.

"아……."

나는 이를 꽉 깨물고 신음을 뱉었다. 배가 뒤틀렸다. 허리를 비틀었지만 왕은 놓아주지 않았다. 몸이 출렁거렸다. 아버지의 방을 구경할 때 어머니도 그랬다. 아버지의 손아래에서 흔들렸다. 비명을 지르고 쓰러질 듯 아파하면서도 마침내는 아버지의 손을 잡고 희열에 찼다. 왕은 내 귀에다가 뜨거운 숨을 토해내고 옆으로 쓰러졌다. 짧은 봄을 한껏 느낀 왕은 코를 골며 잠에 빠졌다.

나는 한동안 창밖의 상궁들을 보며 몸을 뒤척였다. 상궁들은 모두 어린 나이에 궁에 들어와 왕의 승은을 받아보지 못한 이들이었다. 남자의 손길을 한 번도 받아보지 못하고 화석처럼 나이가 든 여인들. 그들이 나의 첫날밤을 지켜봤다. 나는 알 수 없는 자부심이 생겼다. 어른이 된 것 같았다. 세상은 나이를 먹는다고 어른이 되는 게 아니었다. 겪어야 할 일을 겪어야 어른이 되는 법이었다.

나는 아직 채 열이 가시지 않은 헐벗은 몸을 손으로 훑었다.

"마마, 여기가 성감대라고 합니다."

향이는 자신의 귀와 목, 가슴으로 내 손을 이끌다 사타구니 사이로 미끄러져 내려갔다.

"여기를 자극해보세요. 오줌이 마려운 강아지처럼 두 발이 동동거리고, 이마에서 땀은 나는데 오줌은 나오지 않죠. 하지만 계속 이 상태로 발을 동동거리고 싶어요."

나는 향이가 가르쳐준 곳을 가만히 손가락으로 짚었다. 힘을 줬다
뺐다. 나도 모르게 몸이 부르르 떨렸다. 귀신의 시간이 찾아왔다. 나
는 곯아떨어진 왕 옆에서 오랜만에 깊은 잠에 빠졌다.

10

현상궁이 조심스레 내 얼굴을 살폈다.

"중전마마, 불편한 데는 없으신지요?"

온몸이 뻐근했다. 쓰지 않던 근육들이 한순간 요동쳤다 풀어졌다.
불편하지 않은 데가 없었다. 하지만 내색하지 않았다.

"저한테는 모든 걸 말씀하셔도 됩니다."

나는 고개를 저었다. 괜한 투정을 부려서 어린 티를 내고 싶지 않
았다. 나는 어깨를 곧추세우고 현상궁을 올려다봤다. 별궁을 떠나
가례를 올리고 나는 진짜 중전이 됐다. 이제부터 내가 해야 할 일은
최문호와 약속한 일이다.

나는 현상궁에게 청나라에서 왔다는 귀한 옥으로 만든 가락지와
산호가 박힌 떨잠을 내밀었다. 물론 나이 든 현상궁이 이것으로 치
장할 일은 없을 것이다. 궁녀들의 복장 규정은 엄격했다. 나이 든 상
궁들이 재물을 모으는 것은 모두 궁 밖에 있는 사가를 책임지기 위
해서였다. 현상궁에게도 딸린 식구들이 있을 것이다.

옥가락지와 산호가 달린 떨잠을 보는 현상궁의 눈이 반짝 빛이 났다.

"무엇을 알고 싶으신지요?"

"궁에서 내가 알아야 하는 모든 것이요."

현상궁은 왼쪽 입꼬리를 슬며시 올리더니 잠시 생각에 잠겼다. 나는 먼저 입을 열지 않기로 다짐했다. 내가 원하는 게 무엇인지는 현상궁이 고민해야 할 몫이다. 나와 눈을 맞추던 현상궁의 시선이 자신의 버선코로 내려갔다. 복종의 몸짓이었다.

"제일 먼저 왕과 세자의 관계를 아셔야겠네요."

바로 내가 알고 싶은 것이었다.

세자는 왕의 유일한 아들이었다. 나보다는 여덟 살이 많았다. 현상궁은 세자에 대해서 이렇게 이야기했다.

"아버지보다 모든 게 나은 사내입니다. 사내. 그 말이 딱 어울려요. 옆에 가면 사내들에게만 나는 냄새가 납니다. 펄쩍 뛰고 날아 어디로 튈지 모르는 그런 남자의 냄새 말입니다. 초여름의 냄새고, 바다의 냄새죠. 싱그럽고 깊이를 알 수 없는 냄새입니다."

현상궁은 6척이 조금 안 되는 세자의 키와 떡 벌어진 어깨, 굳게 다문 입술과 솔잎을 얹어놓은 것 같은 짙은 눈썹을 찬양했다. 마치 자신이 낳아 기른 아들에 대해서 입이 마르도록 칭찬하는 여인네 같았다.

"힘은 어찌나 좋으신지요. 백발백중. 활시위가 어긋난 적이 없다고 들었습니다."

아들 자랑을 늘어놓던 아낙은 안색을 바꾸더니 다시 냉정한 궁의 여인으로 돌아왔다. 입술을 혀로 적신 현상궁은 말을 이어갔다.

"제가 좀 색다른 얘기를 하나 들려드릴 것입니다. 이것은 궁의 이야기가 아닙니다. 어느 권세 있는 양반가의 이야기입니다. 그걸 유념하고 들으시면 됩니다."

나는 고개를 끄덕였다.

"안타깝게도 아들을 아들로 보지 않는 아비가 있었습니다. 그 아비는 모든 걸 다 가졌지만 단 하나, 세월을 가지지 못했죠. 이 세상에 세월을 가질 수 있는 자가 누가 있겠습니까?"

온천 주변으로 하얀 김이 솟아올랐다. 남자는 아들을 기다리다 물에 비친 자신의 얼굴을 쳐다봤다. 젊음이 사라지고 있었다. 눈가와 입가에는 깊은 주름이 아로새겨졌다. 얼핏얼핏 보이던 하얀 머리카락은 이제 머리 반 이상을 뒤덮었다. 늙어가고 있었다. 이것은 누구도 부인할 수 없었다. 외양뿐 아니라 마음도 예전만큼 당당하지 못했다. 수군거리는 사람들을 보면 꼭 자기의 흉을 보는 것 같았고, 어떤 일도 젊었을 때만큼 추진하지 못했다. 두 번의 난과 병으로 같이 마흔을 넘긴 동무도 흔하지 않았다. 사십을 갓 넘기고 종기가 온몸에 퍼져 돌아가신 아버지가 떠올랐다. 남자는 마흔이 넘어가면서 초조해지기 시작했다. 이제는 언제나 죽을 수 있는 나이다. 남자는 물에 비친 어느새 늙어버린 자신을 들여다봤다.

"언제 이렇게 나이가 먹은 거야?"

남자는 자신의 얼굴을 빤히 보다가 물을 흔들어 지워버렸다.

"세월도 이렇게 지워버릴 수 있으면 얼마나 좋겠어."

남자는 한숨을 내쉬었다.

"아버지."

아들이 온천으로 다가왔다. 스무 살에 얻은 아들이었다. 남자는 여러 명의 부인을 뒀지만 이후로는 아들을 얻지 못했다. 아들의 건장한 허벅지가 물 아래로 들어왔다.

아버지는 아들을 가만히 응시했다. 주름 하나 없는 얼굴. 까만 머리. 여인의 허리만 한 허벅지. 모든 게 자신의 젊은 시절을 똑 닮았다.

"요즘 건강은 어떠십니까?"

아들이 남자의 안색을 살폈다.

"건강?"

남자는 갑자기 역정이 났다.

"내 나이가 건강을 걱정할 나이더냐? 네 말이 꼭 내가 아프기를 바라는 것 같구나!"

"아닙니다. 무슨 그런 서운한 말씀을요."

아들은 재빨리 고개를 숙였다. 아버지의 역정이 하루하루 달랐다. 널뛰는 여인들처럼 기분이 오락가락했다. 이럴 땐 자세를 낮추는 것이 최선이라는 것을 아들도 알고 있었다.

"난, 쉽게 죽지 않아."

나이 든 남자는 자신에게 다짐하듯 말했다.

"당연한 말씀이십니다. 아버님, 아직 정정하십니다."

"진정이냐? 이 아비가 죽어서 어서 네 몫을 챙기고 싶지 않느냐? 이 자리에 앉아 이 집안을 모두 네 손에 넣고 싶지 않느냐?"

아들은 고개를 저었지만 남자는 아들의 말과 행동 어떤 것도 믿지 못했다.

갑자기 남자가 목을 젖히며 웃었다. 아들은 당황스러운 눈으로 아버지를 살폈다. 살얼음판 위를 걷는 기분이었다.

"우리 팔씨름이나 한번 하자꾸나."

아들은 아버지의 의중을 알 수 없었다.

"내 오랜만에 우리 아들이랑 힘을 겨루고 싶어서 그렇다. 어릴 적엔 자주 하지 않았느냐?"

아들은 가만히 손을 들어 올렸다. 물 위로 작은 파문이 일었다. 남자 역시 아들의 손을 가만히 잡았다. 힘이 느껴졌다. 남자는 아직 자신이 젊다는 것을 어떻게든 증명하고 싶었다.

"늙어가는 아비라고 봐주지 마라. 이건 사내 대 사내로 하는 일이다."

어느새 아들은 남자를 정면으로 응시했다.

"봐주는 일 따위는 없습니다. 봐준다면 그게 더 아버님의 자존심을 상하게 할 것 아닙니까?"

남자는 알 수 없는 미소를 지었다. 손에 힘을 주기 시작했다. 아들의 팔목에도 힘이 들어갔다. 고요하던 수면이 흔들렸다 멈추길 반복했다. 나이 든 남자의 손목이 물 위에 닿으려다 다시 솟아오르기를 몇 번. 아들 역시 최선을 다했지만 나이 든 남자의 힘도 만만치 않았다. 시간은 마냥 흘렀다. 아들의 이마에도 팽팽하게 실핏줄이 튀어 올랐다. 그러나 세월은 어쩔 수 없었다. 남자는 마음과 달리 손목에서 힘이 빠져나가는 걸 느꼈다. 이를 꽉 물어봤지만 맞닿은 이는 시큰거리기만 할 뿐이었다. 아들은 아버지가 힘이 빠진 틈을 놓치지 않았다. 손목에 힘을 실었다. 남자의 손목이 밀리기 시작했다. 남자의 손등이 수면에 닿기 직전에 남자는 급히 손을 뺐다. 아들의 손만이 물속으로 풍덩 빠지고 말았다.

"이런 대수롭지 않은 일에 힘을 다 쓰면 되겠느냐."

남자는 허허 웃었다. 그러나 눈에는 살기가 가득했다. 아들은 고개를 숙였지만 못내 아쉬움에 두 손이 부들거렸다.

"세월은 누구를 주인으로 결코 섬기지 않습니다. 내게 잠시 왔다가 바로 다음 사람에게로 가지요. 이제 세월은 남자의 손을 떠나 아들에게 넘어갔습니다."

현상궁은 입을 닫았다.

나는 점점 세자가 궁금해졌다. 아버지의 손에 이끌려 간 대갓집들에서 마주한 늙은 남자들과 시전의 젊지만 초라한 사내들. 그들과 세자는 분명 다른 사람이다. 조선 팔도에 존재하는 단 한 명. 왕이 될 운명을 가지고 태어난 자. 나보다 겨우 여덟 살이 많은 사내.

어쩌면 나에게는 왕보다 세자가 더 어울릴지도 모르는 일이다. 하지만 나는 세자를 죽음으로 몰아넣어야만 한다.

왕과의 밤이 다시 찾아왔다. 익숙해지지 않는 시간이었다. 왕은 힘겹게 내 허리를 잡고 늘어졌지만 끝은 요원했다. 왕의 얼굴에서 흐른 땀방울이 내 얼굴 위로 떨어졌다. 왕은 끝을 보지 못하고 이불 위로 쓰러졌다. 실패한 남자의 거칠지만 허망한 숨소리가 들렸다. 나는 왕의 배 위에 얼굴을 올렸다. 왕이 졸린 눈으로 나를 내려다봤다.

"전하, 아들이 보고 싶습니다."

11

현상궁이 나비 모양으로 조각된 옥이 흔들거리는 떨잠을 가체에 꽂느라 진땀을 쏟고 있었다. 건강한 처녀들의 모발로 만들어진 가체 사이로 떨잠을 박는 것은 꽤 힘든 일이었다. 현상궁의 얼굴이 터질 듯 붉어지더니 드디어 떨잠이 가체에 박혔다. 나는 고개를 살짝 흔들었다. 떨잠 끝에 달린 나비 모양의 옥이 햇빛을 받아 반짝였다. 입가에 미소가 번졌다.

"여인의 가장 큰 기쁨이죠."

현상궁은 옥가락지를 꺼내 약지에 밀어 넣었다.

"치장 말입니다. 사가의 여인들이야 풍족한 양반가가 아니고 어찌 이런 걸 구경이나 할까요."

맞는 말이었다. 나도 궁에 들어오기 전까지 옥으로 된 비녀조차 구경하지 못했다. 어머니는 사시사철 나무 비녀로 머리를 틀어 올렸다.

"현상궁, 어머니께 선물을 좀 보내드리고 싶어요."

"제가 알아서 챙겨 보내겠습니다."

어머니에게 선물을 보낼 정도의 힘은 생긴 것 같았다.

"세자 내외분은 사실 자주 얼굴을 보지 않습니다. 궁의 행사가 있을 때만 만나는 것으로 압니다."

"부부긴 하나 남보다 못 하단 말인가요?"

"그렇다고 볼 수 있죠. 세자빈마마는 속을 알 수 없는 분이에요. 그 안에 구렁이 스무 마리는 키운다고 보시면 됩니다."

나는 슬며시 웃었다.

"보시면 압니다. 그러니 휘둘리지 마시라고요. 마마가 중전이시고 내명부의 최고 어른이십니다."

"그럼 세자는요? 그분도 속을 알 수 없나요?"

세자를 떠올리는 현상궁의 얼굴이 환해졌다.

"사내란 말이죠."

한 번도 사내를 경험해보지 못한 현상궁이 짐짓 아는 척을 하는 게 웃겼다.

"사내란 아침 세숫물보다 속이 더 훤히 보이는 존재들입니다. 깊이도 얕고 속도 없죠."

치장상궁이 연지를 입술에 찍었다. 구경하던 현상궁도 몰래 연지를 찍어 자신의 입술에 두드렸다. 내가 쳐다보자 무안해진 현상궁이 이를 드러내며 웃었다. 궁이 생각보다 편해졌다.

"중전마마, 마음을 놓지 마세요."

나는 몽롱해진 시선을 다잡았다. 어느새 내 표정을 읽은 것인가. 현상궁은 내 사람 같다가도, 어느 순간 나를 감시하고 있는 것 같았다. 도대체 종잡을 수가 없었다.

"마마가 방심하는 순간을 누군가는 애타게 기다리고 있습니다."

나는 다시 굳게 입을 다문 현상궁을 쳐다봤다.

"현상궁?"

현상궁은 고개를 살짝 숙였다.

"자네는 내 사람인가, 아닌가?"

현상궁은 속을 알 수 없는 미소를 지었다.

여름용 당의를 입었지만 쏟아지는 햇빛은 만만치 않았다. 목 뒤로 굵은 땀이 흘렀다. 연못에서는 청개구리가 울어댔다.

현상궁이 시원한 오미자차를 내밀었다. 얼음이 동동 떠 있었다.

"서빙고에서 내온 올해 첫 얼음입니다."

태어나서 처음으로 보는 얼음이었다. 얼음이 지나간 곳마다 입안이 얼얼했다.

"이로 살짝 깨물어보세요."

나는 현상궁의 말에 따라 어금니 사이로 얼음을 밀어 넣고 힘을 줬다. 우두둑 소리를 내면서 얼음이 산산조각이 났다. 조각 난 얼음은 곧 입안에서 힘없이 녹아버렸다.

"아까워요."

"그런 생각 마세요. 중전마마께서 아까워할 것은 하나도 없습니다."

멀리서 왕이 내관을 대동하고 걸어왔다. 왕의 뒤로 세자와 세자빈의 행렬이 보였다.

나는 자리에서 일어나 치마폭을 매만졌다. 살짝 발뒤꿈치를 들어 세자의 모습을 살폈다. 세자는 현상궁이 말한 것보다 더 멋있었다. 젊음이라는 게 뭔지 알 수 있었다. 검게 그을린 주름 하나 없는 매끈한 피부. 까만 눈동자에는 실패의 기억보다는 미래가 보였다. 현상궁이 내 치마를 잡아끌었다. 뒤꿈치가 땅으로 떨어졌다.

세자와 세자빈이 내 앞에 머리를 조아렸다. 익숙한 인사말이 오가고 세자는 연못 주변에 마련된 자리에 앉았다. 세자빈은 종종 세자에게 시선을 옮겼지만 세자는 눈길조차 주지 않았다. 청개구리 우는 소리만 들렸다. 누구도 먼저 말을 꺼내려 들지 않았다.

"요즘은 조정에 나가지도 않는다면서?"

왕은 분명 세자에게 물었지만 두 사람은 서로 얼굴도 쳐다보지 않았다.

"조정에 나가봤자 늙은이들뿐이죠. 너무 조정에 오래 앉아 있는 자들입니다. 개혁은 없고 한결같이 자신들의 이익을 지키기 위한 협소한 의견이나 들어야 합니다. 그런 조정이 무슨 의미가 있습니까?"

왕이 벌떡 자리에서 일어서더니 내관에게서 일산(양산)을 빼앗아 세자에게 들이밀었다. 놀란 세자가 뒤로 물러났다.

"지금 네 말은 늙은이들은 모두 물러나야 한다는 것이냐?"

"생각이 늙은 자들이 물러나야 한다는 말입니다."

왕은 일산의 기둥을 세자의 가슴에 꽂았다. 세자는 기둥을 두 손으로 꽉 잡더니 물러서지 않았다.

"군자라 하면 귀에 쓴소리도 들을 줄 알아야 한다고……."

세자의 말이 채 끝나기도 전에 왕이 소리를 질렀다.

"넌 아직 왕이 아니야! 이 나라의 왕은 나다!"

왕의 쉰 목소리가 궁 안에 울려 퍼졌다. 유내관이 나섰다.

"전하, 중전마마를 소개하는 자리입니다."

왕은 일산을 바닥에 내던져버렸다. 나는 놀란 가슴을 겨우 진정시켰다.

곁눈으로 본 세자빈은 차분히 차를 한 모금 마셨다. 익숙한 일인 듯했다. 이때였다. 연못에서 청개구리 한 마리가 뒷다리를 한껏 뒤로 뻗으며 내 치마 위로 뛰어올랐다. 나는 놀란 가슴을 채 진정시키기도 전에 뛰어오른 청개구리 때문에 소리를 질렀다. 세자가 재빠르게 다가와 청개구리를 잡아챘다. 세자는 청개구리를 손안에 가두고 나를 올려다봤다.

"중전마마, 감히 무례를 범한 이 청개구리를 어떻게 할까요? 죽일까요?"

나는 말을 잃고 고개를 가로저었다.

"중전마마 한마디에 이 청개구리의 목숨이 달렸습니다. 어서 분부를 내려주세요."

세자는 좀 전의 일은 모두 잊고 장난꾸러기 꼬마로 돌아가 내 눈을 쳐다봤다. 까만 눈동자에 내가 비쳤다. 누군가의 눈빛 속에 내가 들어갔다. 아니, 그 반대였다. 내 눈에 세자가 들어왔다. 나는 간신히 입을 열었다.

"살려주세요."

세자가 청개구리를 바닥에 내려놓자 청개구리는 자신이 뛰어나온 연못으로 다시 돌아갔다.

"중전, 괜찮습니까?"

왕의 다정한 목소리였다. 하지만 지금 내 눈에는 성큼성큼 걸어오는 세자만이 보였다. 왕의 다정한 목소리가 귀찮아졌다. 나는 겨우 입을 열었다.

"괜찮습니다."

잠시 후면 향이가 다과상을 들고 올 것이다. 미리 계획된 일이다. 향이와 세자의 만남을 직접 내 눈으로 보고 싶어서 만든 자리였다. 그런데 마음이 흔들렸다. 향이가 이 자리에 나타나지 않기를 빌었다. 오는 길에 넘어지기를. 혹은 고뿔에 걸려 자리에 누웠기를. 제발 이 자리에 향이가 나타나지 않기를. 그래서 세자가 나보다 열 배쯤

빛나는 향이를 보지 못하기를 어느새 바라고 있었다. 하지만 바람과 달리 향이는 다과상을 들고 연못으로 걸어왔다.

세자의 시선이 먼저 향이에게 고정됐다. 세자빈이 세자를 못마땅한 얼굴로 쳐다봤다. 그리고 왕의 시선도 향이에게 멈췄다.

12

화가 난 최문호가 뒷짐을 진 채 중궁전을 오갔다. 최문호가 중궁전을 찾은 건 내가 가례를 올린 이후 처음이었다. 최문호는 걸음을 멈추고 흔들리는 떨잠을 보더니 피식 웃었다.

"계집들이란."

최문호가 손을 뻗어 내 턱을 잡아 쥐었다.

"중전이 되고 나니 모든 게 끝난 것 같지? 치장놀이나 즐기고, 맛있는 음식이나 먹으며 중전이란 자리를 즐기고 싶더냐?"

나는 고개를 저었다.

"내 상소 하나면 너의 그 자리도 끝인 걸 잊은 것은 아니지?"

최문호는 철저한 사람이었다. 거래에는 증거가 필요했다. 그는 내 손으로 직접 글 하나를 쓰게 했다. 중전이 된 이유가 바로 세자를 죽이기 위한 것이라는 내용이었다. 일종의 충성맹세였다. 만약 자신을 배신하게 되는 순간에 최문호는 내가 쓴 글을 왕에게 보낼 것이라고 했다. 역모를 꾸민 중전과 일가는 보지 않아도 뻔한 일을 당하게 된다. 끔찍한 고문의 끝은 죽음이었다.

"난 네가 적어도 네 아비보단 좀 똑똑한 줄 알았다. 나를 쫓아와서 당돌하게 내 목적을 물을 때는 너도 나와 같은 부류인 줄 알았는데. 계집들이란 몸이 편하고 밤마다 쑤셔주는 사내만 있으면 전부인 게냐? 내가 계집을 잘못 선택한 거야?"

최문호가 턱을 잡고 흔들어댔다. 나는 뭐라도 새로운 계책을 그에게 말해야 했다.

"좋은 기회잖아요."

최문호의 찢어진 눈이 찡긋거렸다. 그 틈을 놓치지 않고 생각이란 걸 했다. 나는 원래 그런 계집이었다. 아버지의 손길에서 벗어나기 위해서 향이의 손을 잡고 시전으로 도망치던 때도, 간택을 받기 위해 봉숭아꽃물을 들이던 때도, 나는 위기에서 꼭 탈출하고 마는 계집이었다. 나는 고인 침을 삼켰다.

"향이를 이용할 것입니다."

"무슨 소리냐?"

"왕과 세자 사이에 향이만 던져놓을 겁니다. 향이를 보는 왕의 눈빛을 봤어요. 또한 세자의 눈빛도요. 사내들이란 세숫물보다 얄팍한 존재들 아닙니까? 마음을 쉽게 읽히지요."

최문호가 목을 젖히며 웃어댔다.

"그다음은?"

"아비와 아들이 한 여자를 탐하고 있어요. 그러나 차지하는 사람은 결국 한 명이겠죠. 그 사람은 세자여야 합니다. 그래야 왕이 더욱 세자를 미워하죠."

최문호는 흐뭇한 미소를 짓더니 도포를 뒤로 펼치며 앉았다.

"내 궁금한 게 있다. 넌 향이를 정말 세자에게 줄 수 있느냐?"

나는 최문호의 시선에 맞섰다.

"향이는 저와 헤어지고 보름 동안 혜옥이라는 기생에게 방중술을 교육받았다고 들었습니다. 그사이에 대감이 향이를 범하지 않았다고 믿어도 될까요?"

최문호는 더 크게 웃었다.

"어떤 것이 나에게 더 도움이 될 것 같으신가요, 중전마마는?"

격식을 갖췄지만 최문호는 여전히 나를 아래로 내려 봤다.

"범하지 않았겠죠. 자신을 범한 남자를 위해 목숨을 걸 여자는 없어요."

"마음을 차지하면 되지 않습니까? 그러면 제일 쉽죠. 원래 계집이란 마음 하나에 모든 걸 걸지 않습니까?"

향이가 최문호에게 마음을 줄 일은 없었다. 난 향이가 들어온 날, 향이의 몸을 구석구석 훑었다. 사내의 흔적은 없었다. 여전히 내 손길에 흥분하며 나를 안았다.

"고대 화랑들의 용맹함은 익히 들어 아실 겁니다. 사실 그들의 용맹함은 화랑들 사이의 애틋한 관계에서 왔다고들 하죠. 화랑들은 짝을 지어 서로를 정인으로 삼았죠. 전쟁에 나간 정인이 죽으면 살아남은 쪽이 적군에 뛰어들어 적의 목을 베어왔죠. 이 얼마나 절절

한 사랑 이야기인가요."

"하고 싶은 말이 무엇입니까?"

최문호는 알 수 없는 미소를 지었다.

"제가 왜 향이를 범하지 않았다고 여기는 거죠? 그렇게 탐나는 계집도 흔치 않은데요. 세자가 차지하기 전에 한번 차지해보는 것도 나쁘지 않죠. 아니죠. 오히려 더 통쾌한 일이죠. 그런데 향이라는 계집이 도망을 치더군요. 가슴을 움켜잡으니 침을 뱉더이다. 허벅지를 쓸면 손을 물더이다."

내 손이 부들부들 떨렸다.

"그래도 굴하지 않고 속곳 사이로 손가락을 밀어 넣었죠. 그러자 온몸에 힘을 빼더니 모든 걸 포기한 듯 다리를 벌리더이다. 오히려 원하는 듯 보였죠. 이미 닳고 닳은 계집 아닙니까? 중전마마의 아비께서 이름난 오입쟁이들에게 향이를 데리고 다닌 건 중전마마도 잘 아시지 않습니까? 제가 그 소문을 모를까요? 노인네들이 하나같이 향이를 칭찬하더이다. 새끼 돼지처럼 포동포동해서 먹기 좋고 씹기에도 좋다고요."

"그만하세요!"

"궁금하지 않으세요? 내가 향이를 범했는지, 아닌지."

"그만!"

최문호는 도포 자락을 털고 일어났다. 중궁전을 나서던 최문호는 다시 내게 걸어와 나의 뺨을 걷어 올렸다.

"다시는 그런 표정 하지 마십시오, 중전마마. 궁에서는 어떤 이야기를 들어도, 어떤 일을 당해도 감정 따위 없는 듯 행동하세요. 돌이 되라고요!"

나는 뒤늦게 최문호가 나를 시험했다는 것을 깨달았다. 돌이 되라고? 아버지의 손길에서도 아무 짓도 못하고 바보같이 견뎌야 했다. 그 일을 다시 되풀이하라고? 그럴 순 없었다.

최문호가 나가자마자 현상궁이 문을 급히 열고 들어왔다.

"중전마마, 큰일 났습니다. 전하께서 향이를 찾는다고 하십니다."

예상보다 시기가 빨리 다가왔다. 왕은 벌써 나에게 질린 걸까. 나는 머리를 흔들었다. 한가하게 정도 없는 지아비의 계집질을 질투할 때가 아니었다.

"세자는요?"

"아직 아무런 기미가 보이지 않습니다. 왕의 눈치를 보고 있는 것 같습니다."

나는 빨리 대안을 떠올려야 했다. 이대로 왕이 향이에게 간다면 모든 계획이 수포로 돌아간다.

"가례를 올린 지 한 달도 못 채웠어요."

현상궁이 고개를 끄덕이고 바로 나갔다. 왕을 모시는 유내관에게 내 말을 전할 것이다. 유내관은 왕가의 법도를 따지며 왕을 말릴 테지.

왕은 아마 나를 찾아오거나 다른 후궁을 찾아 좌절된 욕망을 풀 것이다. 그게 왕이다. 모든 걸 다 가진 것 같지만 결국 어떤 것도 마음대로 할 수 없는 자리.

밤은 무사히 지나갔다. 예상대로 왕은 어느 후궁의 처소를 찾았고, 세자는 동궁에서 꿈쩍도 하지 않았다.

13

날이 밝자 낯선 중궁전의 하루가 시작됐다. 현상궁이 친잠(親蠶)실로 나를 안내했다. 친잠실은 대대로 내명부의 여인들이 백성들의 노고를 헤아리기 위해서 누에를 치는 곳이었다.

친잠실 안은 대낮인데도 빛 하나 들어오지 않았다. 나는 마음이 놓였다. 어둠 속에서는 누구도 내 표정을 읽어낼 수 없었다. 현상궁이 소쿠리에 든 뽕잎을 내밀었다.

"사가에서도 누에를 쳤어요. 어머니가 누에를 치면서 그러셨어요. 이 세상에서 가장 아름다우면서도 불쌍한 아이들이라고요. 실을 뽑아낸 누에는 나방이 되어도 날지도 못하고, 입이 있지만 먹지도 못한 채 알만 낳고 다시 죽는다고요. 누에의 일생이란 허물을 벗고, 또 벗고, 또 벗는 일뿐이라고."

현상궁은 고개를 빳빳이 들고 나를 쳐다봤다. 중전이 된 후에 처음으로 보는 현상궁의 당당함이었다.

"중전마마, 이러고 계실 때가 아닙니다."

몸에 익은 공손한 말투였지만 그 안에는 날카로운 칼이 서려 있었다.

"마마가 물으셨죠. 누구의 사람이냐고요. 저는 누구의 사람도 아닙니다. 그래서 이번엔 제가 색다른 내기를 하려고 합니다. 마마가 진짜 중전이 되는지, 아닌지 말입니다."

나는 현상궁을 올려다봤다. 나보다 머리 하나가 더 큰 현상궁은 나를 내려다보며 말을 이었다.

"누에는 허물을 벗다가 힘에 부쳐 죽기도 합니다. 모두 다 허물을 벗고 실을 뽑을 수 있는 것은 아닙니다. 사람도 마찬가지입니다. 중전마마 역시 지금 겨우 허물 한 겹을 벗으셨을 따름입니다."

"아무도, 아무도 나에게 무엇을 하라고 일러주지 않아. 어떻게 해야 하는지 말해주지도 않고 혼자 허물을 벗으라니!"

나는 속에 있던 약한 소리를 내뱉고 말았다. 가만히 보고만 있던 현상궁이 나의 목을 휘어잡았다. 가운뎃손가락이 서서히 목젖을 눌렀다. 숨이 막혀왔다.

"살, 살, 살려줘……."

현상궁은 목젖을 누른 손가락을 천천히 뗐다. 나는 허리를 구부리고 마른기침을 토해냈다.

"기억하세요. 이 순간을요. 마마는 아직 진짜 중전이 아닙니다. 지금 내명부에서는 세자빈이 마마보다 더 영향력이 있지요. 미래의 왕이 될 세자와 세자빈의 아비 되는 자도 영리하기 짝이 없습니다. 그런데 마마는 무엇을 가지셨지요? 왕의 총애를 받고 계시나요? 남자들의 마음이 찰나인 것은 아시지 않습니까? 왕은 이미 향이를 향해 달려가고 있어요. 마마의 아비 되는 자는 어떻고요. 기방에서 술독에 빠져 산다는 건 이미 마마도 잘 알고 있지 않습니까? 마마를 지켜줄 사람은 아무도 없어요. 밤중에 누군가 마마를 죽인다고 해도 모든 일은 묻힐 것입니다. 역사에 기록 한 줄 남지 않을 거라고요. 그런 중전이 되고 싶으세요?"

내가 바닥에 주저앉으려고 하자 현상궁이 겨드랑이에 손을 넣어 다시 나를 일으켜 세웠다.

"나약한 모습은 어느 순간에도 보이시면 안 됩니다. 절대로요."

"자네는 내 사람인가?"

나는 힘없이 현상궁을 쳐다봤다.

"마마는 아직 누구도 자신의 사람으로 만들 힘조차 없으십니다."

사실이었다.

"혼자 있게 해주게."

나는 현상궁에게 애원했다. 현상궁은 대답 대신 친잠실의 문을 열고 나갔다.

최문호의 말대로 치장놀이에, 고개 숙인 현상궁의 모습에 잠시 착각했는지 모른다. 내가 이 궁 안에서 막대한 힘을 가진 중전이라고. 하지만 오늘 난 깨달았다. 최문호는 내 목숨을 붙잡고 있고, 현상궁은 언제든 나를 죽일 수도 있다. 내가 죽는다 해도 궐 밖의 사람들에게는 단순한 병사로 알려질 것이다. 나는 그저 아비의 욕심 때문에 바쳐진 제물이다. 살아남기 위해서는 잡아먹히기 전에 깨어나서 세자에게 칼을 꽂아야 한다.

친잠실을 나서자 현상궁은 다시 내게 고개를 숙였다. 믿지 말자, 누구도. 나는 속으로 다짐했다.

이제부터 나는 왕의 욕망을 가지고 놀 생각이다.

"현상궁, 전하께 오늘 밤 중궁전에 오실 수 있느냐고 여쭤주세요."

현상궁은 고개를 조아렸다.

"그리고 향이를 준비시켜 주세요."

나는 지금 미끼를 던졌다.

아직 세자는 향이를 찾으려고 하지 않았다. 눈치를 살피는 게 분명했다. 어쩌면 향이의 뒷조사를 끝냈는지도 모른다. 향이에게도 물론 새로운 가족을 만들어줬다. 시전에서 놋그릇을 파는 장사치의 딸로 둔갑시켰다.

그래도 안심이 되지 않았다. 의심은 시간이 만들어준다. 작은 틈새가 어느새 벌어지듯이. 향이는 미끼가 될 것이다. 왕과 세자 둘 다 달려들지 않고는 못 배기는.

목욕을 마치고 왕을 기다렸다. 온다는 전갈이 있었지만 변덕이 많은 왕이었다. 무엇을 시키면 더 하지 않는 아이 같은 왕이었다. 어둠이 깔리고 초를 밝히려 궁녀 한 명이 들어왔다. 담당은 향이였다. 나는 슬쩍 향이를 쳐다봤다. 향이는 나와는 눈도 마주치지 않았다. 우리는 이제 사람들 앞에서 서로 아는 척을 하면 안 됐다. 때마침 왕이 도착했다.

왕은 나가는 향이를 보며 발걸음을 멈췄다. 예상한 대로였다. 애를 태우는 것. 바로 눈앞에 있지만 손도 댈 수 없는 것만큼 간절하게 원하게 되는 것은 없었다. 향이는 잠시 멈춰 서서 고개를 조아렸다. 그러다 살짝 고개를 들어 왕의 눈을 쳐다봤다.

하나, 둘, 셋.

향이는 다시 고개를 숙이고 중궁전을 빠져나갔다. 왕은 발만 둥둥 굴렀다.

"갖고 싶다. 갖고 싶어."

"전하, 중전마마가 보고 계십니다."

유내관이 왕을 겨우 방 안으로 밀어 넣었다. 왕은 아쉬운 발길을 돌렸다.

왕은 단장한 내 모습을 보고도 시큰둥했다. 봄날은 갔다. 이제 왕의 봄은 향이에게 갔다. 만약 그 봄이 자신이 아닌 세자에게 간다면 왕은 주체할 수 없는 질투에 휩싸일 것이다. 왕은 술을 벌컥벌컥 들이켰다. 대화는 없었다. 안부도 묻지 않았다. 왕은 다짜고짜 치마 안으로 머리를 집어넣었다. 나는 뒤로 허리를 뺐다. 그러자 왕은 손으로 두 다리를 붙들었다.

"이러지 마세요. 이런 건 싫습니다."

"왜요? 흉합니까? 사내의 머리가 치마 사이로 들어오는 게 흉합니까?"

왕은 치마 안에서 중얼거렸다.

"내 마누라도 내 마음대로도 못합니까? 아무것도 마음대로 할 수 없는데, 마누라가 이까짓 것도 못 받아줍니까?"

나는 중전이 아니었다. 왕에게 나는 한낱 마누라에 지나지 않았다.

왕의 혀가 속곳을 파고들었다. 나는 바동거리던 다리에 힘을 풀었다. 내가 생각한 것과 반대로 모든 것이 돌아갔다. 향이를 보자 애가 탄 왕을 나는 오늘 치마폭으로 좀 사로잡아볼 생각이었다. 왕의 마음을 되돌릴 생각이었다. 그러나 모든 것이 헛수고가 됐다. 향이를 향한 왕의 간절함에 불을 붙이긴 했지만 나의 치마폭에 들어올 만큼 쉬운 남자는 아니었다.

시간은 더디게 흘렀다. 왕은 내 몸을 잡아 뒤집고 흔들었지만 분이 풀리지 않는 듯 벌떡 일어나 방문을 열고 나가버렸다. 나는 왕의 마음을 잡아두지 못했다. 내가 문제였을까? 풀어진 속곳을 여미면서 생각했다. 아니다. 내 문제는 아니다. 왕이란 자는 마음대로 꽂혔다가 싫증이 나면 부리나케 도망가 버리는 그런 사내였다. 가슴이 쓰라렸다. 왕이 물고 빨았던 자리가 퍼렇게 멍들었다. 향이가 그리웠다. 나는 중궁전의 문을 열었다.

현상궁도 나를 말릴 수 없었다. 나는 향이가 보고 싶어서 참을 수가 없었다. 나를 위로해 줄 수 있는 사람은 단 한 명, 향이뿐이었다.

귀신의 시간

14

버선발에 이슬이 스며들었다. 나보다 먼저 향이의 처소에 도착한 왕은 유내관의 뺨을 후려치고 있었다. 어둠 속에 서서 나는 왕의 분노를 지켜봤다. 댓돌 위에 세자의 신발을 본 왕의 분노. 젊은 남자에게 자신이 찜 한 여자를 빼앗겼다는 분노는 유내관의 얼굴이 벌겋게 달아올라도 좀처럼 지치지 않았다.

왕은 유내관의 뺨을 수없이 후려친 후에는 댓돌 위 세자의 신발을 들어 멀리 마당으로 던져버렸다. 참으로 유치했지만 한편으로 이해가 됐다. 뭐에라도 분풀이를 하고픈 마음. 왕은 어둠 속으로 사라졌다. 방 안에서 들려올 야릇한 소리를 들을 자신까지는 없었을 것이다.

세자는 내가 생각한 대로 움직여줬다. 나는 현상궁을 시켜 왕이 향이를 눈여겨본다는 것을 슬쩍 동궁의 박내관에게 흘렸다.

왕이 사라지고 나는 다시 어둠 속에 홀로 서서 향이의 방을 바라봤다. 모든 게 계획대로 흘러갔다. 그런데 외로웠다. 마음이 추워서 견딜 수가 없었다. 나는 눈을 감았다. 할머니가 말한 귀신의 시간이 다가왔다. 무엇을 하더라도 용서가 되는 시간.

나는 상상했다. 오른손에는 소주방에서 과일을 다듬을 때 쓰는 작은 칼이 들려 있다. 칼의 날이 퍼렇게 서 있다. 살갗을 스치기만 해도 피가 맺힌다. 나는 작은 칼을 잡은 손에 힘을 준다. 방문을 열고 들어가서 한 몸이 된 남녀를 그대로 찔러버린다. 비명을 지르는 남녀가 내 눈앞에 나뒹군다.

버선발이 차가워졌다. 나는 상상을 그만 멈췄다. 걸음을 옮길 때다.

밤새 뒤척이다 새벽녘에 살포시 잠이 들었다.

나는 어느새 어느 겨울에 서 있었다. 발이 차가웠다. 손이 얼어붙었다. 향이와 나는 사랑채로 들어간 아버지를 하염없이 기다렸다. 입에서는 연신 하얀 김이 나왔다.

"향이야, 이렇게 해봐."

나는 두 손을 마구 비비기 시작했다. 열이 조금씩 올랐다. 붉어진 손바닥을 향이의 언 귀에 가져다댔다.

"그럼, 나도."

향이가 나를 따라 비빈 손을 내 귀에다가 가져다댔다.

이때 아버지가 사랑채의 문을 열었다. 아버지 뒤로 눈동자에 서리가 앉은 것처럼 하얀 노인이 얼굴을 내밀었다.

"어느 계집을 골라잡으시겠습니까?"

아버지가 나와 향이를 가리켰지만 노인의 눈은 허공을 헤맸다.

"내가 어느 계집이든 눈이 안 뵈는데 인물이 뭔 소용 있겠나. 둘 중 처녀인 계집이면 되네. 돈 따위는 걱정하지 말게나. 죽을 때 싸고 지고 가지도 못하는 것인걸."

아버지의 시선이 내게 멈췄다. 언젠가 나도 향이처럼 어느 노인에게 팔려가게 될 것이라고 짐작은 하고 있었지만, 그 시간이 이렇게 빨리 올 줄은 몰랐다.

"저기 저 둘 중의 하나는 처녀죠. 틀림없죠."

"제가 처음입니다."

향이가 나서며 나를 돌아봤다.

"조금 아픈 척만 하면 돼요."

나는 향이를 말리지 못했다. 나는 향이를 버려뒀다.

꿈에서 깨자 온몸이 땀으로 흥건했다. 창밖으로 서성이는 그림자 하나가 보였다.

곧 문이 열렸다. 향이였다. 향이가 내 앞으로 다가왔다. 꿈속에서 본 향이보다 키가 훌쩍 큰 모습이었다. 나이도 들었다. 어느새 여인이 된 모습이었다. 나는 고개를 세차게 흔들었다. 이것은 현실이다. 꿈에서 깨어날 시간이다.

향이가 내 앞으로 얼굴을 들이밀었다. 나는 그대로 향이의 따귀를 때렸다. 향이의 뺨이 벌겋게 부어올랐다.

"저를 왜 치시나요?"

나는 이유를 알 수 없었다.

"마마가 화를 내는 상대가 누구입니까?"

붉어진 향이의 두 눈이 나를 올려다봤다.

"접니까? 아니면 세자마마입니까?"

향이는 내가 화가 난 이유를 이미 알고 있었다.

"마마가 화를 내는 상대가 누구냐고요!"

향이가 버럭 소리를 질렀다. 나는 나도 모르게 향이의 뺨을 한 대더 후려쳤다. 그럴수록 향이는 고개를 빳빳이 들었다.

"후원에서 마마의 시선이 세자마마에게 가는 것을 봤습니다. 마마는 제가 다가가자 불안해하셨죠. 평소에 절 보는 눈빛이 아니었습니다. 세자와 저를 번갈아보며 두려워하고 계셨습니다. 제가 틀린 것입니까?"

손에서 힘을 뺐다. 향이는 하나도 틀리지 않았다. 아니 모든 것을 정확하게 보고 있었다. 나는 입을 닫았다.

"뭐라도 말씀해보세요. 진실이든 아니든 무엇이든요. 제가 궁에 있는 이유를 아시지 않습니까?"

"향이야, 나는 왜 궁에 있을까?"

아버지와 최문호의 지시대로 중전이 되고 궁에 들어왔다. 하지만 내가 진짜 이 궁에 들어온 이유를 모르겠다.

"살아남기 위해서요."

그래, 향이의 말이 맞다.

향이의 까만 눈이 내 눈을 쳐다봤다. 향이의 눈동자에 불안한 내가 보였다. 향이는 치마 위에 떨어진 내 손을 잡아 쥐었다.

"중전마마, 언제 세자를 죽일까요?"

나는 선뜻 대답하지 못했다.

15

아버지가 중궁전을 찾았다. 아버지는 그새 잘 먹인 돼지처럼 하얗게 살이 올라 있었다. 작은 눈이 살로 덮였다. 날카롭기만 하던 인상이 새삼 푸근해지기까지 했다. 이제 겨우 어느 지방의 돈 많은 양반네 같은 모습이었다. 아버지는 중궁전을 한 번 눈으로 훑더니 내 앞에 고개를 숙였다.

"중전마마, 그동안 기체후 일향 만강하오신지요?"

어디서 주워들은 인사말을 뱉는 모양이 역겨워서 당장에라도 살이 오른 얼굴을 한 대 날려주고 싶었다. 하지만 난 중전이다. 그것도 힘이 없는 중전. 아비의 얼굴을 날린 중전이라는 말이 나가기라도 하는 날에는 나를 헐뜯고 싶어 하는 이들에게 살점이 더덕더덕 붙은 뼈다귀를 내어주는 꼴이었다.

"얼굴이 좋아지셨습니다."

"다 중전마마께서 보살펴주신 덕분이죠."

아버지는 능글맞게 웃으며 방 안을 살폈다. 입을 동그랗게 모으더니 산수 양각이 들어간 문갑이며 진귀한 도자기를 보며 나지막이 휘파람을 불었다. 외양은 바꿔어도 천성은 어쩔 수 없었다.

"중전마마의 방이야말로 극락이네요."

현상궁이 다과를 들고 들어왔다. 잣을 문 곶감이 연꽃 모양으로 놓여 있었다. 아버지는 손으로 곶감을 한입에 털어 넣었다.

"한여름에 곶감이라니. 역시 궁은 다릅니다. 자주자주 불러주세요. 친정 아비랍시고 궁에 자주 드나드는 건 예의가 아니라고 해서애써 발길을 참았는데, 이 좋은 걸 혼자만 드시려고요?"

지금 아버지는 나를 협박하는 중이었다.

"현상궁에게 챙겨드리라 이를게요. 어머니께도 전해주세요."

"이런 거 말고요. 더 챙겨주실 건 없습니까?"

그래, 곶감 따위에 만족할 사람이 아니라는 것도 익히 아는 사실이었다. 나는 고개를 바짝 숙여 아버지의 얼굴 앞으로 가져다댔다. 나는 아버지의 비단으로 된 도포의 넓은 소맷자락을 가리켰다.

"얼마나 더 챙겨드릴까요? 소매 가득 금괴라도 집어넣어 드릴까요?"

아버지는 빙글빙글 웃으며 도포 자락을 들어 보였다.

"이게 왜 이렇게 넓나 했더니 다 그 용도였군요, 중전마마."

침이라도 뱉어주고 싶은 얼굴이다.

"지금 제 자리가 어떤 줄 아세요? 아직 가례를 올린 지 채 몇 달도 안 된 중전일 뿐입니다. 낯선 궁에서 제가 어찌 지낼지, 얼마나 힘들지는 염려도 안 되시나요? 그걸 먼저 걱정하는 게 아비의 도리 아닙니까?"

벌떡 일어선 아버지는 나를 아래로 내려 보며 내 어깨를 눌렀다. 어깨를 누르는 손에 힘이 점점 가해졌다.

"궁에 들어온 게 다 누구 덕분이라고 생각하느냐?"

나는 지지 않고 아버지를 노려봤다. 온몸의 피가 눈으로 몰려 금방이라도 터져 나올 것 같았다.

"만약 내가 널 노인네들에게 비싸게 팔아먹었다면 네가 이 자리에 앉아 있을 수나 있을 것 같으냐? 세상이 그리 만만한 줄 알아? 내가 만약……."

아버지는 조용히 주변을 살피며 입을 열었다.

"내가 만약 그날 너의 속곳을 뚫고 들어가기라도 했으면 네가 이 자리에 앉아서 청국에서 온 각종 보물을 몸에 두르고, 전국 각지에서 올라온 산해진미를 입에 처넣을 수 있었을 것이라 여기느냐?"

아버지는 더 세게 나의 어깨를 눌렀다.

"말해보래도?"

더러운 입 냄새. 궁으로 들어오면서 영원히 해방될 줄 알았던 그

입 냄새가 얼굴 위로 쏟아졌다.

아버지는 꽉 다문 나의 입을 보며 어깨에서 손을 뗐다.

"나는 네가 최문호와 한 거래를 알고 있다."

나는 모른 척하기로 마음을 먹었다.

"무슨 말씀이십니까?"

아버지는 들었던 오른손을 도포 위로 내려놓았다. 아무리 아비라고 해도 중전을 때릴 수는 없었다.

"배은망덕한 계집년 같으니라고. 내가 네년이 어떤 계략을 꾸미고 있는 줄 모를 줄 알았느냐? 최문호를 주시하는 사람이 없을 거라고 순진하게도 생각한 게냐? 심부름꾼 주제에 죽은 중전의 아비에게도 붙어먹고, 나에게도 붙어먹은 인간이 뭐라도 못할까. 야망이 그릇에 비해 너무 커."

나는 아버지의 눈을 살폈다. 누렇게 변한 탁한 흰자위 사이로 까만 눈동자가 오갔다. 도대체 무슨 생각을 하는 걸까. 일자로 뻗은 까만 눈썹과 길게 쭉 찢어준 눈. 솟다가 만 콧날 아래로 도톰하게 내려앉은 입술. 닮았다. 무섭게도 나와 너무나 닮았다.

"나한테는 세자를 치마폭에 넣는다고만 했지. 그래서 사내들이 푹 빠질 계집이 필요한 것처럼 접근했어. 향이라면 그 정도는 할 줄 알았다. 향이가 궁에 들어간 이후에도 노인네들이 어찌나 향이를 찾던지. 네년 때문에 향이를 한 번 못 품고 궁에다 바친 게 다 아쉽더라고."

"그만하세요! 여긴 궁입니다."

아버지는 놀란 기색도 없이 말을 이었다.

"내가 여기 온 이유는 하나야. 너에게 경고를 하는 거. 그리고 네가 할 일을 가르쳐주러 온 것이다. 궁 밖에 있다고 이 아비의 손에서 벗어났다는 착각은 버리는 게 좋을 것이야."

마침 현상궁이 사가로 보낼 음식과 패물을 준비해서 들어왔다. 현상궁이 보따리를 아버지 앞에 내밀자 아버지는 체면도 없이 보따리를 풀어 이리저리 살폈다. 노리개와 비녀, 옥가락지 등이었다. 아버지는 패물 보따리를 바닥에 휙 던져버렸다. 현상궁은 놀란 기색도 없이 바닥에 흩어진 패물들을 주웠다.

"누굴 거지새끼로 아는 것이야! 이깟 패물이야 우리 집 문턱이 닳도록 드나드는 지방의 양반들도 가져오는 것이야. 중전이면 중전답게 집에 더 큰 선물을 해야지!"

아버지의 호통 소리가 문밖을 새어 나갈 건 분명했다. 아버지는 도대체 무슨 생각을 하는 걸까? 돈이라면 자식도 팔 인간이었지만 궁에서까지 패악을 부리는 건 이유가 있어 보였다. 멍청하지만 생각보다 멍청하지 않은 것도 아버지의 한 면모였다.

"현상궁, 다시 준비해오세요."

나는 우선 현상궁을 내보냈다. 현상궁은 고개를 조아리고 뒷걸음질로 방을 빠져나갔다. 문이 닫혔다.

"원하는 게 뭡니까?"

아버지는 모았던 미간을 풀었다.

"내가 이리저리 생각을 해봤는데 말이다. 난 아무래도 세자빈의 아비 되는 정대감과 손을 잡는 게 맞을 거란 생각이 들더라고. 비록 널 중전으로 만든 건 죽은 중전의 아비지만 이미 그자는 늙어빠진 호랑이에 지나지 않아. 성한 이가 하나도 없단 말이야. 잇몸으로 고기를 뜯자는 꼴이 얼마나 우스운지. 거기다 그깟 푼돈 몇 푼 쥐여준 것으로 날 좌지우지하려는 꼴도 꽤 거슬리고 말이다. 최문호는 똑똑하고 야망도 그득하지만 그 역시 아무 의지할 곳 없는 관리일 뿐이야. 야망이 너무 커. 야망이 많은 인간의 끝이 좋은 걸 내 본 적이 없다. 그래서 내 세자빈의 아비 되는 정대감을 한 번 만나봤지. 지금 이 나라의 실세 아니냐. 그 사람이 나에게 이런 제안을 하더라고."

아버지는 마른 입술에 침을 묻혔다.

"다음 왕을 한번 같이 세워보자고."

나는 놀란 눈으로 아버지를 쳐다봤다.

"그 말인즉슨 지금 세자를 폐위시키자는 거 아니겠냐?"

세자는 세자빈에게도, 후궁에게도 후사가 없었다.

"그 말을 듣고 나도 생각이라는 걸 좀 해봤다. 최문호와 정대감, 모두 목적은 다르지만 같은 결과를 만들어내려는 인간들이지. 그런데 말이다. 우리에겐 향이가 있지 않느냐?"

아버지는 마치 판소리의 고수처럼 무릎을 탁 쳤다.

"향이가 세자의 승은을 입었다는 소식은 나도 익히 들었다. 그렇다면 달라질 게 뭐가 있겠느냐? 향이가 우리 편인걸. 향이가 잉태라도 한다면."

아버지는 다과상에 놓인 수정과로 입을 헹궜다.

"그래서요?"

"병신 같은 년, 머리는 장식으로 달고 다니는 것이야? 우리는 그들과 반대로 해야지. 난 세자를 살려두는 것도 나쁘지 않을 것 같은 생각이 든단 말이지. 향이년이 사내 하나는 기가 막히게 후리지. 적어도 지금의 왕이 죽더라도 내가 향이년 덕분에 힘 좀 쓸 수 있지 않겠느냐? 먹여주고 재워준 은혜가 있지."

나는 입안에 고인 침을 아버지의 얼굴에 모두 다 뱉어버리고 싶은 욕구를 참았다. 향이는 은혜를 입은 적이 없었다. 오히려 몸을 팔아 우리를 먹여 살렸다. 은혜를 갚아야 하는 쪽은 향이가 아니라 우리였다.

"그게 너에게도 좋은 일일 것이야. 나이 든 왕마저 죽으면 넌 그대로 뒷방 신세지 않느냐?"

나는 주먹을 꽉 쥐었다.

"그리되는 일은 절대 없을 것입니다."

16

아버지가 떠난 방에는 역한 냄새가 흘렀다. 아버지의 냄새였다. 아무리 신분이 올라가고 좋은 음식을 먹어도 지난 세월을 모두 깨끗

하게 털어낼 수 없었다.

아버지를 간과했던 건 내 잘못이었다. 기방에서 술이나 마시며 부원군 놀이에 빠져 있다는 말을 곧이곧대로 믿은 것이 실수였다. 아버지는 기방에서 여자를 끼고 놀면서도 왕이 죽거나 뒷방 노인이 될 경우 사라질 권력 앞에서 자신이 살아남을 방도를 찾았다.

지금이야 갓 중전이 된 나에게 지방의 물색없는 부호들이 뇌물을 갖다 바치겠지만 왕이라도 죽으면 어떻게 될지는 뻔했다. 나뿐만 아니라 부원군마저 뒷방 노인네 신세가 된다. 하지만 아버지는 최문호가 가지고 있는 내가 직접 쓴 글은 모르는 눈치였다. 나는 어떻게 해야 할까? 이제 와서 멍청한 중전 노릇이나 할까?

아무것도 모른 듯 두 눈을 껌뻑이며 내 뒤에서 칼을 숨긴 채 왕과 세자에게 달려들고 있는 그들을 구경만 할 것인가. 누군가는 피를 보게 되고, 또 누군가는 죽게 될 것이다. 아버지의 말대로라면 지금 궁 안에서 움직이는 왕의 지지 세력은 크게 세 종류였다. 나를 앞세우고 있는 최문호. 세자빈의 아비. 그리고 아버지. 최문호와 세자빈의 아비는 원하는 결과는 같고 목적은 달랐다. 아버지는 그 두 사람 모두에게 승리하고 싶어 했다.

생각에 빠져 있는 사이 문밖으로 작은 그림자 하나가 어른거렸다.
"세자빈마마가 납시었습니다."
예상치 못한 방문이었다.
현상궁이 문을 열자 세자빈이 소리도 내지 않고 방으로 들어왔다.
세자빈은 현상궁을 뒤돌아보더니 나가 있으라는 눈짓을 했다. 말

한마디 하지 않았는데도 세자빈은 행동으로 모두를 숨죽이게 했다. 세자빈은 여덟 폭 치마를 펼치며 내 앞에 앉았다. 그마저도 아무 소리도 나지 않았다.

한동안 멍하니 나는 세자빈의 조아린 정수리만 쳐다봤다. 세자빈은 고개를 숙인 채 미동도 하지 않았다. 먼저 말문을 연 건 세자빈이었다. 길고 긴 눈싸움에서 세자빈이 항복한 것은 아니었다. 그저 내가 왕실의 법도를 아직 다 모르고 있는 탓이었다.

"먼저 말을 거셔야 합니다. 제가 아랫사람이지 않습니까."

그것도 모르느냐는 책망이 담긴 목소리. 우아하지만 위협적이었다.

"무슨 일이십니까?"

그때야 세자빈은 고개를 들어 나를 바로 봤다. 흐린 눈썹과 살에 파묻힌 작은 눈이 들어왔다. 박색이라고는 할 수 없었지만 결코 미인은 아니었다. 세자빈은 한참이나 또 말이 없었다. 작은 눈은 도대체 감정을 읽기 어려웠다.

"향이라는 아이가 세자와 밤을 보냈다고 들었습니다."

나는 최대한 향이의 이름을 모르는 척 냉담하게 굴었다.

"그렇게 모르는 척하실 필요 없습니다. 다 알고 왔습니다."

어디까지 알고 왔느냐며, 물을 뻔한 것을 나는 겨우 목으로 넘겼다.

"같이 자란 아이라고요. 어릴 적 동무라고 들었습니다."

괜히 떠보는 말일지도 몰랐다.

"저희 아버님이 아는 것은 저도 다 안다고 보면 됩니다."

세자빈은 침착하게 자신이 이야기를 들은 배경을 설명했다.

"차라도 내라 할까요?"

나는 태연하게 굴려고 노력했다.

"그런 걸 아랫사람에게 묻는 중전이 어디 있습니까?"

세자빈의 말이 내 허를 찔렀다. 세자빈의 말처럼 나는 세자빈의 윗사람이었다. 내가 하고 싶으면 하는 것이다. 다른 사람의 의중은 중요치 않았다. 하지만 지금 난 세자빈의 눈치를 살피고 있었다. 세자빈이 어떤 사람이라는 건 현상궁을 통해서 익히 들었다. 세자빈 역시 나와 비슷한 전철을 밟았지만, 나보다 좀 더 격식 있는 양반가의 삶을 누린 건 분명했다.

과거에 매번 떨어지던 아버지. 어느 날 세자빈 간택이 떨어지자 처자단자를 넣고, 사방팔방 인맥을 동원해 세자빈 간택에 온 힘을 기울인 아버지. 그리고 세자빈이 된 지금 내 앞에 앉아 있는, 나보다 꼭 다섯 살이 많은 여자. 현상궁은 세자빈을 가리켜 속에 구렁이 스무 마리쯤 키우고 있다고 했다.

"차는 필요 없겠네요. 제가 마시고 싶지 않습니다."

나는 허리를 꼿꼿이 세웠다. 뒤늦은 발악이었다.

"그동안 궐에서 일어나는 일들을 조용히 지켜봤습니다."

세자빈은 차분하게 입을 열었다.

"후원에서 향이란 아이가 다과를 들고 들어온 건 우연이 아니었을 것입니다. 제 추측이 맞는다면 아마 향이란 아이를 그 자리에 세우기 위해서 꽤 공을 들이셨겠죠."

세자빈의 추측은 정확했다. 나는 현상궁에게 향이를 부탁했다. 물론 쉬운 일은 아니었다. 현상궁이 드러나면 중궁전과 향이가 연결되어 있을 거란 추측은 당연했다.

현상궁은 자신의 심복을 시켜서 소주방을 책임지고 있는 상궁에게 향이를 소개했다. 일종의 수련을 부탁한다는 핑계를 댔다. 새로 궁에 들어온 궁녀들은 일정 기간 각 부서를 돌며 훈련을 하게 마련이었다. 주방상궁은 아무 의심 없이 향이에게 다과상을 내주었다. 간혹 시샘 어린 시선으로 향이를 보는 궁녀도 있었다. 궁에 있다고 해도 왕과 세자를 볼 수 있는 궁녀들은 많지 않았다. 평생을 소주방에서만, 세탁방에서만 살다 가는 궁녀들도 허다했다.

"향이라는 아이, 이름처럼 독특한 향이 있는 아이더군요."

만약 향이의 이름이 사실은 죽은 사람을 위해 피우는 향에서 왔단 이야기를 하면 세자빈은 어떤 표정을 지을지 궁금했다.

"모든 사내의 취향이기도 하고요. 처음에는 세자의 승은을 입었다는 궁녀들 하나하나를 데려다 보기도 했습니다. 얼굴에 귀티가 흐르는 아이부터 빈상의 아이까지 취향이랄 것도 없이 다양하더군요. 그 짓도 싫증이 나더이다. 그 후로는 아무것도 모르는 바보가 되기로 했죠. 바보가 되는 것만큼 세상 살기가 쉬운 법이 없지요. 그래도 세자가 어느 후궁 처소에서, 어느 궁녀 처소에서 밤을 보낸다고 하면 불쑥불쑥 솟아오르는 화를 참을 수가 없는 게 여인네입니다."

지금 난 세자를 사랑하는 또 다른 여인을 앞에 두고 있었다. 향이가 세자와 밤을 보낸 날, 나도 화가 치밀어 뜬눈으로 밤을 지새웠다고 이야기를 풀어놓고 싶었다.

"원하시는 게 뭡니까?"

나는 하고 싶은 말들을 고르고 골라서 단 하나의 문장을 내놓았다.

"아버지가 저에게 묻더군요. 누가 왕이 되는 게 좋을 거 같으냐고요."

도대체 그들은 다음 왕으로 누구를 생각하고 있는 것인지 알 수가 없었다. 그 순간 세자빈이 당의 앞으로 손을 올렸다.

"세자인지, 아니면 배 속의 아이인지요."

나는 이제야 세자빈 무리가 세운 계획을 파악할 수 있었다. 세자빈은 세자의 아이를 가졌다.

세자빈의 눈이 나를 똑바로 바라봤다. 그 눈 안에는 차갑게 얼어붙은 여인이 한 명 있었다. 지아비에게 사랑받지 못하는 여자. 그 모습은 나이기도, 세자빈의 모습이기도 했다.

"저는 망설임 없이 대답했습니다. 아들이라고요. 승천하는 용꿈을 꿨어요. 이 아이는 분명 아들입니다."

세자빈이 갑자기 고개를 숙였다.

"중전마마, 세자를 죽여주세요."

그들은 지금 자신들의 권력을 지키기 위해서 나를 이용하려고 들었다.

"연유가 뭡니까?"

나는 차갑게 물었다. 당당하던 세자빈의 태도가 돌변했다. 작은 소리에도 눈이 돌아가고 주변을 두리번거렸다.

"궁에는 귀가 많아요."

"연유를 말하지 않으면 나는 세자빈에게 들은 말을 그대로 전하에게 할 것입니다. 아니죠. 세자에게 할 것입니다. 그럼, 세자빈은 어떻게 될까요?"

세자빈은 오른손으로 이마를 만졌다.

"그저 좀 빨리 죽겠죠."

"무슨 말입니까?"

세자빈은 더운 입김을 몇 번 뱉어내더니 저고리를 매만졌다.

"지금은 제가 무슨 말을 해도 믿지 않으실 것입니다. 하지만 제 연유를 들으시면 그때 꼭, 세자를 죽여주세요. 세자는 보이는 게 전부인 사내가 아닙니다."

나는 세자빈의 의중을 전혀 알 수가 없었다. 세자빈은 다시 소리 없이 중궁전을 빠져나갔다.

현상궁이 놋그릇에 담긴 차가운 물을 내밀었다.

"뭔가요?"

"속 차리시라고. 주상전하께서 숙용 김씨의 처소로 가셨습니다."

나는 타들어가는 촛불을 응시했다. 왕은 공식적으로 한 명의 부인과 여러 명의 후궁을 거느릴 수 있다. 사가에서 처첩질이 남의 손가락질을 받는 것과 달리 왕이 많은 여자를 거느리는 것은 후사를 위해서 장려되는 일 중의 하나였다. 중전에게 후사가 없을 경우에는 조종의 대신들까지 나서서 왕에게 후궁을 맞아들이라 간언을 했다.

"현상궁, 마음이 이상해요."

"말씀하지 마십시오."

현상궁이 타이르듯 말했다.

"여기는 궁입니다. 마음은 중요하지 않습니다. 아무리 쓸모없는 말이라도 뱉어지는 순간 꼬리가 달리기 마련입니다. 그 꼬리가 언젠가 자신의 목을 조를 수도 있다는 사실을 한순간도 잊으시면 안 됩니다."

나는 다시 입을 닫았다. 그리고 혼자 속으로 속삭였다. 왕이라는 자, 나의 지아비 되는 자가 내 방을 찾지 않아도 하나도 속상하지 않아요. 지금 내 머릿속을 가득 채우고 있는 것은 단 두 사람이었다. 세자와 향이.

"향이를 친잠실로 불러주세요."

현상궁이 물었다.

"말려도 안 들으시겠죠?"

나는 고개를 끄덕였다.

17

어둠을 틈타 홀로 친잠실로 향했다. 어둠 속에서 하얗게 빛을 발하는 누에는 뽕잎을 갉아먹으며 기어갔다. 누에가 지나간 자리마다 길이 났다. 몇 해 전에 왕당파는 왕의 처소 뒤에 있는 뽕나무의 잎에

꿀을 발라 누에에게 갉아먹게 했다.

누에가 지나간 자리에는 혁신정치를 단행한 대신의 이름이 적혔다. 왕당파는 그가 왕이 되기 위해 역모를 꾸민다고 몰아서 그에게 사약을 내렸다. 세자빈의 무리는 권력을 유지하기 위해서는 무슨 일이라도 할 자들이었다.

향이가 문을 열고 들어왔다. 달빛이 언뜻 향이의 얼굴을 비쳤다. 남자의 사랑을 받는 이의 얼굴은 이렇게 더 아름다워지는 걸까.

까칠한 세자빈과 나의 얼굴과는 확연히 달랐다. 나는 부러운 눈으로 향이를 쳐다봤다. 여자로 향이에게 질투가 났다. 세상은 불공평하지. 아름다운 향이 앞에 선 난 얼마나 초라할까. 못난 생각을 떨쳐내기 위해서 나는 뽕잎을 누에에게 건넸다. 향이가 곁으로 다가왔다.

"네가 본 세자는 어떤 사람이니?"

향이는 당혹스런 표정을 지었다.

"이제 겨우 몇 번 같이 밤을 보냈습니다. 어떤 분이신지 헤아리기에는 짧은 시간이지만, 다정한 분이셨습니다."

향이에게 세자빈에게 들은 말을 할 수는 없었다. 아직 검증되지 않은 말들이었다. 세자빈이 혼란을 주기 위해 꾸며낸 이야기인지도 몰랐다. 향이가 한 손으로 내 뺨을 쓸어내렸다.

"많이 야위셨어요."

평소 같았으면 향이의 손에 나를 맡기고 향이를 안고 냄새를 맡았겠지. 하지만 오늘은 아니다. 세자가 죽길 원하는 사람이 한 명 더 늘었다. 어떤 이는 권력을 위해서고, 어떤 이는 살기 위해서였다. 모두 자신들의 목적을 위해 나를 이용하려고만 했다. 나는 그저 사과를 깎는 칼, 밭을 가는 쟁기와 같은 도구일 뿐이었다.

"향이야, 우린 꼭 여기서 살아남아야 해. 그리고 절대 누구에게도 휘둘리지 말자."

나는 친잠실 밖을 살피곤 문을 살며시 열었다.

"그런 말만 하고 가실 겁니까?"

향이가 듣고 싶은 말이 뭔지 안다. 자신을 안아달라고 향이의 가느다란 손가락이 내 손등을 간지럽혔다.

우리의 역사가 시작된 날이 생각났다. 향이가 내 대신 눈이 먼 노인의 방에 다녀온 다음날이었다. 향이는 여느 때처럼 시름시름 앓았다. 나는 아무것도 해줄 수가 없었다. 부엌에서 따뜻한 물을 가져와서 향이의 손과 발을 닦아줬다. 물속에 들어간 내 손등을 향이가 가만히 간질였다. 나는 향이에게 다가가 가만히 입을 맞췄다.

향이의 손을 슬며시 잡아 뺐다.

"오늘은 그만 가자."

향이가 아쉬운 듯 얕은 숨을 뱉었다.

"마마, 왜 저는 없을까요?"

향이가 불쑥 물었다.

"마마는 중전이 되셨습니다. 이 나라의 국모가 되신 겁니다. 저는 이제 겨우 세자마마의 승은을 입었지요. 그런데…… 이 모든 이야기에…… 저는 없는 것만 같습니다."

나도 마찬가지였다. 잠시 침묵이 흘렀다. 향이가 저번과 같은 질문을 다시 했다.

"중전마마, 언제 세자를 죽일까요?"

나는 향이를 안고 이마에 입을 맞췄다.

"사마귀 암컷은 교미를 할 때 수컷 사마귀의 머리를 잘라버린다고 해."

향이의 눈이 반짝였다.

"세자가 너에게 완전히 빠져서 한 치도 빠져나올 수 없을 때. 그때, 세자를 죽이는 거야."

향이는 고개를 끄덕이고 친잠실의 문을 열고 나갔다. 나는 속으로 백을 셌다. 백을 세는 만큼 향이의 마음도 나에게서 점점 더 멀어지는 것 같았다.

친잠실에서 나와 중궁전으로 향했다.

어둠이 내려 사방은 먹물을 뿌려놓은 듯 형체를 알 수 없었다. 낮에는 위용을 자랑하던 궁이 어둠 속에서는 평범해 보였다. 어느 양반가 같기도, 산속의 사찰 같기도 했다.

낮과 달리 중궁전으로 가는 길은 찾기 어려웠다. 낮엔 쉽게 보이던 지표들이 어둠 속에 가려졌다. 나는 몇 번이고 길을 잘못 들어섰다가 발길을 옮겨야 했다. 그나마 보름달이라 다행이었다. 발길을 이리저리 옮기다 보니 익숙한 통로가 보였다. 그 순간이었다. 내 앞으로 검은 그림자 하나가 빠르게 지나갔다.

검은 그림자는 곧장 궁녀 처소의 담을 넘어갔다. 나는 길 가운데 우뚝 멈춰 섰다. 궁 안에서 밤에 담을 넘는 사내든, 계집이든 그 누구도 있어서는 안 될 일이었다. 혹여 쫓기는 자라고 한다면 궁의 호위를 담당하는 내관들과 선전관(宣傳官)들이 뒤를 쫓고 있을 것이다.

나는 체면 같은 것은 잊어버리고 궁 안을 달리기 시작했다. 속치마가 부딪히며 나는 바스락거리는 소리가 거슬렸지만 중요하지 않았다. 그사이 누군가 내 얼굴을 본다면 그게 더 큰일이었다. 등 뒤로 식은땀이 흘렀다. 여덟 폭 치마가 거추장스러웠다. 저 멀리 중궁전이 보였다. 목으로 마른 침을 겨우 넘기고서야 나는 중궁전의 문을 붙잡았다. 거칠어진 숨을 골랐다.

중궁전은 고요했다. 보초를 서는 궁녀들도 그대로였고, 누구 하나 왔다 간 흔적도 없었다. 숨을 돌리자 졸음이 쏟아졌다. 나는 가체도 벗지 못한 채 잠 속으로 빠져버렸다.

검은 그림자가 나를 덮쳤다. 거대한 그림자는 웬만한 사내보다 컸다. 내가 발버둥을 치며 밀어내자 거대한 그림자는 두 손으로 나의 가슴을 눌렀다. 나는 최선을 다해 그림자의 두 손을 치우려고 애썼다. 그러나 내가 손이라고 생각한 것은 거대한 개의 앞발이었다. 나는 놀라 고개를 들어 창문으로 새어 들어오는 달빛으로 얼굴을 살폈다. 뾰족한 송곳니를 드러내고 입을 벌리고 선 거대한 개였다.

나는 몸을 뒤틀며 개의 발에서 벗어나기 위해 최선을 다했다. 그러나 개는 꿈쩍도 하지 않았다. 나도 서서히 지쳐갔다. 개는 그때를 기다렸다가 능숙하게 저고리를 앞발로 찢었다. 길게 나온 개의 발톱이 살을 파고들었다. 쓰라리고 아픈 것도 잠시였다. 뒷발로 지지대를 만든 개는 자신의 성기를 나의 치마 속으로 집어넣기 시작했다. 나는 끊임없이 비명을 질렀다. 헐떡이던 개가 나의 귓가에 머리를 처박았다.

"중전마마."

나는 놀라 고개를 들어 개의 얼굴을 살폈다. 세자의 얼굴이었다.

"안 돼!"

현상궁이 문을 열고 들어섰다. 얼굴이 타들어 간 논바닥처럼 검었다.

"중전마마……."

현상궁은 머뭇거렸다.

"궁녀 처소에서 한 아이가 죽었습니다."

궁에서 궁녀는 절대로 죽을 수 없었다. 병이 들거나 나이가 들면 궁을 나가는 게 원칙이었다.

"자결인가?"

현상궁은 고개를 가로저었다.

"누군가 궁녀를 죽이고 목을 잘라 왕이 다니시는 선정전의 남문에 놓았다고 합니다. 그리고 그 아이는……."

현상궁은 잠시 주변을 두리번거렸다.

"얼마 전에 세자마마의 승은을 입은 아이라고 합니다."

나는 세자빈의 말이 떠올랐다. 그녀는 무언가 알고 있는 게 분명하다.

"범인은요?"

"아직 아무도 모른다고 합니다. 다만 어젯밤 궁녀 처소 주변에서 검은 그림자가 오가는 걸 본 몇 명의 궁녀가 있습니다. 그리고 중전마마, 그 시각에 마마는 중궁전에 계시지 않았습니다."

현상궁의 말을 듣자마자 머리가 지끈거렸다. 중궁전을 비워두고 향이를 만나러 친잠실로 향했다. 만약 범인의 흔적을 찾아 나에게까지 온다면 나는 분명 궁녀가 죽은 시각에 중궁전에만 있었다는 걸 증명해야만 한다. 하지만 난 그 시각에 중궁전에 없었다. 향이를 만나고 돌아가는 길이었다. 만약 향이와 만난 걸 이야기한다면 나의 무죄는 증명될 수 있지만 모든 계획이 수포로 돌아간다.

나는 시치미를 떼기로 했다.

"현상궁, 난 그 시각에 중궁전에 있었습니다."

나는 고개를 들어 현상궁의 검은 낯빛을 나무라듯 쳐다봤다.

"그거야 나도 알고, 현상궁도 아는 일이지요."

현상궁은 불안을 숨기기 위해 고개를 조아렸다.

"세자빈에게 갈 것입니다. 채비를 해주세요."

18

빈궁전으로 가기 위해 골목으로 꺾어 들었다. 바로 앞에서 세자가 걸어왔다.

세자의 뒤에는 칼을 찬 호위무사들이 여러 명이었다. 내가 멈춰 서자 세자도 멈춰 섰다. 우리는 일정한 간격을 두고 서로를 바라봤다. 누가 먼저 움직이지도 않았다. 세자가 큰 두 눈으로 나를 응시했다. 묻고 싶었다. 당신은 도대체 어떤 사람인가요?

"중전마마, 어딜 가십니까?"

세자가 먼저 걸음을 뗐다.

"세자는 어디로 향하는 길입니까?"

나는 애써 태연한 척했다. 세자는 활을 들어 보였다.

"사냥을 갑니다. 꿩을 잡아보려고요."

이제 세자는 바로 내 눈앞까지 다가왔다.

"중전마마는 제 질문에 아직 대답을 하지 않으셨습니다."

나는 머뭇거렸다. 빈궁전에 간다는 말이 입 밖으로 나오지 않았다.

"이곳은 빈궁전으로 향하는 길목입니다. 세자빈을 보러 가시나요?"

나는 마지못해 고개를 끄덕였다.

"제가 빈궁전까지 안내해드리지요. 아직 궁이 낯서시지요?"

세자가 옆으로 와서 섰다. 고개를 돌리면 그의 어깨가 보였다. 가슴이 뛰었다. 나는 지금 내가 죽여야만 하는 사람과 함께였다. 그래서 맥박이 빨라지고 숨이 가쁜 것은 아니었다. 세자의 손동작 하나하나에도 신경이 쓰였다. 그가 나를 보지 않길 바라면서도, 한편으로는 강렬하게 바라봐주길 바랐다. 뭐가 나의 진심인지 알 수 없었다.

"세자빈과는 사이가 좋나요?"

세자가 고개를 불쑥 돌려 나의 얼굴을 빤히 쳐다봤다. 천진난만한 얼굴이었다.

"부부라는 것이 사이가 좋을 리가 없지 않습니까? 몇 해 전에 이런 일이 있었습니다. 어느 날 밤이었어요. 빈궁전을 찾았는데 세자빈이 고뿔에 걸렸다며 저를 다시 동궁으로 돌려보냈습니다. 그날따라 외로움이 컸지만 세자빈이 아프다니 발길을 돌렸습니다. 그리고 잠을 청했죠. 새벽녘이 되자 창문을 여는 소리가 들렸습니다. 순식간에 표창이 제 목을 향해 날아왔죠. 하마터면 목이 날아갈 뻔했습니다."

세자는 옷깃을 내려 목의 상처를 보여줬다.

"그런 이야기는 처음 듣습니다."

세자가 가지런한 이를 드러내며 웃어 보였다.

"원래 궁에서 나쁜 일은 일어나지 않는 법입니다. 이곳은 평화롭기만 해야 하죠. 극락처럼요."

"범인은 잡았습니까?"

세자는 고개를 가로저었다.

"잡으면 뭐하겠습니까? 자객이 실패하면 계집을 넣고, 계집이 실패하면 음식에 독을 타는 게 그들인데요."

우리는 어느새 빈궁전 앞에 도착했다.

내가 멈춰 서자 세자가 나를 향해 돌아섰다. 갑자기 세자가 내 앞으로 얼굴을 들이밀었다. 내가 뒷걸음질 치자 어깨를 잡아 세웠다. 그러곤 콧등 위로 바람을 훅 불었다. 콧등에 내려앉았던 작은 꽃잎 하나가 땅으로 떨어졌다.

세자가 잡았던 어깨를 놓았다. 세자는 고개를 숙여 인사를 하곤 돌아온 길을 다시 걸어갔다. 내 얼굴에는 아직 세자가 분 바람이 맴돌았다. 현상궁이 말한 초여름의 냄새고, 바다의 냄새였다.

19

빈궁전의 문은 굳게 닫혀 있었다. 안에서는 아무 소리도 들리지 않았다.

"중전마마 납시었습니다."

어린 궁녀 한 명이 배꼼 문을 열어 내 얼굴을 확인하더니 문을 열었다.

"지금 무엇하는 짓이냐!"

현상궁이 어린 궁녀를 크게 혼냈다. 나는 현상궁의 옷자락을 슬쩍 잡아끌었다. 지금은 빨리 세자빈을 만날 때였다.

　세자빈의 처소 역시 여러 명의 궁녀들이 마치 보초를 서듯 감싸고 있었다. 문이 열리고 초췌한 세자빈이 얼굴을 내밀었다.

　"제게 이제 말해주세요."

　세자빈은 고개를 끄덕이며 나를 처소로 안내했다. 쾌쾌한 냄새가 났다. 구석에 요강이 보였다.

　"저것부터 치우세요."

　궁녀가 급히 요강을 들고 나갔다.

　"지금부터 세자빈과 저만 이곳에 있을 겁니다."

　현상궁은 궁녀들을 모두 데리고 나가 문을 닫았다.

　세자빈은 초조한 눈으로 주변을 살폈다. 나는 세자빈이 정신을 가다듬을 동안 끈질기게 기다렸다. 세자빈은 내 얼굴을 몇 번이나 쳐다봤다. 마치 이 사람이 맞는지를 확인하는 것 같았다.

　"중궁전에 다녀간 이후로 밖을 나가지 않았습니다. 이해해주세요."

　나는 고개를 끄덕였다.

　"지금부터 제가 말하는 것이 진짜, 진짜 세자의 모습입니다, 중전 마마."

　한밤중에 세자가 세자빈의 처소를 찾았다. 일 년에 한 번 있을까 말까 한 날이었다. 세자가 세자빈의 처소를 찾는 날은 조정의 압력과 왕의 권고에 의한 게 대부분이었다. 한마디로 부부 흉내만 내는 것이었다. 온다고 해서 몸을 건드리는 것도 아니었다. 빤히 세자빈을 쳐다보곤 이상한 말을 꺼내기 일쑤였다. 그날은 특히 이상한 말을 꺼냈다.

"세자빈은 개고기를 먹어본 적이 있나요?"

세자빈은 고개를 저었다. 수년 전에 반역의 무리가 개 잡는 집에서 개장국을 먹고 역모를 일으킨 일 이후로 궁에서도 개고기를 금기시했다.

"내 얼마 전에 아주 끝내주는 개고기를 먹었답니다."

"마마, 그건 궐에서 금기시하는……."

세자의 눈이 가늘어졌다.

"원래 하지 말라면 더 하고 싶어지는 게 사람이지 않습니까? 그 개고기는 아주 특별했어요. 사람을 먹고 자란 개였거든요."

세자의 두 눈에 푸른빛이 어렸다. 세자는 다른 세상의 사람 같았다. 세자는 사람을 먹고 자란 개에 대한 이야기를 시작했다.

십 수 년 전에 최악의 가뭄과 흉년이 한 해에 겹친 적이 있었다. 논바닥은 갈라지고 나뭇잎은 말라버렸다. 전염병까지 돌아 마을 어귀마다 해골로 된 허수아비가 잡귀를 쫓기 위해 섰다. 백성들은 살기 위해서 개와 고양이, 쥐, 개미 할 것 없이 눈에 띄는 모든 생명체를 잡아먹었다. 그것마저 바닥이 나고 나면 갓 태어난 어린아이가 있는 집을 돌며 어린아이를 빼앗아다 가마솥에 팔팔 끓여 나눠 먹기도 했다. 이런 극심한 흉년에 간신히 사람들의 눈길을 피해서 죽은 사람 고기를 먹고 살아남은 개가 있었다.

개는 흉년이 끝난 이후에도 사람 고기 맛을 잊지 못하고 이 마을, 저 마을을 돌아다니며 사람을 잡아먹었다고 한다. 개는 점점 몸집을 불리더니 어느 순간에는 건장한 사내보다 키가 컸다. 그러자 마을의 사람들은 개를 신으로 모시기 시작했다.

신이 된 개는 이제 떠돌아다닐 필요가 없었다. 마을 사람들이 알아서 날마다 고기를 가져다 바쳤다. 가난한 집의 갓 태어난 아기도 있었고, 곧 죽음을 앞둔 노파도 있었다. 그런데 어느 날부터 신이 된 개는 다른 걸 요구하기 시작했다. 분명 제물로 바친 사람의 고기가 남았는데도 불구하고 개는 한밤중에 마을로 뛰어 내려왔다. 마을로 뛰어 내려온 개는 코를 킁킁거리며 어느 집 앞에 멈춰 섰다. 딸만 넷을 키우는 과부의 집이었다.

개의 그곳이 점점 부풀어 올랐다. 개는 낮은 싸리문을 한달음에 뛰어넘어서 과부의 집으로 들어갔다. 그리고 과부의 네 딸 중에서도 이제 갓 열다섯이 된 둘째에게 곧바로 달려들었다. 놀라서 깬 과부와 다른 딸들이 개에게 달려들어도 봤지만 소용이 없었다. 그럴수록 둘째 딸은 오히려 비명을 지르며 고통에 몸을 뒤틀었다.

과부는 다른 딸들이 혹시 똑같은 짓을 당할까 걱정돼 나머지 딸들을 데리고 방을 나섰다. 개의 거친 발아래서 헐떡이던 둘째딸은 과부에게 구해달라고 소리를 질렀지만, 과부는 방문을 닫고 그 길로 옆집으로 도망갔다. 혹시나 싶어 나머지 딸들에게는 고약한 냄새가 나는 거름을 뒤집어 씌었다. 개가 이 집을 찾아든 건 분명 딸들에게서 나는 여자 냄새 때문이었을 것이다.

과부가 나가고 난 뒤 둘째 딸은 두 눈을 꼭 감아버렸다. 개는 마치 사람처럼 두 앞발로 둘째 딸의 대자(가슴가리개)를 풀고 혀로 핥았다. 바짝 선 그곳을 여자의 몸속 깊숙이 집어넣고는 마치 사내처럼 위아래로 흔들었다. 둘째딸은 처음엔 고통에 휘말렸다. 하지만 고통만 계속되진 않았다. 몸이 흔들릴수록 둘째딸은 다음번에는 어떨까, 하는 생각을 하게 됐다. 한참이 흐른 후에야 개는 둘째딸의 몸에서 내려왔다. 둘째딸은 부끄러운 생각이 들어 몸을 급히 가렸다. 개는 뒤도 돌아보지 않고 방을 뛰쳐나갔다.

그 후로 개는 한 달에 한 번 둘째딸을 찾았다. 종종 둘째딸이 개를 찾아가는 걸 목격했다는 소리도 들렸다. 그렇게 몇 달이 지났을 때, 둘째딸의 배가 불러오기 시작했다. 마을 사람들은 개의 새끼인 걸 알았지만 아무도 무서워서 둘째딸에게 묻지는 못했다. 그리고 은근히 둘째딸의 출산을 기다렸다.

"개가 나올까요? 사람이 나올까요?"

이야기 내내 미간을 모으고 역겨운 표정을 하고 있던 세자빈의 턱을 세자가 잡아 돌리며 물었다.

"말해보세요. 둘째딸이 밴 새끼는 개 새끼일까요? 사람 새끼일까요?"

"말이 안 됩니다. 어찌 세상에 그런 일이……."

세자는 갑자기 세자빈의 다리 사이로 손을 쑥 집어넣었다. 세자빈의 그곳이 촉촉하게 젖어 있었다.

"개의 자식이 개 새끼지 뭐겠습니까?"

세자는 일어나서 덩실덩실 춤을 췄다.

"세자빈, 난 개 새끼의 아들입니다."

세자는 곧 춤을 멈추더니 발정 난 개처럼 송곳니를 드러내 으르렁 거리며 이야기 속의 개처럼 세자빈을 덮쳤다. 세자빈의 저고리를 거칠게 풀어헤치고 가슴을 손톱으로 마구 할퀴었다. 세자빈은 비명을 지르고 싶었지만 담 너머로 여인의 소리가 새 나가면 안 된다고 배웠다. 세자빈은 자신의 입술을 잘근잘근 씹으며 고통스러운 밤을 견뎌야 했다.

세자빈의 얼굴은 이야기를 뱉어내는 동안 담담해져 갔다.

"믿기 어려우실 것입니다. 아니 왕은 세자보다 더할지도 모르죠."

나는 아무 말도 할 수 없었다. 왕 역시 종잡을 수 없는 인물이었다.

"사람들은 세자에 대해서 말합니다. 이 나라의 다음 왕이 될 완벽한 세자라고요. 어릴 적부터 시와 무예에 모두 능했다고 하죠. 한 번 들은 건 쉽게 잊지도 않습니다. 비상한 머리를 가진 건 분명합니다. 그리고 빼어난 외모를 가졌죠. 사람들은 세자가 미소만 지어도 마음을 빼앗깁니다. 밖에서는 아비가 무서워할 정도로 위협적인 세자지만 저에겐 쓰레기 같은 지아비일 따름입니다."

"세상에 완벽한 남자는 없습니다."

세자빈은 부들부들 몸을 떨었다.

"제가 세자빈이 되어 들어온 첫 해였습니다. 벌써 칠 년이란 세월이 흘렀네요. 그때도 똑같은 살인사건이 있었습니다. 그 궁녀를 죽인 게 누군지 아십니까?"

내가 대답하기 전에 세자빈은 확신에 찬 눈으로 고개를 끄덕였다.

"세자의 승은을 입은 궁녀였습니다. 한동안 문턱이 닳는다는 말이 실감 나게 세자가 그 궁녀의 방에 들락거렸다고 들었습니다. 그런데 어느 날 밤에 쥐도 새도 모르게 죽었어요. 아이를 가졌다는 소문도 있었죠."

"증거는요?"

세자빈은 세차게 고개를 흔들었다.

"궁입니다. 세자라면 증거를 없애는 일쯤이야 식은 죽 먹기지요."

나는 빈궁전으로 오면서 들은 세자의 말이 떠올랐다.

"몇 해 전에 세자빈은 고뿔이 걸렸다고 세자를 동궁으로 돌려보냈죠. 그날 밤, 세자의 처소에는 자객이 들었어요. 세자 목의 상처도 봤어요. 그것은 누구의 짓입니까?"

세자빈이 피식 웃었다.

"중전마마도 세자의 웃는 얼굴에 속아 넘어가신 겁니까? 그런 거짓말이야 수없이 지어낼 수 있어요."

나는 바들바들 떠는 세자빈을 차갑게 바라봤다.

"나는 세자빈을 어떻게 믿죠?"

"믿든지 말든지 마음대로 하세요. 하지만 세자가 죽지 않으면 언젠가는 제가 이 방에서 그 궁녀처럼 목이 달아난 채로 발견될지도 모릅니다."

세자빈은 거의 애원하듯이 이야기를 이어갔다.

"사람들은 중전마마처럼 생각할 것입니다. 세자빈이 세자와 같은 세력이 아니니 세자를 죽이려고 하거나, 음해하려고 든 게 아닌지. 그 잘난 세자가 아무 이유 없이 세자빈의 머리를 날리지 않았을 거라고요. 제 목이 달아난 이후에야 믿으시겠어요? 세자가 범인입니다. 살인마라고요!"

나는 갑자기 누구도 믿을 수 없었다. 눈앞이 안개가 낀 것처럼 답답했다. 현상궁이 말한 멋진 사내는 어디로 사라졌나. 나에게 청개구리를 보여주던 그 사내는 누구던가? 향이의 말처럼 자상하게 여자를 품던 그 사내는? 세자빈의 말처럼 미쳐 날뛰는 살인마는 과연 누구던가? 내가 알고 있는 세자는 과연 누구인가?

20

며칠 동안 조정의 누구도 궁녀의 죽음을 크게 부풀리지 않았다. 궁 안의 모든 이들이 서로의 움직임을 살피느라 잔뜩 어깨를 움츠리고 눈치를 살폈다. 지금 궁 안에는 굶주린 호랑이들 천지였다.

굶주린 호랑이들은 다리를 다친 사슴을 동시에 발견했다. 호랑이는 누구도 먼저 사슴에게 달려가지 못하고 서로의 눈치를 살폈다. 오랜 굶주림도 잊을 만큼 그들은 눈앞의 먹이보다 발톱을 세워 맹수의 본능을 확인하는 일이 더 절실했다.

왕은 조용히 움직였다. 세자빈을 비롯한 정대감 세력은 더 조심히 사건을 조사했다. 매수한 내관과 상궁들을 통해서 작은 소문 하나하나까지 다 캐어간다는 이야기가 들렸다. 세자는 조용했다. 향이의 처소를 찾는다는 소리만 들렸다.

궁녀들은 모두 밤마다 문단속에 신경을 썼다. 중궁전과 각 내명부의 처소에는 무관들이 배치됐다. 내명부의 여인들을 보호하기 위한 일이라고는 하지만 실상은 내명부 모두를 감시하기 위한 것이었다. 왕조가 설립된 이후로 내명부의 질투와 그로 인한 폐해는 이루 말할 수가 없었다. 왕의 총애를 빼앗긴 후궁이 질투에 휩싸여 숨겨둔 비소를 들켜서 사약을 받은 일도 있었다. 왕은 내명부 중에 누군가가 궁녀의 죽음에 관여한 것이라고 믿는 듯했다.

나 역시 발이 묶이고 말았다. 궁녀들 몇이 어둠 속에서 여인의 걸음걸이를 봤다고 증언했다. 보지 않아도 나였다. 다행히 어둠 때문에 얼굴과 직책을 알 수 있는 의상을 정확히 본 이는 없었다. 하지만 언제 화살이 내게 날아올지 모르는 일이었다.

왕이 중궁전을 찾은 건 오랜만이었다. 흰머리는 더 늘었고, 눈빛은 더 탁해졌다.

왕은 자리에 앉더니 주안상을 들이라고 했다. 나는 왕의 얼굴을 가만히 응시했다. 왕의 얼굴에는 고민의 흔적이 역력했다. 궁녀 처소에서 일어난 살인사건이 그를 괴롭히고 있는 게 분명했다.

"주상전하께 세자는 어떤 아들인가요?"

나는 왕이 보는 세자가 궁금했다.

왕은 말없이 술을 한입에 털어 넣었다. 눈은 과거를 더듬었다. 어느 순간에 입꼬리를 올리며 미소를 지었다.

"영민한 아들이었소. 내 나이 스물에 얻은 첫 아들입니다. 귀하기가 이루 말할 수가 없었죠. 유모가 하루는 그러더라고요. 뒤집기도 빨리하고, 옹알이도 다른 애들보다 빠르다면서. 영민한 데다가 몸도 아주 튼튼하다고요."

왕의 눈은 기쁨으로 가득했다. 어린 왕자는 왕에게 아무 위협도 되지 않는 존재였다. 그 시절에 왕은 진심으로 왕자를 사랑했을 것이다. 아무것도 할 수 없는 존재는 종종 무한한 애정을 동반하기 마련이다. 그래야만 강한 어른들의 세상에서 살아남을 수 있으니까.

"열 살이 넘어도 참으로 바른 아이였소. 내 말을 거역하는 법이 없었죠. 성균관의 학자들은 모두 세자가 누구보다도 모든 걸 빨리 깨우치고 있다고 입이 마르도록 칭찬을 했답니다."

열 살이 넘은 나이라도 아직 어리다. 칭찬을 듣고 싶어서 세자는 계속해서 공부를 게을리 하지 않았을 것이다. 하지만 생각이 많아지고 세상을 보는 눈이 넓어지면서 아버지가 무한히 존경받아야만 하는 대상이라고 여기지 않았을 것이다. 사람은 유일하게 자신을 만들어낸 존재를 경멸할 수 있는 존재다.

왕은 더는 기억을 더듬지 않았다. 거기까지가 왕이 기억하는 아들의 모습이었다. 그 이후로는 왕에게 아들은 없었다. 경쟁자뿐이었다. 자신의 자리를 탐내는.

"지금의 세자는 어떤 분이라고 생각하세요?"

나는 짐짓 목소리를 깔고 왕의 의중을 떠봤다. 나에겐 무엇보다 중요한 일이었다. 현상궁이 말한 세자, 향이가 말한 세자, 세자빈이 달려와 말한 세자는 모두 다른 사람이었다. 아버지가 보는 세자는 과연 어떤 모습일까?

왕의 오른쪽 눈꺼풀이 미세하게 떨렸다. 술잔을 다시 입으로 털어 넣었다.

"아들이자 지아비. 지아비이자 아버지가 될 자. 아버지가 될 자이면서 동시에 아들. 그리고 사내이자 왕자인 동시에 장차 왕이 될 수많은 얼굴을 가진 자……."

왕이 말끝을 흐렸다. 어쩌면 아버지는 아들을 가장 정확하게 알고 있었다. 각각의 위치에서 각각의 모습으로 다른 얼굴을 바꿔 쓰는 세자의 모습을.

"어떨 땐 한없이 부드럽다가, 어떨 땐 소스라치게 무서운 녀석입니다."

왕은 잠시 자조적인 웃음을 띠었다.

"그런데 말이죠. 우스운 건 그 모습이 꼭 내 모습이란 말입니다."

왕은 술을 연거푸 몇 잔 마시더니 배시시 미소를 지었다. 두 눈동자가 붉어졌다. 왕은 갑자기 어깨를 푹 숙이더니 목을 두꺼비처럼 집어넣고 사방을 훑었다. 두 눈에는 두려움이 가득했다.

"미안해요……."

"주상전하, 왜 그러세요?"

왕은 나의 치마폭 뒤로 몸을 숨겼다.

"삼촌이 왔어. 삼촌이……. 난 정말 몰라요. 난 정말……."

왕은 어린 시절로 돌아가 엄마의 치마폭 뒤로 숨은 아이가 됐다.

"난 그냥 그들이 시키는 대로 심부름을 했을 따름이에요. 전 그 안에 뭐가 들었는지 정말 몰랐어요. 삼촌……."

왕은 바닥에 고개를 대고 울음을 터뜨렸다. 엄마에게 혼난 아이처럼 서럽게 울었다. 왕은 삼촌을 독살하고 왕위에 올랐다는 소문에서 평생 자유롭지 못했다. 몸져누운 선왕에게 조카였던 왕은 꿀에 절인 산삼을 진상했다. 왕은 조카가 가져온 산삼을 먹고 이틀 후에 죽었다. 의심을 피할 수 없는 상황이었다.

나는 가만히 왕의 어깨를 다독였다.

"이젠 괜찮아요. 여긴 아무도 없어요."

왕은 파묻은 고개를 겨우 들었다. 얼굴의 주름 사이사이 눈물이 넘쳐흘렀다. 나는 왕의 눈을 처음으로 마주했다. 어린아이가 보였다. 이 세상에서 아주 오랫동안 가장 강력한 남자로 살았지만 언제나 죽음과 위협에 둘러싸여 있었다. 왕과 나는 닮았다. 우리는 살기 위해 여기까지 온 것이었다. 나는 왕이 안쓰러웠다.

"전하는 살아남기 위해 그러신 거잖아요."

처진 왕의 두 눈이 나를 올려다봤다. 왕이 아이처럼 고개를 끄덕였다.

"맞아. 나는 살기 위해 그랬어. 내가 그러지 않았으면 삼촌이 아니라 내가 죽었겠지. 분명 내가 죽었을 것이야."

왕의 목소리가 흔들렸다.

"이제 괜찮아요. 우리는 살아남았어요."

왕이 내 품에 안겼다. 나도 왕을 꼭 껴안았다. 남자와 여자의 애정이 아니었다. 시대를 건너 같은 일을 겪은 사람들 사이에서 종종 생겨나는 동지애였다.

21

나는 궁을 거닐며 생각에 빠졌다. 잘 가꿔진 나무들과 꽃들. 어디 한군데 평화롭지 않은 곳이 없었다. 하지만 지금 궁에서는 무시무시한 일이 벌어지고 있었다.

현상궁이 옆으로 다가왔다.

"지금 궁은 두 개의 파가 팽팽하게 서로를 견제하고 있습니다. 하지만 누구도 먼저 움직이는 사람은 없습니다. 하나는 왕을 지지하는 세력이고, 하나는 세자를 지지하는 세력이지요."

"하지만 겉모습이 같다고 속도 같진 않죠."

현상궁이 빙긋 웃었다.

"이제 궁의 여인네 같은 말씀을 하시네요. 왕을 지지한다고 모두 같은 방법이 아니고, 같은 결과를 원하는 것도 아니죠."

"난 어떻게 해야 할까요?"

"또 어린애 같은 소리를 하십니다. 중전마마가 제일 원하시는 결과를 생각하세요. 그것만요."

내가 제일 원하는 결과? 그것은 자유로워지는 것이었다. 아버지로부터, 노인들로부터, 이제는 궁 안의 모두로부터. 하지만 궁 안에서 자유로워지는 것은 불가능해 보였다.

"제가 원하는 것이 불가능하다면요?"

"불가능한 것은 없습니다. 생각만 살짝 바꾸면요. 불가능하다면 가능하게 만들 힘을 가지시면 됩니다."

고개를 들어 하늘을 올려다봤다. 하얀 구름도 궁 안에 갇혀 있다. 나는 숨을 내뱉어 구름을 불어봤다. 너라도 이곳을 빠져나가라고. 하지만 아무것도 꿈쩍하지 않았다.

"현상궁, 가뭄에 사람 고기를 먹고 자란 개 이야기를 아세요?"

뒤를 쫓던 현상궁이 멈춰 섰다.

"그 개가 누구일까요?"

현상궁은 아무 말이 없었다. 내가 현상궁을 본 이래로 처음 있는 일이었다. 현상궁은 무언가 알고 있지만 나에게 숨기는 게 분명했다.

"살인자는 왜 죽인 궁녀를 왕이 다니는 편전 앞에 두고 간 걸까요? 그건 왕이 자신을 알아주기 위해서일까요?"

현상궁은 미동도 없이 가만히 서서 나를 쳐다봤다.

"중전마마, 향이를 이용하세요."

나는 현상궁이 무슨 말을 하는지 알 수 없었다.

"이번에 죽은 아이도 세자의 승은을 입은 아이입니다. 향이를 죽이세요. 그것만이 마마가 이 사건을 종결지을 수 있는 방법입니다. 마마도 그렇게 생각하시지 않으십니까?"

나는 주먹을 꽉 쥐었다. 내 마음을 들킨 것 같아 괴로웠다. 세자가 향이를 찾는 밤에 향이가 죽으면 된다. 그렇게 된다면 세자가 진범이든 아니든 세자를 범인으로 몰 수 있다. 왕을 지지하는 세력이 세자를 끌어내릴 좋은 기회다. 세자는 폐위당할 것이 분명하다. 나는 아직 젊음이 남아 있는 왕에게 씨를 받으면 된다. 그러면 내 아들이 이 나라의 왕이 되는 것이다.

생각이 미친 듯이 달려 나갔다. 누가 나를 좀 말려줘야 한다.

친잠실은 이제 위험했다. 살인사건 이후로 궁 안의 경비가 삼엄해졌다. 향이는 승은을 입은 이후로 모두의 시선을 한눈에 받고 있었다. 때로는 제일 위험한 곳이 제일 안전한 곳이기도 하다. 나는 향이를 중궁전으로 불렀다.

며칠 사이 향이의 얼굴이 홀쭉해졌다. 나는 가만히 향이의 얼굴을 어루만졌다.

"궁녀들은 이상하리만큼 동요하지 않습니다."

"무슨 소리야? 동료가 죽어나갔는데 슬퍼하지 않아?"

향이가 고개를 끄덕였다.

"그들은 죽어나간 궁녀를 동료라고 생각하지 않습니다. 승은을 입은 궁녀는 그들에게 동정의 대상이 아닙니다."

여자들은 무서운 존재다. 아무리 왕이나 세자의 승은을 입었다고 하더라도 그들과 세월을 보낸 동료였다. 그런데 그녀의 죽음을 아무도 슬퍼하지 않는다니.

"너는? 너는 괜찮은 거야?"

나는 향이의 손을 꼭 쥐었다. 손끝이 차가웠다.

"견뎌야죠."

향이의 대답에는 말하지 못할 것들이 숨어 있었다.

"세자의 움직임은?"

"조용합니다. 평소와 다름이 없어요. 그런데 이상한 말을 합니다."

"무슨 말?"

"죽음이 곁에 있을수록 욕망이 더 커진다고요."

세자는 향이의 방을 수시로 드나들었다. 오히려 경비가 삼엄해질수록 밤을 타서 향이를 찾았다. 잠든 향이의 치마 속으로 손을 밀어넣고는 향이가 깨어나기를 기다렸다 향이의 가슴에 얼굴을 묻었다. 마치 어미 잃은 짐승처럼 향이를 찾아 헤매다가 어느새 어른이 되어 향이 안으로 들어왔다고 한다.

"살인사건이 발생한 이후로 끊임없이 저를 찾으십니다."

현상궁이 급히 문을 열었다.

그와 동시에 중궁전 밖에서 왕의 행차를 알리는 내관의 목소리가 들려왔다. 향이가 도망칠 곳이 없었다.

"어쩌죠? 마마."

나는 향이를 병풍 뒤로 밀어 넣었다.

"무슨 소리가 나도 이곳에서 꼼짝하지 말거라."

나는 병풍을 펼쳐 다시 제자리로 돌려놓고 왕을 기다렸다.

왕은 급히 신을 벗어던지다시피 중궁전으로 올라왔다. 내관들이 벗어던진 신을 정리하는 사이 왕은 문을 닫았다.

"아무도 들이지 마라!"

왕의 목소리와 함께 중궁전 밖은 조용해졌다. 궁녀들과 내관들이 정원의 나무처럼 서서 숨조차 모르게 쉬고 뱉었다.

왕은 그대로 나에게로 와서 옷고름을 풀기 시작했다. 가체를 벗겨 바닥에 내던졌다. 그 바람에 나는 바닥에 엉덩방아를 찧고 말았다. 왕은 그런 내 모습을 내려다보며 어린애같이 웃어댔다.

"재미있어요. 재미있어."

왕은 다시 치마를 풀고 속곳 사이로 얼굴을 들이밀었다. 왕의 신음소리가 점점 커져갔지만, 반대로 나는 입을 꽉 닫아버렸다. 병풍 뒤에 있는 향이가 신경 쓰였다. 왕은 숨을 거칠게 내 귀에다가 속삭였다.

"중전, 죽음이 가까이에 있을수록 이 짓이 좋아집니다."

목 뒤로 소름이 돋았다. 세자가 향이에게 한 말이다.

왕은 나의 허벅지를 잡고 벌리다가는 멈칫거렸다. 나는 왕의 눈치를 살폈다. 왕은 갑자기 나를 바닥에 내동댕이치곤 화를 내기 시작했다. 문갑 위에 놓인 도자기를 들어 바닥에 던져버렸다.

"주상전하, 고정하시옵소서."

유내관의 목소리가 문 너머에서 들렸다.

"고정, 고정, 고정!"

왕은 문밖에다 소리를 질렀다.

"너희들이 다 보고 있으니 내가 안 된다. 내 게 서질 않아!"

나는 얼른 치마를 두르고 저고리의 고름을 다시 맸다. 왕은 갑자기 털썩 주저앉았다. 문이 열렸다. 현상궁 뒤로 선전관과 궁녀 한 명이 보였다.

"죄송합니다. 급한 일이라고 해서요."

왕은 자세를 바로 잡더니 언제 그랬냐는 듯이 고개를 빳빳이 들었다.

"무슨 일이냐?"

"살인사건의 목격자가 나타났습니다."

왕의 호의를 담당하는 선전관이었다. 선전관은 뒤에 서서 몸을 잔뜩 움츠린 궁녀의 팔을 잡아끌었다. 눈에 띄지 않는 평범한 얼굴이었다.

"이 아이가 그날 밤, 누군가 궁녀 처소를 지나가는 걸 봤다고 합니다."

왕의 눈매가 매서워졌다.

"그게 어떤 놈인가?"

궁녀는 당혹스런 얼굴로 선전관을 쳐다봤다.

"어서 말씀드려라."

"그게…… 사내가 아닙니다."

"그럼, 계집이란 말이냐? 얼굴을 봤느냐?"

왕이 다급히 물었다.

궁녀는 고개를 몇 번 휘젓더니 나를 응시했다.

"제가 그날 밤에 본 건 분명, 중전마마셨습니다."

22

방 안에 갇힌 신세가 됐다. 정확한 증거는 나오지 않았지만 증언이 있었다. 왕은 그사이 나를 단 한 번도 찾지 않았다.

답답한 마음에 창문을 열었다. 곧 어린 궁녀들이 창문을 모두 닫았다. 나는 다시 창문을 열었다. 궁녀들은 아무 말 없이 다시 창문을 닫았다.

"내가 중전이야! 내가 중전인데, 너희가 뭐라고 내 명을 어기는 것이야!"

현상궁이 굳은 얼굴로 나타났다.

"중전마마, 이러실 때가 아닙니다. 모두가 마마를 지켜보고 있습니다. 지금 말씀하신 모든 말이 왕과 대신들에게 전달될 것입니다."

머리가 아찔해졌다. 도대체 어디서부터 잘못된 걸까? 나는 자리에 털썩 주저앉았다. 그건 바로 세자빈의 방문부터였다. 현상궁이 그랬다. 속에 스무 마리도 넘는 구렁이를 키우고 있는 여인네라고.

내 추측이 맞는다면 세자빈은 일부러 나에게 와서 세자가 이상하다는 말을 흘렸을 것이다. 개의 이야기도 모두 꾸민 것이 분명했다. 나와 향이의 관계도 알고 있었다. 내가 향이를 찾아갈 것으로 추측했겠지. 그런 다음은 뻔하다. 내가 향이를 만나러 친잠실로 향한 걸 알고는 미리 고용한 누군가를 시켜 궁녀를 죽였을 것이다. 하지만 이건 내 가설일 뿐이었다.

그렇다면 내가 친잠실에 간 걸 알린 건……. 현상궁인가? 결국 줄다리기의 힘이 그쪽으로 기운 건가? 실소가 터졌다. 멍청하게 사람을 쉽게 믿었다. 의심하고 또 의심했어야 했는데. 적어도 긴장을 늦추지 말았어야 했는데.

지금 이 상황을 헤쳐 나가기 위해서는 쓸모없는 아버지가 필요했다. 나는 현상궁에게 가지고 있는 가장 비싼 비녀를 내밀었다. 금으로 된 비녀는 비취로 장식을 더한 것이었다.

"세자빈에게 입을 다무는 조건입니다."

현상궁은 알았다는 듯 고개를 끄덕였다.

"아버지를 불러주세요."

현상궁은 비녀를 소매에 밀어 넣고 방을 나섰다.

모든 게 엉망이었다. 중전의 첩지를 내던지고 싶었다. 시전에서 도망갔어야 했다. 나는 아버지가 중전으로 팔아먹을 기회를 잡았다고 했을 때 망설였다. 내게도 이런 멋진 기회가 왔다는 사실에 잠시 흔들렸다. 지옥 같은 인생만 남아 있는 상황에서 누가 그런 제안을 거절할 수 있겠는가. 하지만 그게 실수였다. 중전이란 자리는 녹록치 않았다. 내가 더듬어 예상한 것보다 더 많은 적이 있었다.

아버지는 저번보다 한껏 어깨를 낮추고 방으로 들어왔다. 가는 눈으로 주변을 예민하게 살폈다. 자리에 앉으면서도 궁녀들 하나하나 얼굴을 쳐다봤다. 나는 고갯짓으로 궁녀들에게 모두 나가라고 일렀다.

나는 대뜸 얼굴을 아버지 앞에 들이밀었다. 놀란 아버지가 오히려 주춤거리며 뒤로 물러앉았다.

"음모를 꾸민 건 우리뿐이 아니었어요."

"지나고 보니 그렇구나."

아버지는 너무나 태평스런 말을 내뱉었다.

"아무래도 세자빈 아비의 짓이겠지?"

아버지도 그리 눈치가 없지는 않았다.

"사실은 내가 멍청한 말을 씨불이고 말았어. 기방에서 기생들이랑 놀다 보니 말을 흘린 게 아무래도 그쪽 귀에 들어간 것 같아."

"뭐라고 그러셨어요?"

"왕도 세자도 두 명의 치마폭에 싸안아보자고 했지. 그래서 대대손손 권세를 누려보자고. 그놈의 기생 엉덩이가 어찌나 실하던지, 내가 실언을 한 모양이야."

아버지는 애써 웃었다. 웃지 않으면 이 상황에서 자신의 잘못을 곧이곧대로 인정하는 꼴이 된다는 걸 아버지도 너무 잘 알았다.

"그것과 상관없이 그들은 아마 계비 간택으로 금혼령이 내려질 때부터 이 계획을 세웠을 것입니다. 자신이 밀던 장평의 여식이 계비가 된다면 앞으로 생길 손자가 왕위에 오르는 일이 더 쉬워졌겠죠. 하지만 장평의 여식만 믿고 있을 순 없는 노릇 아닙니까? 그래서 두 번째 계획이 나왔을 겁니다. 자신들의 손아귀에 들어오지 않는 중전을 없애는 법. 중전을 곧바로 뒷방으로 쫓아내게 하는 법을 연구했겠죠. 그게 바로 절 살인자나 미친년으로 모는 것이었죠."

"이제 어떻게 해야 할까? 방 안에 갇혀만 있었으니 생각이라는 걸 좀 했을 거 아니냐?"

아버지는 너무 뻔뻔하게 나에게 해답을 요구했다. 저 얼굴, 저 얼굴을 언젠간 한 대 시원하게 후려쳐주고 싶었다.

"아버지가 세자빈의 아비를 만나세요."

아버지의 두 눈이 가늘어졌다.

"만나서는?"

"우리가 세자를 죽이겠다고 하세요."

비가 오면 잠시 피해가라는 말이 있다. 나는 아버지를 만나기 전에는 그 속담에 따라야 한다고 생각했다. 아버지의 바지라도 붙잡고 세자빈의 아비를 만나 충성을 맹세하라고 할 참이었다. 그게 여의치 않으면 내가 세자빈을 찾아가서 그 앞에 머리를 조아릴 생각이었다.

잠시라도 세자를 눈여겨본 거, 그게 마음에 걸렸다면 미안하다. 향이를 세자에게 보낸 것도 미안하다. 다섯 살이나 어린 내가 내명부의 어른이라고 고개를 빳빳이 들고 앉은 것도 미안하다. 이마를 바닥에 찧으며 사죄할 목록을 더듬더듬 떠올렸다.

목록은 자꾸만 길어졌다. 하염없이 길어져 내 치맛자락을 훌쩍 넘겼다.

그런데 아버지를 보니 그런 생각이 싹 사라졌다. 아버지는 적어도 내가 살인범으로 확인될 일은 없다고 믿었다. 두 번째 중전을 뽑은 지 채 석 달도 지나지 않았다. 특히 내관들과 상궁들은 내가 왕에게 뽑히는 장면을 목격했다. 격식도 지키지 않았고 자신의 뜻대로 밀어붙인 일이었다. 그렇게 뽑힌 내가 살인범이 된다면 나뿐만 아니라 왕까지 위태로웠다. 왕은 절대로 나를 살인범으로 만들 수 없었다.

나는 아버지가 그것을 미리 짐작했는지까지는 알 수 없었다. 하지만 적어도 왕이 날 중전의 자리에서 물러나게 할 일은 없다는 거였다. 그렇다면 다시 반격과 연합을 준비해야 한다. 나는 먼저 연합을 선택했다. 세자빈의 뜻을 이루어주기로 했다. 세자빈이 그랬지. 나에게 머리를 조아리고는 세자를 죽여 달라고. 그것만이 나와 향이가 살길이다.

　나는 현상궁을 불렀다. 확인할 일이 있었다. 현상궁은 내가 아버지를 만난 일을 이미 세자빈에게 고했는지도 모른다. 현상궁은 여전히 알 수 없는 얼굴로 내 앞에 섰다.

　"향이를 불러주세요."

　"중전마마."

　놀란 목소리였다.

　"지금 향이를 부르신다면 모든 게 들통날 것입니다."

　"상관없어요."

　"내가 먼저 살고 봐야죠. 향이는 나와 친잠실에 있었다는 사실을 말해줄 겁니다. 그렇게 되면 나에게 씌워진 모든 혐의는 사라지는 거죠."

　나는 현상궁의 낯빛을 살폈다. 두꺼운 가죽 아래로 붉은 기운이 올라왔다. 아무래도 현상궁이 기대한 일이 아니었나 보다.

　나는 서안 위에 놓인 벼루를 들어 현상궁의 얼굴을 향해 힘껏 던졌다.

　벼루는 현상궁의 이마에 정통으로 꽂혔다가 힘없이 바닥으로 떨어졌다.

　"개 같은 년."

현상궁이 이마에서 흐르는 피를 손으로 연신 닦으며 시선을 바닥에 깔았다.

"넌 나에게 가장 비싼 노리개를 절대 걸지 않았어. 아마 모두에게 똑같은 노리개를 걸었겠지. 그리고 나에게 와서 은근히 말을 흘렸어. 내가 너를 조금이라도 믿게 되는 순간부터 너는 또 다른 일을 꾸민 거야."

현상궁은 바닥에 떨어진 벼루를 다시 서안 위에 올려놨다. 피 몇 방울이 책 위에 떨어졌다.

"전 일을 꾸민 적은 없습니다. 그저 누군가의 눈이 되고, 귀가 되고, 입이 되긴 했습니다. 제가 일전에도 말씀드렸죠. 궁에서는 아무도 믿지 마시라고요. 저를 잠시 의지하셨다면, 이 일을 교훈 삼아 앞으로는 누구도 믿지 마세요."

현상궁은 마치 나를 나무라는 스승 같았다.

"누군가의 눈이 되고, 귀가 되고, 입이 되는 일을 왜 했는지 이유를 알고 싶다."

머뭇거리는 것도 잠시 현상궁이 입을 열었다.

"누구나 가족이 있죠. 궁에 들어와 혼자 몸으로 살아간다고 해서 궁 밖의 가족을 모른 척할 수는 없습니다. 중전마마께서도 어머니를 항시 걱정하시지요. 저도 그렇습니다. 노름에 빠진 아비가 죽고 나니 오라비라는 작자가 그 피를 똑같이 물려받았습니다. 홀로 된 어머니의 목에 칼을 들이밀며 저에게 가서 돈을 구해오라고 합니다. 안 그러면 어머니를 죽이겠다고 협박을 합니다."

현상궁의 목이 잠시 멨다.

"그 어미가 살아있는 한 저는 노예일 뿐입니다."

우리는 누구나 노예였다.

"내가 약속할게요. 만약 내가 계속 이 자리를 보존할 수 있다면, 현상궁의 물주가 되어줄게요. 노모가 죽은 이후에는 오라비라는 작자를 현상궁 마음대로 하게 해줄게요. 죽여달라면 죽여주고, 손목하나 꺾어달라면 그렇게 만들어줄게요. 내게 맹세하세요."

현상궁이 상기된 눈으로 나를 내려다봤다.

"충성하겠다고요. 앞으로는 누구의 눈도, 귀도, 입도 아닌 내 눈과 귀와 입이 되어주겠다고 말이에요."

현상궁은 급히 시선을 거두며 고개를 숙였다. 발끝으로 향한 시선. 충성한다고 내가 착각했던 시선이었다.

나는 일어나서 현상궁의 턱을 잡아끌었다. 두 눈을 마주 봤다. 현상궁의 검은 눈동자가 자꾸만 아래로 향했다.

"난 눈의 언어를 믿어요. 내 눈을 보고 말해요. 시선 따위 피하지 말고, 내 눈을 똑바로 보고 맹세하세요."

"맹세합니다, 중전마마."

적어도 당분간 현상궁은 빈궁전 근처에도 가지 못할 것이다. 이제는 진짜 세자를 죽일 계획을 짜야 했다. 모든 게 내 어깨에 달렸다. 우선 향이가 세자와 다시 밤을 보내기 위해서는 세자가 안심하고 향이를 찾을 수 있게 범인이 잡혀야만 한다. 범인은 아마 세자빈 쪽에서 보낸 자객일 것이다. 그렇다면 진짜 범인은 잡을 수 없었다. 가짜 범인을 만들어야 했다.

23

나는 내 안에 도사리고 있는 더러운 아이를 봤다. 길거리에서 이리저리 뒹굴며 큰 아이는 제대로 옷조차 입지 못했다. 갈비뼈가 툭 튀어나올 정도로 마르고 가슴도 납작해서 볼품이 없다.

아이가 먼지가 엉겨 붙은 머리를 긁적이자 삐쩍 마른 이가 아이의 어깨 위로 후드득 떨어진다. 아이는 배가 고파서 어쩔 줄을 모른다. 길을 가다가 닥치는 대로 시전 행랑의 떡을 집다가 주인장에게 잡혀서 따귀를 맞기도 한다. 아이는 따귀를 맞으면서도 굴하지 않고 집은 떡을 입안으로 꾸역꾸역 밀어 넣는다.

색이 고운 저고리를 입은 또래의 소녀는 눈살을 찌푸리며 아이 옆을 지나간다. 소녀를 따르는 몸종은 코를 잡으며 욕을 한다. 아이는 그래도 계속해서 떡을 씹는다. 목구멍으로 다 씹고 넘겨야만 한다.

눈을 떠보니 아직 채 해가 밝지 않았다. 가짜 범인은 정해져 있다. 나를 한밤중에 목격했다고 증언한 궁녀. 둥그런 얼굴에 찢어진 눈, 눌린 코와 도톰한 입술이 기억에 남는 얼굴은 아니었다. 길모퉁이를 돌면 마주치는 궁의 흔한 얼굴이었다.

그녀가 진짜 범인인지 아닌지는 모른다. 범인이 아닐 확률이 더

높다. 하지만 난 꿈속에서 떡을 먹던 아이다. 만약 그 아이가 떡집 주인의 따귀와 다른 이들의 시선 앞에 굴복해서 훔친 떡을 먹지 않았더라면 아이는 수일 내에 굶어 죽었을 것이다.

나는 진실이든 아니든 하나의 가능성을 믿기로 했다. 세자빈이 내가 현상궁을 매수했듯이 그 아이를 매수했다. 생각할 수도 없는 어마어마한 돈을 받았겠지. 아니면 적어도 그만한 약조를 받아냈을 것이다.

나는 현상궁에게 그 아이의 뒷조사를 시켰다. 태어나자마자 부모를 잃고 고모에 의해서 입궁을 한 아이였다. 생각시 시절에는 꽤 영민해서 지금 세자빈 처소의 상궁에게 엄청난 사랑을 받았다고 했다.

의문 하나가 풀렸다. 세자빈이 그 아이를 고른 것은 세자빈 처소의 상궁을 통해서였을 것이다. 가족도 없고, 승은을 입을 외모도 성격도 모자라는 궁녀는 자신을 자식처럼 예뻐해준 상궁에게 어린 시절처럼 다시 칭찬을 받고 싶었던 모양이다.

"그 아이의 이름이 뭔가요?"

나는 범인으로 만들 아이의 이름을 알고 싶었다.

"성수심이라고 합니다."

"죽은 궁녀는요?"

"여염희라는 아이였습니다. 둘 다 올 해 열아홉이라고 합니다."

나는 현상궁에게 서찰 하나를 내밀었다. 서찰에는 목이 베어 죽은 염희라는 궁녀에게 수심이라는 아이가 절절하게 쓴 연모의 내용이 담겨 있었다.

궁에서 궁녀들끼리 서로를 좋아하는 것이야 흔한 일이었다. 평생을 남자 없이 사는 궁녀들이 외로운 밤을 달래는 방편이기도 했다. 말은 안 했지만 같이 방을 쓰는 궁녀들끼리는 암암리에 남녀 역할을 나눠서 밤을 보낸다고 들었다. 혹 상대가 그 행동을 거부할 때는 궁녀들 사이에서 크게 따돌림을 당하는 경우도 있었다.

"중전마마, 어떻게 하실 생각이십니까?"

나는 잠시 숨을 고르고 이야기를 시작했다.

"수심이라는 아이는 염희를 좋아했습니다. 그건 궁녀들 사이의 흔한 우정이 아니었죠. 그보다 더 깊고 애틋한 감정이었습니다. 생각시 시절부터 같은 방을 쓰면서 자란 수심이와 염희는 서로를 그렇게 생각했죠. 가슴이 솟는 것처럼 누군가를 좋아하는 건 자연스러운 일이었습니다. 몸이 변하면서 자연스럽게 우정도 다른 색으로 변했죠. 얼굴이 못난 수심이가 남자 역할을 했다면, 예쁘장한 염희가 여자 역할을 했죠. 둘은 밤마다 남녀가 하는 행위를 따라했습니다. 먼저 손을 치마 속으로 집어넣은 건 수심이었습니다. 염희의 다리 사이가 젖어 있자 수심이는 조심스레 더 깊이 손을 집어넣었습니다. 염희가 얕은 앓는 소리를 냈죠. 수심이는 대담하게 저고리를 풀고 염희의 작은 젖꼭지를 입에 물었습니다. 염희의 몸이 뒤틀리면서 위아래로 자연스레 움직였습니다. 둘 다 처음 하는 일이었지만 서로의 몸에 손과 입술이 닿으면서 묘한 쾌감을 깨달은 거죠. 그런 어느 날, 염희가 세자의 눈에 띄고 말았습니다. 세자는 염희를 자신의 처소로 불렀죠. 수심은 밤새 뒤척이며 한숨도 잘 수 없었습니다. 세자의 방에서 나온 염희는 이제 따로 방을 쓰게 됐죠. 수심이는 염희에게 가서 은근히 치마 속으로 손을 집어넣었습니다. 그러자 염희가 수심의 손목을 잡아 눌렀어요. 수심과의 모든 일은 불장난에 불과했다고 염희는 말을 합니다. 하지만 수심은 염희를 잊을 수가 없었어요. 세자가 염희의 방에 수시로 드나들고 방에서는 야릇한 소리가 흘러나왔지만 수심은 염희가 자신을 잊지 않았다고 굳게 믿었죠. 그래서 매일 연모의 마음이 담긴 서찰을 보냈습니다. 그러나 염희는 수심에게 다시는 이따위 걸 보내지 말라고 방바닥에 수심이 보낸 서찰을 던져버렸습니다. 그날 밤, 수심은 소주방으로 향했습니다. 처음엔 자신이 죽을 생각이었습니다. 그러나 칼을 쥐자 생각이 달라졌습니다. 머리가 묘하가 돌아갔죠. 염희를 죽여버리자. 그리고 죄를 내명부의 가장 높은 계집에게 뒤집어씌우자. 어차피 죽을 거, 자신은 죽어도 올라갈 수 없는 자리의 계집까지 다 엿 먹여버리자고 생각한 거죠."

나는 지금 내 이야기를 하고 있었다.

24

마음을 단단히 먹어야 한다. 흔들리지 말아야 한다. 죄의식 같은 건 느끼지 말아야 한다. 이건 야생의 법칙이다. 내가 살기 위해서는 다른 이를 죽여야 한다.

현상궁은 수심의 방에 서찰을 가져다놓았다. 어렵지 않은 일이었
다. 평생 서로의 얼굴을 보고 살아야만 하는 궁녀들이 막대한 권력
을 가진 중궁전 상궁의 말을 거역하는 건 쉬운 일이 아니었다. 궁녀
들은 자신들이 속한 내명부의 직책에 따라서 자신들의 위치도 결정
됐다. 수심 방 안의 서찰은 오늘 밤에 발견될 예정이다. 현상궁이 상
궁들과 논의해서 궁녀 처소를 불시에 검문할 것이기 때문이다.

이제는 서서히 세자빈을 만나볼 때였다. 속에 스무 마리 구렁이
를 안고 사는 여인네. 스무 가지 뱀의 얼굴을 가진 여인네를 만나
야 했다. 그녀는 이미 아버지를 통해서 우리가 자신에게 고개를 숙
인 걸 알지도 모른다. 오늘 나는 그녀에게 가서 최대한 고개를 숙일
것이다.

빈궁전은 인왕산 자락 아래 놓여 있었다. 산자락 아래였지만 햇살
이 잘 들어 음기보다는 양기가 넘치는 곳이었다. 세자의 양기를 과
한 음기가 해할까 싶어 풍수가들이 하나하나 배치한 모양새였다.

현상궁이 나의 행차를 알렸다. 빈궁전의 상궁이 먼저 나와 머리를
숙이면서 문을 열었다. 세자빈은 나의 갑작스러운 방문에 급히 일
어나 퍼진 치마를 매만졌다. 세자빈이 상석을 내줬지만 나는 상석
맞은편에 자리를 잡았다.

"중전마마가 상석에 앉으셔야죠."

나는 고개를 저었다.

"아시다시피 제가 궁에 들어온 지 채 몇 달이 안 돼, 아직 궁의 법도가 익숙지 않습니다. 모르는 것 투성이고, 못 배운 게 많죠. 사가에서는 나보다 나이가 한 살이라도 많으면 언니고 어른이지 않습니까? 오늘은 제가 여기 앉는 게 맞을 것 같습니다."

세자빈은 진달래 빛 보료 위에서 한참을 머뭇거리더니 겨우 궁둥이를 붙였다. 아마도 가시방석이겠지. 그럴 일이야 없겠지만 왕이 우연히 이 모습을 본다면 세자빈의 목도 성치는 않을 것이다.

"중전마마, 어쩐 일로 빈궁전까지 납시었나요?"

나는 빙긋 웃었다.

"세자빈은 꽤 오랜 시절 궁에 있었지만 아직도 궁의 법도가 익숙지 않나 봅니다. 질문은 제가 먼저 하는 거죠. 제게 그걸 가르쳐주신 분이 세자빈 아니십니까?"

세자빈의 얼굴이 붉어졌다.

"죄송합니다."

"죄송할 것까지요. 그냥 알려드린 겁니다. 내 비록 세자빈보다 어리고 힘도 없지만 중전이라는 것을요."

치맛자락을 부여잡은 세자빈의 손에 힘이 들어갔다. 어린 계집이 자기를 갖고 노는 것 같아 마음에 들지 않겠지. 지금이라도 자신의 계획에 멍청하게 빠져버린 나를 비웃어주고 싶겠지.

"내 세자빈에게 다시 한 번 의중을 듣고 싶어 들렀어요."

나는 허리를 더 꼿꼿하게 세웠다.

"세자가 진짜 죽기를 바라시는 겁니까?"

세자빈의 두 눈동자가 빠르게 움직였다. 나는 당황한 세자빈의 얼굴을 빤히 쳐다봤다.

"우리끼리 얘기잖습니까? 저번 날 중궁전에 찾아와서 허리를 숙이고 애원하지 않았습니까?"

"중전마마, 누가 들으면 어쩌시려고 그런 말을. 목소리를 좀 낮춰주세요."

나는 태연하게 웃었다.

"누가 듣나요? 소문을 들으니 빈궁전에 발길 하는 사람은 세자빈의 아비밖에 없다면서요? 세자가 발길을 끊은 지도 꽤 오래라면서요?"

세자빈의 얼굴이 붉으락푸르락했다. 가을날 단풍 구경보다 더 좋은 구경이었다.

"무슨 말씀이십니까?"

"전 그냥 궁에 떠도는 소문을 말씀 드린 것뿐입니다."

"중전마마께서 궁에 떠도는 하찮은 소문에나 귀를 기울이시다니, 참으로 안타깝습니다."

"틀린 소문에 뭐 그리 신경을 쓰시나요?"

나는 살짝 세자빈을 떠봤다. 세자빈의 얇은 입술이 파르르 떨렸다.

"제가 정확한 이유를 알아야 세자빈의 청을 생각해볼 거 아닙니까? 세자빈은 진심으로 세자가 죽길 바라나요?"

세자빈의 얼굴은 다시 뱀의 얼굴을 찾았다. 대단한 여인이었다. 궁에서 보낸 세월이 헛것은 아니었다.

"저는 상관없습니다. 세자가 살든 죽든 말이죠. 제 생각에는 중전 마마께서 더 근심이 많으실 것 같은데요. 저야 세자가 죽지 않아도 정 없는 지아비가 왕이 될 따름이죠. 만약 운 좋게 세자가 죽는다면 다음 왕은 제 아들입니다. 전 왕의 어머니가 되는 거죠. 중전마마께선 참으로 태평하십니다. 기울 날만 남은 왕의 부인이란 자리가 그리 내세울 건 아니지 않습니까?"

나는 세자빈 앞에 고개를 조아렸다.

"그렇죠. 세자빈의 말씀이 모두 맞습니다. 이제부터라도 전 세자빈의 명이라면 어명처럼 뭐든 따르겠습니다. 그걸 알려드리려고 오늘 걸음을 한 것입니다."

세자빈은 턱을 살짝 들어 나를 내려다봤다. 내 목덜미를 보면서 세자빈은 잠시 승리의 기쁨을 마주했다.

나는 조용히 일어나서 세자빈에게 고개 인사를 했다. 세자빈은 보료에 앉아 거만하게 고개를 돌렸다. 누가 보면 세자빈이 중전인 줄 착각할 정도였다.

"아버님께 전달은 받으셨을 거라 생각됩니다. 저희가 세자빈의 뜻을 이뤄드리겠습니다."

"잘 생각하셨어요. 처음부터 중전의 아비가 다른 마음을 품지 않았다면 일이 이렇게 될 것까진 아니었어요. 제 아버님께 이 사실을 알리고, 사건을 풀 방법을 알아보겠습니다. 너무 힘없는 중전도 재미가 없어요."

나는 빈궁전을 나서다 앉아 있는 세자빈을 뒤돌아봤다.

"그런데 개의 이야기는 진짜입니까?"

세자빈의 뻣뻣한 고개가 흔들렸다.

"거짓일 거라 믿지만 가끔은 거짓과 진실을 구분하기 힘들기도 하죠. 아군과 적군을 구분하기 어렵듯이요."

나는 다시 한 번 고개를 숙이고 빈궁전을 나왔다.

이제부터 진짜 싸움이 시작됐다. 나는 더욱 마음을 숨기고 모두에게 고개를 숙일 것이다. 맨 처음은 내게 씌워진 누명을 벗어야 했다.

한밤중에 궁녀 처소에서는 일대 소란이 일었다. 현상궁이 등불을 들고 불시에 모든 방을 검사했다. 명분이야 얼마든지 있었다. 얼마 전에 일어난 궁녀 살인사건은 좋은 핑계였다. 이 틈을 타서 해이해진 궁녀들의 기강을 다시 잡아야 한다는 것이 상궁들의 명분이었다. 예상대로 수심의 방에서는 염희에게 보낸 절절한 연모의 편지가 발견됐다.

나는 수심의 방을 찾았다. 수심은 궁녀들에게 결박당한 채 방 안에 무릎을 꿇고 있었다. 살에 묻힌 작은 눈이 불안으로 가득했다.

"중전마마, 죽을죄를 지었습니다."

나는 가만히 수심을 내려다봤다. 마음이 흔들리지 않은 것은 아니다. 나는 진짜 살인자가 되어야 했다.

"이것은 제가 쓴 게 아닙니다. 누군가 음모를 꾸민 겁니다, 중전마마."

나는 허리를 굽혀 수심의 얼굴을 들여다봤다.

"나도 누군가 음모를 꾸미고 있다고 믿어요. 그게 누구일까요?"

"세자빈마마께서 시키셨습니다. 저는 그냥 시키는 대로 한 죄밖에 없습니다."

예상한 대로였다. 모든 건 세자빈의 짓이었다. 나는 손을 들어 수심의 뺨을 어루만졌다.

수심은 나의 마지막 동정에 호소했다.

"중전마마, 소인이 죽을죄를 지었습니다. 중전마마, 한 번만, 한 번만 용서해주세요. 중전마마는 그럴 힘이 있으신 분 아닙니까?"

아니다. 수심이 죽지 않으면 내가 죽는다. 나는 불안하게 움직이는 수심의 눈을 응시했다.

"진짜 범인은 누구야?"

갑자기 수심이 입을 닫고 허둥지둥 주위를 살폈다.

"누구냐고?"

"말하면 살려주시는 건가요?"

나는 고개를 끄덕였다.

"세자마마입니다. 세자마마의 짓입니다."

나는 뒤도 안 돌아보고 방을 나섰다. 수심은 끝까지 거짓말을 했다.

곧바로 서찰은 선전관에게 전달됐다. 수심은 그날로 몰래 내관들에 의해서 궁 밖으로 끌려 나갔다. 그것은 곧 죽음을 의미했다.

수심은 궁에서 사라졌다. 살인사건은 내가 꾸민 계획대로 세자의 승은을 입은 염희를 연모한 수심의 짓으로 판결이 났다.

왕은 다시 나의 처소를 찾았다. 왕은 오래된 나무껍질 같은 손으로 내 손을 잡았다.

"내 어리석었어요. 자네같이 궁의 물정을 모르는 순진한 이를 의심하다니."

나는 슬며시 부끄러워하며 고개를 숙였다.

"아닙니다. 거짓이지만 증언이 나왔으니, 누구라도 의심했을 것입니다."

왕은 측은한 눈빛으로 나를 내려다봤다.

"뭐가 가지고 싶소? 청나라에서 들어오는 패물이요? 비단이요?"

나는 고개를 가로저었다.

"말을 해보세요. 어서요."

나는 천천히 고개를 들어 왕의 탁한 두 눈을 응시했다.

"전하의 아이가 가지고 싶습니다."

왕과의 밤은 숨소리가 세어질 정도로 지루했다. 사내는 오래 용을 썼지만 끝내 좌절하고 내 가슴에 얼굴을 묻었다. 나는 왕의 머리를 감쌌다. 아이를 가지지 못한 중전이란 자리가 얼마나 위험한가.

나는 다시 왕의 허리 아래로 손을 내렸다. 축 늘어진 왕의 그곳을 잡아 쥐었다. 향이에게 배운 것처럼 두부를 만지듯 조심스럽게 손아귀에 힘을 빼고 흔들었다. 하지만 오래된 왕은 결국 아무것도 하지 못했다.

한 사람의 종말은 그렇게 서서히 다가왔다.

그리고 그날 밤, 또 한 번의 살인사건이 발생했다.

동 굴

25

밤의 적막을 뚫고 궁녀의 비명소리가 들렸다.

근처는 아니었다. 나는 벌떡 일어나 속적삼 차림으로 창문을 열어
젖혔다. 왕은 이미 자리를 뜬 상태였다. 밤새 보초를 선 궁녀가 떼꾼
한 눈으로 나를 쳐다봤다. 현상궁이 빠른 걸음으로 중궁전으로 들어
왔다.

"살인사건이 또 발생했습니다."

현상궁이 주변을 두리번거렸다. 두 눈에 두려움이 비쳤다.

"이번엔 숙의 정씨, 세자의 친모입니다."

세자는 범인이 아니다. 분명. 누가 자신의 친모를 죽인단 말인가.

"누가 범인일까요?"

현상궁이 굳게 입을 다문 채로 고개를 숙였다. 나 역시 대답을 기대한 질문은 아니었다. 그냥 미치도록 궁금했다. 누가 왜 궁에서 계속 살인을 저지르는가?

"궁이란 참 이상한 곳입니다."

내 불안한 눈빛을 읽은 현상궁이 입을 열었다.

"무슨 말인가?"

"가장 안전하지만 가장 위험한 곳이기도 하죠. 한 번 궁에 들어온 사람은 죽거나 병들기 전까지는 이곳을 빠져나갈 수 없습니다. 이곳은 한마디로 출구 없는 동굴과 같습니다. 한 치 앞도, 깊이도 알 수 없습니다. 하지만 궁녀들은 아무것도 할 수 없습니다. 우리는 그저 누구의 수족일 뿐이죠."

나는 현상궁이 무슨 말을 하려는지 도무지 알 수 없었다.

"아직도 무슨 말인지 모르시겠어요?"

나는 고개를 저었다.

"모르겠어요. 진짜 모르겠어요."

현상궁이 내 앞으로 다가왔다. 현상궁의 처진 두 눈이 나를 매섭게 노려봤다.

"살인범을 잡지 못하면 이 동굴 속 누구든지 죽을 수 있습니다. 그건 저일 수도, 중전마마일 수도 있습니다."

나는 그때야 현상궁이 무슨 말을 하는지 알 수 있었다.

"내가 할 일은 뭡니까?"

"범인을 잡아주세요."

선전관이 다시 소집됐다. 감찰 업무를 보는 내관과 상궁들도 모였다고 한다. 현상궁도 그중 한 명이었다. 그들은 수심이라는 궁녀가 잡힌 이후로 다시 일어난 살인사건에 꽤 당황했다. 궁 안에서 내명부의 여인이 살해당했다. 더군다나 이번엔 세자의 어미다.

밖에서 세자빈의 행차를 알리는 궁녀의 목소리가 들렸다.

그사이 세자빈의 얼굴은 말라버린 오이처럼 쭈글쭈글해졌다. 세자빈은 허락도 구하지 않고 다짜고짜 말문을 열었다. 세자빈의 입에서 옅은 술 냄새가 풍겼다.

"중전마마가 가신 다음에 이런 생각이 들었어요. 혹시 중전마마가 내 말을 믿지 않는 게 아닌가 말이에요. 그런데 중전마마, 저번의 일도, 이번의 살인도 제가 시킨 게 아닙니다. 저희 쪽에서 자객을 보낸 게 아닙니다. 저나 아버지가 그만큼 배포가 있지 못해요."

나는 세자빈의 얼굴을 뚫어지게 봤다.

"그럼 누가 살인자입니까?"

세자빈은 깊은 한숨을 내뱉었다.

"중전마마, 제가 말한 개의 이야기를 기억하시지요?"

"어찌 잊겠어요. 흥미로운 이야기였어요."

나는 여전히 세자빈을 믿지 않았다.

"중전마마, 모든 건 진실입니다. 개의 이야기도, 세자의 이야기도 말입니다."

나는 자신의 가문을 보호하기 위해 애쓰는 세자빈이 안쓰럽기까지 했다.

"세자빈은 아직도 세자가 범인이라고 생각하십니까? 세상에 어미를 죽이는 자가 어디에 있단 말입니까?"

세자빈과 나 사이에 잠시의 침묵이 생겼다. 길지 않았지만 서로의 거리를 확인할 만큼은 됐다.

"이 왕조가 어떤 왕가인지 아십니까?"

말을 아끼던 세자빈이 드디어 입을 열었다.

"부패한 전 왕조가……."

세자빈이 피식 웃었다.

"냄새 나는 역사책 같은 말씀은 집어치우세요. 사관들이 지우고 불태우고 감춘 게 역사입니다."

나는 서안에 두 팔꿈치를 대고 세자빈에게 얼굴을 가까이 들이댔다.

"세자빈이 아는 모든 이야기를 해주세요."

세자빈은 이마를 두 손으로 쓸더니 나를 향해 고개를 똑바로 들었다.

"저는 가끔 생각합니다. 내가 왜 사람으로 태어나서 이런 개 같은 일을 겪어야 하는지 말이죠. 아직도 모르시겠어요, 중전마마?"

나는 세자빈이 무슨 말을 하는지 도대체 이해할 수가 없었다.

"중전마마는 제가 아니, 제 아비가 이 일을 꾸민 거로 믿고 계시나요?"

부정할 수 없었다.

"적어도 한 번의 살인은 그쪽에서 한 것이 아닙니까?"

세자빈은 머리를 세차게 흔들었다.

"중전마마, 세자가 진짜 범인입니다."

나는 자리에서 일어나 세자빈의 뺨을 후려쳤다. 세자빈은 그대로 방바닥에 쓰러졌다.

"아비의 수작에 어디까지 놀아나실 겁니까? 도대체 자신이 뭐라고 생각하세요? 당신은 세자의 아내입니다. 세자의 아이를 가지지 않았습니까? 당신이 지켜야 할 사람이 도대체 누구라고 생각하세요? 가문입니까? 당신의 남자입니까!"

나는 세자빈을 향해 소리쳤다. 세자빈은 쓰러진 채 한동안 부모 잃은 아이처럼 서럽게 울더니 자세를 가다듬었다.

"중전마마는 아비를, 어미를 죽이고 싶었던 적이 없으셨습니까?"

나는 마음을 들킨 것 같았다. 내 허리를 잡고 흔들던 아비도, 언제나 모른 척하던 어미도 죽이고 싶었다.

"이제 다음은 누구일까요, 중전마마?"

나는 침착하게 세자빈을 바라봤다.

"어차피 당신들이 꾸민 일이지 않습니까? 내가 세자빈이라면 예언이라도 할 수 있겠죠. 어디 한 번 들어볼까요?"

세자빈이 눈물을 소매로 훔치고는 작은 두 눈으로 나를 올려다봤다. 까만 눈동자가 치켜 올라갔다. 막 접신을 한 무당과 같은 모습이었다. 나는 숨을 고르고 세자빈의 다문 입을 응시했다.

"향이입니다. 향이가 다음이에요."

세자빈이 벌떡 일어났다.

"향이가 왜요?"

세자빈은 잡을 새도 없이 중궁전을 빠져 나가버렸다.

구중궁궐이란 말이 있다. 아홉 개의 담으로 둘러싸인 궁. 그만큼 아무도 그 속을 알 수 없는 곳이 궁궐이다. 사람들은 궁의 높은 담을 보면서 고개를 숙이고 지나가겠지. 이 안에서 무슨 일이 일어나고 있는지는 결코 모른다. 지금 이곳에 있는 우리 역시 궁에서 무슨 일이 일어나고 있는지 몰랐다. 이곳은 언제나 밤처럼 어두운 동굴이다.

26

세자의 어미인 숙의 정씨가 죽었지만 궁은 평상시처럼 돌아갔다.

궁녀들과 내관들은 각자 자신의 자리에서 자신이 맡은 일을 했고, 대신들은 편전에 모여서 국사를 논의했다.

수심이 궁에서 사라졌을 때도 그랬다. 수심의 빈자리는 곧 채워졌고 궁의 모든 사람은 여느 날과 같이 행동했다. 나는 갑자기 궁이 무서워지기 시작했다. 내가 죽더라고 그들은 무심한 얼굴로 내일을 살아가겠지.

나는 몸이 아프다는 핑계를 대고 모든 일정을 취소했다. 그리고 현상궁을 불렀다.

"지금부터 위장을 할 것입니다. 궁녀 복장을 준비해주세요. 호위를 맡을 궁녀 두 명만 대기시켜주세요."

현상궁은 자신이 입는 상궁 복장 중 하나를 내밀었다.

"좀 크실 겁니다. 제가 중전마마보단 키가 좀 크지요."

상궁의 복장이지만 사가에서 입던 어떤 옷보다 좋은 비단이었다. 긴 소매는 두 번 접어 올렸다. 치마 아랫단이 바닥에 끌리자 궁녀 한 명이 빠른 손놀림으로 치맛단을 접어 시침질을 했다.

"임시방편입니다. 풀어질 수도 있습니다."

현상궁이 중전의 가체를 내렸다. 머리가 한결 가벼웠다. 목을 짓누르는 통증도 사라졌다.

"가벼우시죠?"

"보입니까?"

"표정이 한결 편안해지셨어요."

"가체의 무게가 자리의 무게군요."

현상궁은 대답 없이 상궁들이 하는 작은 가체를 내밀었다. 가체를 얹고 거울을 바라봤다. 옷과 머리만 바뀌었을 뿐인데 거울 속에 중전은 없었다. 앳된 얼굴의 상궁이 한 명 서 있었다.

나는 궁녀 두 명을 데리고 궁의 뒷문으로 향했다. 수문장에게는 미리 준비한 변명을 이야기했다. 현상궁이 적어준 통행허가증까지 내밀었다.

"사가의 어머님이 편찮으셔서 허가를 받았습니다."

눈이 큰 수문장은 내 얼굴을 얼핏 보더니 고개를 끄덕였다. 궁 안의 궁녀만 오백이 넘는다. 중전과 내명부 여인들의 얼굴을 본 이들은 손에 꼽을 정도다. 상궁 복장을 입은 나는 그저 궁 안의 많은 상궁 중 한 명일 뿐이었다.

궁을 빠져나와 익숙한 길을 걸었다. 시전을 지났다. 보부상들이 쉬고 있는 그늘을 흘깃 쳐다봤다. 향이와 숨었던 젓갈 행랑을 지나쳤다. 그때 향이와 함께 도망갔다면 우리는 지금 어떻게 됐을까? 사대문을 빠져나가 어느 마을로 향하다 산에서 호랑이 밥이 됐을지도 모른다. 아버지의 손길을 벗어났지만 더 나쁜 인간의 손에 걸려들어 홍등가에 팔려갔을지도 모른다. 그래도 희망이 있었다. 아무도 없는 산속에 숨어들어 우리 둘이 행복하게 살 수 있을 거라는 꿈.

내 걸음이 늦어지자 나를 따르던 궁녀들의 걸음도 저절로 느려졌다. 길을 건너던 상인 한 명이 내 어깨를 스치며 지나갔다. 궁녀 한 명이 재빨리 나서서 내 옆을 막아섰다. 나는 이제 도망도 갈 수 없었다.

시전을 빠져나와 북촌으로 향했다. 초가지붕이 기와로 점차 바뀌었다. 최문호의 집 앞이었다. 궁녀 한 명이 문을 두드렸다. 볼이 쑥 들어간 나이 든 남자 노비가 얼굴을 내밀었다.

"궁에서 왔습니다."

잠시 후, 문이 열렸다. 남자는 사랑채로 우리를 안내했다. 나는 두 명의 궁녀에게 마당에서 기다리란 말을 남기고 사랑채로 들어갔다.

쓰개치마를 벗자 최문호의 눈이 휘둥그레졌다.

"중전마마?"

나는 대답 대신 최문호가 앉았던 보료 위에 자리를 잡았다. 나는 중전이다. 그걸 잊지 않기로 했다.

"여기까지 무슨 일이신가요?"

"궁에서 살인사건이 일어나고 있습니다."

최문호의 미간이 좁아졌다.

"당파 싸움에 희생되고."

나는 최문호의 말을 잘랐다.

"진짜 누군가가 살인을 저지르고 있습니다. 세자에게 승은을 입은 아이가 목이 날아간 채 죽었어요. 이번엔 세자의 어미가 죽었습니다. 대외적으로는 아마 병사로 알려지겠죠. 다음은 향이 아니 저일지도 모릅니다. 우리 중 하나라도 죽으면 우리의 계획도 끝이 납니다. 의금부 도사시잖아요. 제게 알려주세요. 살인자를 잡을 방법을요."

나는 최문호에게 수심을 범인으로 만든 사연부터 모든 것을 이야기했다. 단 하나, 세자빈이 나에게 알려준 개의 이야기만 빼고. 나는 끝까지 세자가 아니라고 믿고 싶었다.

"얼마 전에 죽은 궁녀는 세자의 승은을 입은 아이였습니다. 그리고 세자의 어미인 숙의 정씨는 나무에 매달려 죽었습니다. 누군가가 죽인 후에 일부러 나무에 매달았어요."

최문호의 눈이 가늘어졌다. 오른쪽 중지가 바닥을 툭툭 일정하게 건드렸다.

"제 생각에는 분명 같은 사람의 소행입니다."

"표식이 있나요?"

미처 생각지 못한 부분이었다.

"그건……."

"마마께서 첫 번째 궁녀의 살인자로 지목한 수심이라는 궁녀는 절대 살인자가 아닙니다. 여인이 다른 여인을 죽이고 목까지 자른다는 건 육체적으로 불가능합니다. 이런 식으로 살인은 접근해야 합니다. 하나씩 불가능한 가설들을 지우면서요. 무슨 말인지 아시겠어요?"

나는 고개를 끄덕였다.

"예를 들면 세자의 어미를 죽인 사람은 분명 사내겠죠?"

"죽은 사람은 몸이 경직되면서 무거워집니다. 사내가 아니라면 두 사람 이상의 짓이겠죠. 궁 안에서 밤중에도 자유롭게 돌아다닐 수 있는 사람, 숙의 정씨가 마지막으로 만난 사람. 그런 걸 알아내셔야 합니다. 그 사람이 범인일 가능성이 가장 높습니다."

나는 번뜩 현상궁이 떠올랐다. 현상궁이라면 모든 걸 알 수 있다. 숙의 정씨의 처소를 지킨 궁녀들. 그들은 지금 입을 닫고 있다.

27

최문호의 집을 나섰다. 어둠이 내리고 있었다.

궁녀 한 명이 앞장서 궁으로 발걸음을 옮겼다. 만약 지금 내가 궁으로 돌아가지 않는다면 어떻게 될까? 이대로 어디론가 사라지면 어떨까? 나는 머릿속으로 계속해서 물음을 던졌다. 하지만 난 살인자가 있는 동굴로 들어가야 한다. 동굴에 들어서자마자 누군가 내 머리에 낫을 꽂을지도 모른다. 상상이 현실이 될 것만 같아 온몸이 떨렸다.

"어디 불편하십니까?"

나는 앳된 얼굴의 궁녀를 찬찬히 훑어봤다. 많아야 스물을 넘기지 않았을 것이다.

"너희는 궁을 떠나고 싶지 않으냐?"

궁녀는 잠시 생각하더니 고개를 가로저었다.

"아홉 살에 궁에 들어왔습니다. 십 년 넘게 궁에만 있었습니다. 제가 밖에 나가서 할 수 있는 일이 뭐가 있을까 생각하면 차라리 궁이 편합니다."

궁녀는 머리를 숙이고 다시 앞서 나갔다. 나는 궁녀의 말을 곱씹어봤다. 현상궁은 궁에 들어온 지 삼십 년이 넘었다고 했다. 그들은 더는 궁 밖에서의 삶을 상상할 수 없었다. 나는 천천히 고개를 끄덕였다. 향이가 궁에 남아 있다. 내가 어디로도 갈 수 없는 이유다. 나는 조용히 앞서가는 궁녀의 발걸음을 따랐다.

최문호는 나에게 살인자를 잡는 방법을 알려줬다.

"확실한 증거를 잡을 때까지 숨죽이세요. 티도 내면 안 됩니다. 그래야 살인자가 자신이 위협받고 있단 사실을 모릅니다. 그리고 모든 사소한 가능성도 확인해야 합니다. 아무리 작은 것이라도 사건에서는 큰 변수가 됩니다."

수문장을 지나 중궁전으로 다시 돌아왔다. 상궁의 복장을 벗었다. 다시 중전의 옷을 입고 가체를 올렸다. 화려하고 아름답다. 하지만 무겁고 힘이 든다. 이게 내 자리다.

나는 벗은 상궁의 복장을 현상궁에게 건넸다.

"현상궁, 숙의 정씨가 죽기 전 처소에 들른 마지막 사람을 알고 싶습니다."

현상궁의 눈썹이 찡그려졌다. 현상궁은 나에게 범인을 잡아달라고 했다. 속으로 생각했다. 현상궁의 말과 행동이 과연 진실일까? 나는 손에 힘을 줘 현상궁의 의복을 다시 당겼다. 현상궁도 밀리지 않았다.

"궁에서는 모든 것이 복장으로 규정되죠. 왕은 곤룡포를 입고, 왕비는 당의에 스란치마를 입지요."

나는 의복을 당기던 손에 힘을 뺐다.

"이게 당신입니다. 그리고 나는 중전이고요."

의복을 받아든 현상궁은 눈을 내리깔았다.

"남령초 값이 조금 들겠네요."

현상궁은 조용히 중궁전을 나갔다.

현상궁은 아마 궁녀들이 쉬는 휴게실로 갈 것이다. 쌓아둔 남령초를 챙겨가서 숙의 정씨 처소의 궁녀들에게 내밀 것이다. 궁녀들은 쉬는 시간에 남령초를 피웠다. 남령초라는 것이 남녀 사이의 일과 같아서 한 번 맛을 들이면 끊기가 어렵다고 했다. 현상궁은 남령초를 뇌물로 내밀며 궁녀들에게 그날 밤의 일을 들을 것이다. 누가 들어왔고, 누가 나갔는지 그들은 모두 안다. 하지만 입을 열지 않을 뿐이다.

　나는 맑은 청주를 따라 한 잔 마셨다. 태어나서 처음으로 마시는 술이었다. 목구멍이 타들어 가는 듯이 따끔거렸다. 사람들이 이런 걸 왜 마시나 싶은 순간에 눈꺼풀이 반쯤 감기면서 몸이 풀어졌다.

　최문호의 말을 떠올렸다.

　"언제 세자를 죽이면 됩니까?"

　"그때를 아는 건 이제 중전마마뿐입니다. 참고로 다른 말씀 하나를 해드리지요. 지금 궁 안의 대신들은 크게 왕과 세자의 편으로 나뉘어 있습니다. 불혹을 넘긴 왕과 이제 막 약관을 지난 세자. 아주 팽팽하죠. 국문에서 이런 일이 있었습니다."

　최문호는 국문에서 일어난 일을 알려줬다. 왕과 세자는 왕을 모함하는 상소를 올린 사내를 직접 심문했다. 피와 살이 튀기는 고문이 이어졌다. 사내는 결국 아픔을 견디다 못해 기절했다고 한다. 그 순간 왕과 세자는 동시에 사내를 깨우라고 했다. 그들은 뭔가에 홀려 있었다. 더 이상 진실이 중요하지 않았다.

　"마치 고통을 계속해서 보고 싶어 하는 것 같았어요. 처음으로 왕과 세자가 무척이나 닮았다는 생각이 들었죠. 너무 닮아서 무서웠습니다. 중전마마도 아실 겁니다. 왕이 어떻게 지금의 자리에 올랐는지."

술을 마시고 겁에 질려 횡설수설하던 왕을 떠올렸다.

"왕은 자신의 삼촌을 죽이고 왕위에 올랐습니다. 그게 뭘 뜻하겠어요? 똑같이 닮은 아버지와 아들. 자신이 원하는 것을 얻기 위해서는 누구도 죽일 수 있다는 겁니다. 우린 세자가 아버지를 죽이기 전에 세자를 죽여야 합니다."

지금 일어나는 살인사건은 세자를 범인으로 몰아서 폐위시키려는 왕당파의 다른 무리인지 모른다. 세자빈은 아니라고 하지만 여전히 모르는 일이다. 세자빈이 외로운 밤을 술로 견디는 것은 궁녀들 사이에서 널리 알려져 있었다. 술이 환상을 만들고 그것을 진실처럼 믿게 만들었을 것이다. 그 세계가 그녀에게는 더 매력적인지 모른다.

술을 한 잔 더 들이켰다. 어느새 주전자의 반이 비었다. 술을 마시면 겪게 된다는 환상을 나도 경험했다. 봄날의 들판을 걷고 있었다. 허리까지 올라온 수풀을 헤치며 걸어갈 때마다 땅에서 흙냄새가 났다. 한참을 걸었을 때, 어디선가 낯선 소리가 들렸다. 여자의 신음소리였다가 비명이었다가 했다. 나는 허리를 굽혀 수풀 사이에 쪼그리고 앉았다. 소리가 나는 쪽의 수풀을 살짝 치웠다. 나무 아래였다. 여자와 여자가 마치 남자와 여자가 서로의 몸을 탐닉하는 듯이 보였다. 한 여자가 절정으로 달아올라 비명에 가까운 소리를 지르자 나는 몸을 틀어 반대편으로 달리기 시작했다.

밝았던 하늘이 순식간에 까맣게 변했다. 난 향이의 처소 앞에 서 있었다. 몇 번이나 망설이다 문고리를 잡아당겼다. 향이가 몸을 잔뜩 웅크리고 잠이 들어 있었다. 나는 향이의 하얀 얼굴을 마주 보고 누웠다. 한참을 그렇게 바라만 봤다. 내 유일한 동무이자 사랑. 내가 지켜줘야 하는 단 한 사람. 나는 향이의 얼굴을 가만히 만졌다. 향이가 곧 눈을 떴다. 놀란 두 눈이 나를 쳐다봤다.

"향이야, 나는 중전이 될 수 있을까?"

"지금도 중전이십니다."

"아니야. 지금은 아니야. 나는 허수아비일 뿐이야."

나는 향이의 입에 나의 입술을 가져다댔다. 봄날의 햇살을 받고 누운 듯 따뜻했다.

"향이야, 이제 때가 됐어."

눈을 떴을 때, 나는 중궁전에 있었다. 급히 버선을 내려다봤다. 흙이 잔뜩 묻어 있었다. 내가 향이의 처소를 찾은 일은 환상이 아니었다.

현상궁이 따뜻한 꿀물을 내밀었다. 나는 단숨에 꿀물을 들이켰다.

"기억은 나십니까?"

"누가 절 봤죠?"

"궁녀들이죠. 모두 입을 막아는 뒀습니다. 그리고."

현상궁은 주변을 한 번 살피더니 고개를 숙여 내 귀에다 속삭였다.

"숙의 정씨 처소를 찾은 마지막 사람을 찾았습니다."

나는 꿀물을 마저 들이켰다.

"숙의 정씨의 처소를 마지막으로 찾은 사람은 왕이십니다."

28

왕의 행차를 알리는 유내관의 목소리가 들렸다. 왕은 곧 문을 열고 들어왔다. 이미 술에 얼큰히 취한 상태였다. 젊은 시절 금욕적인 생활을 하던 왕은 나이가 들면서 술에 의지하는 날이 많아졌다.

"중전이시군요. 어린 중전."

왕은 어린아이처럼 나에게 달려와 무릎을 베고 누웠다.

"중전, 나에게 젖을 좀 주세요. 어미의 젖이 고파요."

왕은 저고리 고름을 풀어헤치더니 한 손으로 가슴을 찾아 헤매다 갑자기 손을 멈추곤 벌떡 일어나 나를 마주 보고 앉았다.

"어머니가 그랬죠. 절대 어리광을 피우지 말라고. 너는 왕이 될 자식이다. 왕이 될 새끼다!"

숙의 정씨를 마지막으로 찾은 사람은 왕이었다. 그가 살인마인지도 몰랐다. 나는 왕의 눈치를 살폈다. 그의 눈이 과거를 찾아 헤맸다.

"전하의 어머님이 알고 싶습니다."

왕은 피식 웃음을 터뜨렸다.

"어머니요? 어떤 분이었더라……. 지독하게 무서운 분. 지독하게 나를 몰아세우던 분."

왕은 갑자기 울음을 터뜨리며 고개를 바닥에 처박았다.

"지독하게 보고 싶은 분!"

나는 벌겋게 부어오르는 왕의 이마를 매만졌다.

"전하, 고개를 드세요."

왕은 이마를 계속해서 바닥에 박아댔다.

"어머니, 보고 싶습니다. 보고 싶습니다."

나는 왕을 가슴에 품었다. 왕의 입술이 다시 가슴속으로 파고들었다.

"전하, 제가 이제 당신의 어미가 되어 드릴게요. 당신의 어미이다가, 당신의 딸이다가 할게요."

왕이 아이처럼 가느다란 목소리로 나를 불렀다.

"엄마."

나는 늙은 왕의 두 뺨을 잡았다.

"아들아, 네가 죽었니?"

왕은 눈빛이 또렷해지더니 나를 바닥으로 확 밀쳤다. 어깨가 먼저 바닥에 떨어져 얼얼했다.

"네년은 그냥 여기서 눈과 귀를 막고 입을 닫은 채 늙어 죽어. 그게 네년이 사는 일이다."

왕은 그대로 밖으로 뛰쳐나갔다.

내관 몇이 모여들어 왕을 잡았다. 왕은 곧 얌전해지더니 자신의 침전으로 돌아갔다. 나는 결국 아무것도 알아내지 못했다.

현상궁과 궁녀들이 들어와서 잠자리를 정리했다. 궁녀들이 모두 나가고 현상궁이 나에게 술을 내밀었다.

"왜요? 또 무슨 짓을 하라고요?"

"지금부터 들려드리는 이야기는 아마 술이 없으면 듣기 힘드실 겁니다."

현상궁이 내민 술을 단숨에 들이켰다. 목이 타들어 가다가 심장이 두근거리고 눈앞의 현상궁이 아득해졌다. 목소리만이 들렸다.

"왕의 어미는 숙원 첩지를 받긴 했지만 천한 무수리 출신이라 신분의 한계로 언제나 괴로워했죠."

현상궁의 말소리가 동굴 안에 울렸다.

왕의 어머니 숙원 류씨의 손은 크고 거칠었다. 숙원 류씨는 원래는 궁녀들 처소에서 빨래를 도맡아하던 무수리였다. 사시사철 빨래를 하는 류씨의 손이 거친 것이야 당연한 일이었다. 류씨는 숙원의 첩지를 받고도 그 때문에 항상 소매가 길게 당의를 맞춰 입어 손을 숨겼다. 그녀에게 손은 천한 과거였다. 그것보다 더 큰 문제는 왕의 아이를 잉태하고도 언제나 천한 신분 때문에 자신이나 아들이 대신들의 공격을 받았다는 것이다.

왕 역시 숙원 류씨의 처소에 들르는 일은 흔치 않았다. 대신 중에는 천한 무수리와 몸을 섞은 왕을 하찮게 보는 이들도 있었다. 왕이라고 해도 나이 든 관료들로부터 자유로울 수는 없었다.

왕은 그런 날이면 숙원 류씨를 찾아와서 행패를 부렸다.

"실수. 단 한 번의 실수로 너 같은 천한 것과 내가 몸을 섞었어."

아직 어렸던 아들은 오랜만에 본 아버지가 반가워 아장걸음으로 걸어가 바짓가랑이를 잡았다. 하지만 아버지는 매섭게 어린 아들의 손을 뿌리쳤다.

"천한 것."

왕은 어린 아들이 보는 앞에서 어머니의 머리채를 잡아끌고 바닥에 내리쳤다.

"어서 말해. 내 아들이 아니라고 말해! 무수리 시절 궁을 드나드는 어느 관리 놈이랑 붙어먹어서 낳은 것이라고 말해! 저 자식이 내 자식일 리가 없어!"

어머니의 머리에서 피가 흘렀다. 어린 아들은 어머니를 지키기 위해서 뛰어들었지만 왕은 술잔을 아들에게 집어 던졌다. 숙원 류씨는 어린 아들을 감싸 안았다. 어린 아들은 잠시 안심했다. 나를 지켜줄 수 있는 엄마가 있다는 것에. 하지만 류씨는 곧 어린 아들의 목을 조르기 시작했다. 놀란 왕이 숙원 류씨를 말렸다.

"뭣 하는 짓이냐!"

숙원 류씨는 거친 손으로 아들의 목을 점점 더 세게 눌렀다.

"무수리의 새끼가 창피하시다니, 주상전하의 분부대로 죽여드릴게요. 제가 이 거친 손으로 직접 죽여드리겠습니다!"

어린 아들은 더는 발버둥 칠 기력도 없었다. 눈앞으로 어둠이 몰려왔다. 그 순간이었다. 왕이 숙원 류씨의 손 위로 단검을 꽂아 내렸다. 류씨는 비명을 지르며 겨우 어린 아들의 목에서 손을 뗐다. 어린 아들의 눈앞엔 어둠이 사라졌다. 그 대신 어미의 손에서 흐른 붉은 피가 두 눈 위에 흘러 세상이 모두 붉은색으로 변했다.

왕이 세상을 떠나고 왕의 동생이 왕위에 올랐다. 하지만 새 왕은 몸이 약했다. 고뿔에 걸리면 며칠씩 자리에서 일어나지 못했다. 대신들은 유약한 왕을 죽일 음모를 꾸몄다. 그리고 그 도구로 지금의 왕을 선택했다.

류씨는 어린 아들에게 꿀에 절인 산삼을 건넸다. 지병이 있던 왕에게는 독이나 다름없는 음식이었다. 어린 아들은 어미의 말을 거스르지 못하고 왕을 찾아갔다. 어미는 꼭 왕이 산삼을 먹는 것을 확인하고 오라고 일렀다. 어린 아들은 정신이 혼미한 왕의 입에 산삼을 집어넣었다.

"삼촌, 이걸 드셔야 합니다. 이걸 드셔야, 제가 삽니다."

두 눈에서 피눈물이 흘렀다. 세상이 모두 붉게 물들었다. 하지만 그것만이 유일하게 살아남는 길이었다.

"왕의 어미가 어떻게 죽었는지 아십니까?"

나는 고개를 저었다.

"처소 나무에 목을 매달았어요."

현상궁이 이야기를 마치는 순간, 미처 기억하지 못했던 어제의 일이 떠올랐다. 향이는 말했다. 내일 세자가 자신을 찾을 것이라고, 그 순간 죽이겠노라고.

29

한숨도 자지 못했다. 잠은 오지 않았지만 눈꺼풀은 무거웠다. 나는 잠시 눈을 감았다. 그사이 꿈을 꾸었다. 언제였을까. 겨우내 텄던 손이 부드러워지는 봄날이었을까. 그때 난 분명 자유로웠다. 가지 못할 곳이 없었고, 누구도 내게 무엇을 하라고 하지 않았다. 자유의 순간은 꿈에서 깨어나는 찰나처럼 순식간에 지나가버렸다.

나는 무거운 눈꺼풀을 다시 밀어 올렸다. 창밖으로 희미하게 새벽이 밝아오고 있었다. 곧 날이 밝으면 현상궁과 궁녀들이 세숫물을 들고 들어와 나를 단장할 것이다. 하루도 빼먹지 않은 일과다.

까칠한 피부와 검은 눈 밑을 보면 그들은 단번에 내가 한숨도 자지 못했다는 걸 알아챌 것이다. 다시 눈을 감았다. 눈꺼풀이 온몸을 눌렀다. 이대로 영원히 눈을 감아버렸으면 하는 바람이 들었다. 하지만 그럴 수 없었다. 이 자리에 오르기까지의 오랜 기다림. 그리고 앞으로 약속된 날들. 오늘만 견디면 나는 모든 것을 얻을 수 있다. 다시 마음을 다잡고 감기려는 눈을 억지로 잡아 끌어올렸다.

현상궁의 그림자가 창문에 비쳤다. 귀신같은 것들. 언제나 내 주변에서 한시도 날 가만두지 않는 것들. 어쩔 땐 동무이다가, 어쩔 땐 적이기도 한 것들. 문이 밀리는 소리가 들렸다.

"중전마마."

다정하고 익숙한 목소리. 눈이 향한 곳에 향이가 속저고리와 치마 차림으로 서 있었다. 하얀 속치마 위로 붉은 피가 봄날에 핀 봉숭아 꽃처럼 점점이 박혔다.

나는 그대로 일어나 향이에게 다가가 손을 잡았다. 얼음처럼 차가웠다.

"성공한 거야?"

향이의 얇은 입술은 굳게 닫혀 열리지 않았다.

"다시 벙어리가 된 거야?"

향이는 고개를 저었다.

"성공한 거냐고?"

좌우로 오가던 향이의 고개가 멈췄다.

"중전마마."

목에서 올라온 향이의 가느다란 목소리가 겨우 밖으로 터져 나왔다.

"죽일 수가, 죽일 수가 없었어요."

기대한 답이 아니었다.

"죽이지 않으면 우리가 죽어!"

앞니가 아랫입술을 세차게 짓눌렀다. 터진 입술 사이로 배어 나온 피의 비릿함이 전해졌다. 나는 정신을 차리려고 노력했다. 이렇게 무너질 수는 없었다. 나는 향이의 피 묻은 치맛자락을 움켜쥐었다.

"이 피는 누구 것이야?"

향이는 말이 없었다.

나는 향이의 얼굴을 두 손으로 감쌌다. 얼굴에는 땀에 젖은 머리카락이 어지럽게 붙어 있었다. 오른손으로 향이의 젖은 머리카락을 귀 뒤로 쓸어 넘겼다. 내가 사랑한 까만 눈동자, 하얀 얼굴, 길게 찢어진 눈과 작은 입술. 나의 시선이 향이의 입술에 멈췄다. 나는 가만히 향이의 입술에 내 입술을 가져다댔다. 향이의 얇은 입술이 파르르 떨렸다. 조심스럽게 혀를 밀어 넣었지만 향이는 입을 벌리지 않았다. 향이의 얼굴을 감싼 손에 힘이 들어갔다.

"향이야, 우리는 살아남기 위해서 궁에 들어온 거야. 기억 안 나?"

향이는 애처로운 눈으로 나를 바라봤다.

"이 거지같은 세상에서 살아남기 위해서 궁에 들어온 거야. 그런데 지금 네가 그걸 다 망쳐버렸어."

"마마……."

향이의 두 눈에 눈물이 고였다. 이제 더 이상 향이의 눈빛이, 눈물이 무슨 의미인지 알 수 없었다.

"이젠 널 읽을 수가 없어."

이제 곧 현상궁이 들이닥칠 것이다. 피 묻은 속치마를 입은 채 단검을 손에 쥔 향이를 보면 현상궁은 어떻게 할까? 나는 머리를 굴렸다. 지금 당장은 향이를 숨겨야 한다. 나는 단검을 쥔 향이의 손을 쥐었다. 향이의 손이 돌처럼 딱딱하게 굳어 있었다.

"오늘은 그만하자."

향이의 두 눈이 나를 쳐다봤다. 무언가를 결심한 눈빛.

"죄송해요."

향이의 단검이 목을 향해 들어왔다. 알고 있었다. 네 눈빛이 더 이상 날 향하지 않는다는 것을. 피가 묻은 단검이 날 겨눴다. 나는 슬며시 눈을 감고 읊조렸다.

"죽여."

나는 단검을 쥔 향이의 손을 내 손으로 감싸 다시 목에 겨눴다.

"날 죽여. 네가 그래서 이 궁에서 살아남을 수 있다면, 날 죽여!"

나는 향이의 손에 쥔 칼을 목으로 점점 밀어 넣었다. 향이는 긴 손가락으로 내 손을 저지했지만 역부족이었다.

"진실을 말해!"

나는 버럭 소리를 지르고 말았다.

우리 사이에 처음부터 진실이라는 게 존재했을까? 향이를 팔아먹으려는 아버지의 의도를 나는 처음부터 알고 있었다. 늙은이들이 어린 계집을 사서 회춘하는 데 쓴다는 소문이야 시전을 돌아다니면 파다하게 들을 수 있는 이야기 중 하나였다.

아버지가 얼굴이 고운 향이의 가슴을 보려고 들 때마다 혹시 그런 일을 꾸미고 있는지 의심했다. 드디어 향이의 가슴이 솟고 돈 있는 양반가들을 돌 때, 나는 아버지의 의도를 확인했을 뿐이었다. 노인의 손가락이 가리키는 것이 내가 아니라 향이었음 하고 속으로 바라기도 했다. 향이는 예쁘니까. 누가 봐도 예쁘니까.

나는 당연히 내가 아니라 향이가 팔려갈 거라고 여겼고 안심했다.

나는 모든 것을 알고도 향이를 지켜주겠다고 했다. 날 위한 거짓이었다. 나의 더러운 마음을 감추기 위해서 더 더러운 거짓말을 해댄 것이었다.

향이의 단검이 바닥에 떨어졌다. 향이는 뒤돌아섰다. 우리의 이별은 그랬다. 아무 말이 필요 없었다. 서로가 깨달은 것이다. 마음이 변했다는 것을. 돌아선 마음은 몸에서 쏟아져 나온 피처럼 다시 몸으로 돌아갈 수 없었다.

나는 향이가 남긴 단검을 집었다. 현상궁이 들어와 모든 장면을 목격했다. 향이는 현상궁을 지나쳐 걸어갔다.

향이가 나가고 나는 바닥에 머리를 박고 울었다.

"중전마마, 소리가 너무 큽니다."

나는 개의치 않고 울었다. 소리 내 울지 않으면 나는 나를 용서할 수가 없었다.

30

향이는 내가 아니라 세자를 선택했다. 향이가 나를 배신할 것이라고는 한 번도 의심하지 않았다. 향이는 나를 사랑했다. 사랑하는 사람을 배신할 수는 없다고 믿었다. 나는 퉁퉁 부은 두 눈으로 아침을 맞이했다. 현상궁은 향이의 행적을 자세하게 알려줬다.

"동궁으로 가서 아침이 돼서야 나왔다고 들었습니다. 동궁을 지킨 궁녀들이 밤새 안에서 들려오는 소리에 오금이 저렸다고."

"됐습니다."

나는 이를 꽉 물었다. 향이는 개를 사랑한 과부의 둘째딸이 된 것이다.

"세자마마께서 향이에게 값나가는 패물도 많이 내리셨다고 합니다."

현상궁은 부은 두 눈에 분을 두드리며 이야기를 계속했다.

"두 분은 그런 일로 헤어지실 사이가 아니라고 믿었는데……."

나도 바보같이 그렇게 믿었다.

중궁전의 문이 득달같이 열렸다. 아버지였다. 실패의 소문은 금방 전해졌다. 아마도 현상궁은 아버지와 최문호 모두에게 돈을 받고 정보를 파는 것 같았다. 아버지는 나를 벌레처럼 쳐다봤다.

"이제 어쩔 생각이십니까, 중전마마?"

나는 입을 꾹 닫았다.

"믿었던 향이 그년이 배신을 했어요. 참 나, 길거리에서 구걸이나 하는 년을 데려다가 먹여주고 재워줬더니, 염치도 없는 년 같으니라고!"

"염치가 없는 것이 누군데요!"

나는 아버지에게 버럭 소리를 질렀다. 아버지의 작은 눈이 찢어질 듯 커졌다.

"염치가 없는 건 바로 저랑 아버지입니다. 길거리에서 구걸이나 하는 애를 데려다가 어떻게 하셨어요? 제가 지금 제 입으로 말해야 합니까?"

"으흠……."

아버지는 괜히 시선을 다른 곳으로 돌렸다.

"암튼 계집들이란. 사내를 품고 나니 맘이 변한 게지, 뭐. 이렇게 된 거 어디서 실한 계집 하나 더 구해보지."

아버지는 빙글빙글 웃음을 지어 보였다. 나는 아버지의 얼굴에다 가래침을 퉤 뱉었다. 놀란 아버지가 손을 들며 일어섰다.

"이게 중전 자리에 앉더니 뵈는 게 없나?"

현상궁이 달려와서 아버지의 손을 잡았다.

"제가 중전이 되면 아버지께 꼭, 이렇게 해드리고 싶었어요."

아버지는 침착하게 소매로 침을 닦아냈다. 그리고는 입가에 미소를 지으며 나를 쳐다봤다.

"역시 내 딸이구나."

나는 할 수만 있다면 아버지의 뺨을 분이 풀릴 때까지 후려치고 싶었다.

"왜? 아닌 거 같지? 근데 말이야, 네년이 향이랑 밤마다 이불 속에서 뭘 했는지 이 아비가 몰랐을까? 향이를 궁으로 보냈을 땐 다 그걸 생각해서였어. 향이년이 널 배신하진 않을 거라고 믿었으니까. 그런데 우리 둘 다 바보같이 향이 그년에게 당하고 말았네."

아버지는 내 눈앞으로 얼굴을 들이밀었다.

"너랑 나랑은 이제부터 또다시 밑바닥부터 시작이야. 명심하세요,

중전마마."

아버지는 비단 도포 자락을 손으로 걷어차며 중궁전을 빠져나갔다.

어깨가 축 늘어졌다. 머릿속이 새하얘졌다. 향이는 배신을 했다. 아니 그보다 나를 떠났다. 영원히.

세자빈은 향이가 죽게 될 것이라고 예언했다. 세자빈의 말은 틀렸다. 세자는 범인이 더더욱 아니다. 그토록 아끼는 향이를 죽일 수는 없을 것이다.

"숙의 정씨의 살인범이 잡혔답니다."

밖에서 궁녀의 떨리는 목소리가 들렸다. 현상궁은 급히 문을 열고 궁녀를 쳐다봤다.

"범인이 누구더냐?"

궁녀가 불안하게 사위를 살폈다.

"어서!"

"향이라는 궁녀 아이랍니다."

나는 자리에서 벌떡 일어났다. 이건 아니다. 이건 절대 있을 수 없는 일이다.

"어젯밤에 향이라는 아이가 치마에 피를 묻힌 채 돌아다니는 걸 본 궁녀들이 한둘이 아닙니다. 손에는 칼을 쥐었다고 합니다."

"어제의 일이 아니더냐?"

나는 말을 전한 궁녀에게 버럭 소리를 질렀다.

"향이라는 아이가 자백했답니다."

"아니다. 그건 절대 아니다."

나는 도대체 이유를 알 수 없었다. 향이가 왜 자백을 했겠는가. 자신이 한 일도 아닌데.

"지금 당장 향이를 만나야겠어요."

현상궁이 자리에 앉으란 눈짓을 보냈다.

"어쩌시게요? 어제 향이가 무슨 짓을 하려고 했는지, 그 짓이 사실은 누가 시킨 건지 모두에게 알리시려고요?"

나는 그대로 자리에 주저앉고 말았다. 향이는 그래서 자신이 범인이라고 한 것이다. 어젯밤에 향이는 세자를 죽이려고 했다. 그리고 그 일은 내가 시킨 일이었다. 만약 자신이 범인이 아니라는 것을 밝히려면 나와 만난 일을 말해야 한다. 곧 내가 세자를 죽이라고 시킨 일과 자신이 세자를 죽이려고 한 일을 자백해야 했다.

"향이를 구해야만 해요, 현상궁."

나는 현상궁의 치맛자락을 잡았다.

"도와주세요, 현상궁. 진짜 범인을 찾아야 합니다."

현상궁은 치맛자락을 매몰차게 당겼다. 나를 도와줄 의향이 눈곱만큼도 없다는 걸 의미했다. 아버지도, 최문호도 마찬가지일 것이다. 그들은 실패한 향이가 어서 죽어버렸으면 하고 바라고 있을지도 모른다. 나는 머리를 굴렸다. 과연 향이를 살려줄 수 있는 사람은 누구인가?

31

들판이다. 하지만 풀은 한 포기도 없다. 겨울인 것 같다. 나는 추워서 발을 동동 구른다. 손을 비벼보지만 내뿜은 입김마저 얼음 알갱이로 변해버린다. 나는 어디로 가야 할지 몰라서 두리번거릴 뿐이다. 이때 내 앞으로 거대한 개 한 마리가 걸어온다.

아버지의 키를 훌쩍 넘을 만큼 거대하다. 한 번도 보지 못한 호랑이보다도 클 것 같다. 마음은 반대편으로 내달렸지만 다리는 땅에 붙어버렸다. 오른발을 들어보려고 애를 쓰지만 모든 게 헛수고다. 개가 점점 가까이 다가온다. 주변을 서성일 뿐 발톱을 세우진 않는다. 나는 개에게 묻는다.

"어떻게 하려고 그러느냐?"

개는 말을 할 수 없다. 그저 으르렁거릴 뿐이다. 누런 송곳니가 드러나고 찐득한 침이 땅에 떨어진다. 나는 눈을 꼭 감는다.

"너의 먹이가 되어도 상관없다. 날 어떻게 유린해도 상관없다. 하지만 난 개가 아니다. 개처럼 죽고 싶진 않다."

개가 내 말을 알아들을 일은 없다. 그래도 살아있는 한 아무것도 하지 않을 수 없다. 나는 개를 노려봤다. 무서워서 피하지는 않을 것이다. 그 순간 개가 나에게 앞발을 하나 내밀며 으르렁거린다. 살기는 느껴지지 않는다. 나는 개의 눈을 슬며시 쳐다본다. 개는 말하고 있다.

"너와 나는 같은 족속이다."

눈이 번쩍 떠졌다. 현상궁이 세숫물을 든 궁녀들과 들어왔다.

"지금부터 절 가장 아름다운 여인으로 만들어주세요."

현상궁은 알 수 없는 눈길로 나를 쳐다봤다.

"어떤 사내가 보더라도 곱다, 아름답다, 그렇게 말하게 해달라고요."

현상궁은 고개를 끄덕이더니 궁녀 여러 명을 불렀다. 궁녀들은 색색의 당의와 스란치마를 들고 나에게 이리저리 대봤다. 그중에서 푸른 스란치마에 진달래 빛 당의가 가장 잘 어울렸다.

다음으로 가체를 올리고 떨잠을 꽂았다. 궁 안에서 화장을 제일 잘한다는 궁녀 한 명이 붙어서 분을 두드리고 연지로 입술과 볼을 붉게 만들었다. 현상궁이 거울을 들어 눈앞에 내밀었다. 제법 고운 아이가 있었다.

나는 그대로 자리에서 일어나 동궁으로 향했다.

짧아진 해 때문인지 벌써 어슴푸레하게 어둠이 내리고 있었다. 입에서는 연신 입김이 나왔다. 벌써 시월이었다. 그러나 이마에는 땀방울이 맺혔다. 궁녀가 먼저 동궁을 지키고 선 내관에게 나의 행차를 알렸다. 곧 문이 열리고 동궁이 보였다.

나는 걸음을 잠시 멈추고 생각을 다듬었다. 나는 지금 향이를 살려달라고 애원하러 세자를 찾았다. 그것은 곧 나와 향이의 관계를 밝히는 것이다. 그리고 향이가 세자를 죽이려고 한 일을 말해야 한다. 지금은 괜찮겠지만 만약 세자가 왕위에 오른다면 나는 죽은 목숨이나 다름없었다. 뒤에 선 궁녀가 불안한 눈으로 나를 쳐다봤다.

나는 숨을 고르고 이마에 맺힌 땀을 손으로 닦아 내렸다.

"이제 가자."

동궁의 문이 열리자 세자가 보던 책을 놓고 옆으로 비켜섰다. 마치 아무 일도 일어나지 않은 듯 태연한 얼굴이다. 나는 세자가 앉았던 보료 위에 자리를 잡았다. 세자의 온기가 전해져왔다. 순간 볼이 붉어지는 것이 느껴졌다. 세자는 고개를 살짝 들어 나의 안색을 살폈다.

"어디가 불편하십니까?"

나는 급히 고개를 가로저었다.

"부탁이 있어 왔습니다."

세자는 이를 반쯤 드러내며 웃었다. 마치 죽음을 기다리는 새끼 늑대 위를 나는 독수리 같이 여유로워 보였다.

"중전마마께서 소자에게 부탁할 게 뭐가 있습니까?"

나는 체면 따위는 버리기로 했다. 세자가 시키는 일이라면 뭐든지 하려고 마음먹었다. 옷을 다 벗고 인정전에 나아가 춤이라도 추라면 그럴 작정이었다. 나는 자리에서 일어나 세자의 앞으로 가서 이마를 바닥에 댔다.

"세자, 향이를 살려주세요."

세자의 거친 숨소리가 귓가에 들렸다. 세자는 점점 내게 다가왔다. 젊은 남자에게만 나는 특유의 싱싱한 냄새가 숨결에 느껴졌다. 세자는 귀에다 대고 조용히 속삭였다.

"제가 왜요? 절 죽이려던 년입니다. 아니 누군가 죽이라고 했겠지요. 향이가 입을 열기 시작하면 줄줄이 그 뒤가 나오겠죠. 그럼 세자빈도, 중전마마도 모두 연기처럼 사라지지 않겠습니까? 그리 쉬운 일을 두고 제가 왜 향이를 살려야 하죠?"

나는 용기를 내서 세자의 눈을 똑바로 바라봤다. 감정이 일렁이는 모습이 너무나 투명하게 다 보이는 크고 둥근 눈이다.

"이제 전 세자의 사람입니다. 향이만 살려주세요. 세자의 개가 될게요. 뭐든지 시키는 대로 할게요."

세자가 피식 웃었다. 경멸을 담은 웃음이었다.

"그럼 좋습니다, 중전마마. 저랑 거래를 해요."

나는 고개를 들었다. 세자는 여전히 내 귓가에 입을 바싹 가져다댄 채 속삭였다.

"이제부터 중전마마는 제 사람입니다."

세자는 눅눅한 혀로 내 귀를 훑었다.

"왕을 죽이세요."

나는 놀란 눈으로 세자를 쳐다봤다. 세자의 둥근 눈 안에 불이 타오르고 있었다. 그 불길 안에서 살아남을 수 있는 자는 아무도 없을 것 같았다.

나는 세자 앞에 고개를 조아렸다. 세자가 바닥에 놓인 내 손등 위로 자신의 오른 손등을 가져다댔다. 어젯밤의 꿈이 떠올랐다. 내가 고개를 살짝 들자 세자가 나를 내려다보고 있었다. 눈빛으로 그는 말했다. 우리는 같은 족속이다.

다음 날, 진짜 범인이 잡혔다는 소리가 들렸다. 숙의 정씨 처소에서 허드렛일을 맡아 하는 무수리였다. 귀신에 씐 무수리가 신령이 시켜서 숙의 정씨를 죽이고 나무에 매달았다고 자백했다고 한다. 대외적으로는 지병을 앓고 있던 숙의 정씨가 갑자기 죽은 것으로 선포할 것이다. 세자는 어떻게 무수리를 범인으로 만든 것일까? 우리는 도대체 살아남기 위해서 얼마나 많은 사람을 죽여야 하는가.

"향이는 풀려나 자신의 처소로 돌아갔습니다."

현상궁이었다.

"향이를 밀고한 궁녀들이 줄줄이 고초를 치르고 있답니다. 조만간 후궁의 첩지가 내릴 거라는 풍문도 들립니다."

나는 가만히 눈을 감았다. 향이는 살았다. 하지만 우리의 모든 계획은 수포로 돌아갔다. 최문호도, 아버지도, 현상궁도 내가 세자와 무슨 거래를 한지는 아직 모른다. 그들은 다만 향이가 풀려나서 자신들의 이름이 거론되지 않은 것에 안도하고 있을 것이다. 이제 계획이 달라졌다. 나는 왕을 죽여야 한다.

생존자

32

누가 과연 왕을 죽일 수 있을까?

삼촌이 조카를 폐위시키고 왕위에 올랐다. 이복형을 내치고 왕이 되기도 했다. 하지만 그들은 모두 왕위에서 내려온 이후에 죽음을 맞이했다. 공식적으로 살아있는 왕을 죽인 사람은 아무도 없었다.

현상궁이 왕이 고뿔에 걸려 누웠다는 소식을 전했다. 나는 한달음에 왕의 침전으로 달려갔다. 후궁들이 일제히 일어나 나를 맞이했다.

왕은 거친 기침을 계속 쏟아냈다. 이렇게 자리에 누워 세상을 떠난 이들도 많았다. 왕의 퀭한 두 눈이 죽음을 바라보고 있었다. 하지만 나는 기다릴 시간이 없었다. 왕을 죽이라는 세자의 말을 떠올렸다. 몰래 비소를 왕의 탕약에 섞기만 하면 된다. 후궁 중 한 명, 아니면 누구라도 뒷배 없는 자를 골라 죄를 뒤집어씌우면 된다. 세자는 왕이 되고, 나는 뒷방으로 물러가 가련한 목숨을 유지하기 위해 숨만 쉬고 살면 되는 것이다. 나쁜 생각은 솥에서 끓어 넘치는 국처럼 걷잡을 수 없었다.

왕은 내 손을 슬며시 잡았다. 차갑고 눅눅했다.

"중전만 남고 모두 물러가세요."

왕은 힘들게 말을 뱉고는 잠시 눈을 꼭 감았다. 나는 일렬로 늘어선 후궁들에게 나가라는 손짓을 했다. 왕의 총애를 받는다는 귀인 최씨와 숙용 김씨가 살짝 눈을 흘기며 나갔다. 나는 그들의 얼굴을 모두 기억했다. 언젠가는 내가 그녀들에게 처절히 복수해주리라.

모두 나가고 왕은 내 손을 잡아끌었다. 나는 고개를 숙여 왕의 입에 귀를 가져다댔다. 왕은 마른기침을 몇 번 내 귀에 쏟아낸 뒤 말을 이었다.

"중전, 할 말이 있어요."

나는 고개를 끄덕였다.

"중전, 나도 곧 죽임을 당할 겁니다. 무서워요. 너무 무서워요."

나는 고개를 들어 왕을 쳐다봤다. 왕의 두 눈은 초점을 잃고 허공을 헤맸다. 나는 왕의 어깨를 잡고 흔들었다.

"전하, 주상전하."

왕은 정신을 차리고 다시 나를 쳐다봤다.

"중전이 왜 여기 있어요?"

나는 입을 닫았다. 오른 열 때문에 정신이 오락가락하는 것 같았다. 왕은 눈을 감더니 깊은 잠에 빠졌다. 왕의 침전에는 지금 나와 왕뿐이다. 지금 왕의 목을 누른다면……. 나는 손을 들어 왕의 목을 어루만졌다. 나이 든 남자의 굵은 목. 목젖을 누르면 순식간에 숨이 멎을 것이다. 손가락 마디에 힘이 들어갔다. 그 순간 문이 열리면서 유내관이 들어왔다. 나는 목젖을 누르려던 손으로 급히 왕의 목덜미를 매만졌다.

"밤이 깊었습니다."

뒤로 귀인 최씨가 보였다. 아무래도 유내관에게 손을 쓴 모양이었다. 왕이 누구를 총애하든 나는 아무 상관없었다. 왕의 사랑 따위야 나에게는 의미 없는 일이었다.

"귀인만 곁에 있으면 되겠군요."

나는 치마를 매만지며 일어섰다. 귀인 최씨는 내 어깨를 스치고 왕의 곁으로 다가가 앉았다. 왕의 총애를 받지 못하는 어린 중전 따위는 중요하지 않겠지. 더군다나 이대로 왕이 죽기라도 한다면 후사 없는 중전이야 추수도 끝난 들판의 허수아비에 지나지 않았다.

동궁을 지나자 향이의 처소가 보였다. 따뜻한 불빛이 방 안 가득했다. 나는 그대로 발길을 옮겼다. 현상궁이 조용히 내 옆으로 다가왔다.

"만나보시지요?"

나는 고개를 저었다. 이제 나와 향이는 서로 모르는 사람이다. 나는 중궁전으로 발길을 옮겼다.

오랜만에 땅을 보고, 하늘을 보고, 나무를 봤다. 계절이 바뀌었다. 모든 것이 메말랐지만 자연스러운 일이었다. 버리고 다시 얻는 것이 자연의 이치다. 나도 모든 것을 버리고 나면 다시 얻을 수 있을까? 하지만 중전의 자리를 버리고 나면 나에게 남겨지는 것은 죽음뿐이었다. 나는 문득 걸음을 멈췄다.

"현상궁, 범인은 중요하지 않아요."

의아한 눈으로 현상궁이 나를 쳐다봤다. 살인은 그저 지금 궁 안의 권력의 흐름을 알 수 있게 해주는 신호였다. 이 싸움에서 이기는 자가 이 나라를 지배하는 것이다.

"궁녀들은 모르는 것이 없지요. 궁녀들의 수만 오백이 넘는다죠? 보통 주야를 번갈아 불침번을 선다고 들었어요. 그들이 진짜 살인자를 모를까요?"

현상궁은 아무 대꾸도 하지 않았다. 내 짐작이 맞는다면 진짜 범인을 아는 사람은 분명 존재했다. 하지만 궁녀들도, 내관들도 두려워서 말하지 못할 뿐이었다.

"이제 조금 알 것 같아요. 이 궁을 말이죠. 이 궁은 하나의 살아 숨 쉬는 생명체예요. 중궁전에도, 편전에도, 오래된 문과 기둥에도 다 생명이 있죠. 죽은 줄 알았지만 살아있는 거였어요."

어둠이 내린 궁은 횃불이 없다면 아무것도 보이지 않았다. 소주방 옆으로 궁녀들의 처소가 놓인 곳에서 웅성거림이 들렸다. 나는 발걸음을 옮겨 궁녀들의 처소를 들여다봤다. 내관 몇이 횃불을 들고 일렬로 선 궁녀들에게 겁을 주고 있었다.

"무슨 일인가요?"

"일종의 의식입니다."

현상궁이 대답했다.

"의식이요?"

"말씀하신 대로 궁녀들은 궁 안의 모든 일을 보고 듣지요."

내관의 목소리가 들렸다. 크지 않았지만 위협적이었다.

"쥐부리 글려, 쥐부리 지져!"

"쓸데없이 입을 놀리는 궁녀들의 입을 지져버린다는 말입니다."

등골이 오싹했다. 하지만 그보다 그들이 지금 입을 닫아야만 하는
이유가 궁금했다. 나는 현상궁의 소매를 잡아끌었다.

"현상궁, 내게 말하지 않은 것이 있지요?"

현상궁은 가만히 두 눈을 내리깔았다. 무언가를 숨길 때면 하는
현상궁의 몸짓이었다. 나는 현상궁의 턱을 잡아 올렸다.

"이제 당신이 보입니다. 제가 모르는 일이 있지요?"

33

현상궁은 소주방 옆 궁녀들의 처소로 나를 인도했다.

"소주방에서 일하던 아이입니다. 너무 놀라지 마세요."

입구부터 궁녀들이 삼중, 사중으로 감시하고 있었다.

모두 나를 매서운 눈으로 쳐다보고는 어쩔 수 없이 고개를 숙였다. 마치 적을 대하는 눈빛이었다.

　나는 조심스레 한 걸음, 한 걸음을 옮겼다. 마루가 삐걱거리는 소리만 들렸다.

　현상궁이 걸음을 멈췄다. 문 앞에 선 궁녀가 문을 열었다. 방 안에는 솜이불을 둘러쓰고 눈만 내놓은 궁녀 한 명이 몸을 바들바들 떨고 있었다. 중전인 내가 들어가도 궁녀는 도대체 움직일 생각을 하지 않았다. 그저 이불 사이로 드러난 큰 눈에서 눈동자만이 빠르게 오고 갔다.

　나는 이불을 둘러쓴 궁녀 앞에 가서 앉았다.

　"중전마마시다."

　현상궁이 엄한 목소리로 궁녀를 내려다봤지만 궁녀는 아무 소리도 못 들은 듯 사지를 벌벌 떨었다.

　"어젯밤의 충격이 큰 모양입니다."

　내가 손을 뻗자 궁녀는 내 손을 탁 뿌리쳤다. 그 때문에 궁녀가 잡고 있던 이불이 흘러내렸다. 그리고 궁녀의 상처가 드러났다. 오른쪽 뺨이 움푹 패어 붉은 살점이 그대로 드러났다. 흘러내린 이불 안쪽이 핏물로 붉게 물들어 있었다. 나는 급히 고개를 돌렸다.

　"내의원은요?"

　"다녀갔습니다."

　"뭐라고 합니까?"

　"손쓸 방법이 없다고 합니다. 아픔을 잠시 잊기 위한 아편만 두고 갔습니다. 이렇게 출혈이 계속되면…….”

현상궁은 궁녀를 슬쩍 보더니 말을 멈췄다.

숨을 들이쉴 때마다 역한 피 냄새가 올라왔다. 구역질이 일었다. 현상궁이 아편이 섞인 물을 내밀었다. 나는 고개를 저었다.

“드시는 게 좋을 것입니다. 보지 않고 알 수 있는 진실은 없습니다.”

나는 현상궁이 내민 아편 물을 한 모금 마셨다. 잠시 후 온몸의 긴장이 풀어졌다. 역한 피 냄새는 어느새 잊혀지고 눈앞이 몽롱했다. 뺨 한쪽이 없는 궁녀의 얼굴도 더 이상 피하고 싶지 않았다. 나는 궁녀의 뺨에 손을 가져다댔다.

쇠고기의 단면 같은 축축한 살점의 촉감이 전해졌다. 뺨이 날아가기 전에는 꽤 미인이었을 것이다. 궁녀는 여전히 사방으로 눈동자를 굴리며 불안해했다.

“걱정 마. 내가 왔어.”

“정화라는 아이입니다.”

현상궁이 옆에서 궁녀의 이름을 알려줬다.

“정화야, 걱정하지 마.”

현상궁은 불안해하는 정화에게도 아편이 섞인 물을 내밀었다. 정화는 벌컥벌컥 물을 마셨다. 뺨에서 그만큼의 피가 토해져 나왔다. 정화는 꺽, 트림을 하더니 나를 쳐다봤다. 눈동자가 차분해졌다.

“정화야, 나야.”

“수심이니?”

수심의 귀신이 나를 쫓아온 모양이다.

"응, 수심이야."

정화는 나를 안았다. 날아가 버린 한쪽 뺨의 촉감이 내 뺨에 그대로 전해졌다.

"수심아, 무서워 죽을 것 같아."

"내가 있잖아. 괜찮아."

"수심아, 세자가 날 죽이려고 했어. 세자마마가 염희를 죽였듯이 날 죽이려고 했어."

나는 정화의 어깨를 살짝 밀어 두 눈을 바라봤다.

"세자마마가 널 죽이려고 했어? 진짜로?"

정화는 고개를 흔들더니 내 귀에다가 소곤거렸다.

"아니, 왕이 날 죽이려고 했어."

나는 놀라 정화를 바닥에 밀어버렸다. 바닥에 쓰러진 정화는 다시 이불을 뒤집어썼다. 모든 게 혼란스러웠다. 나는 정신을 차리고 쓰러진 정화의 얼굴을 두 손으로 부여잡았다. 오른쪽 손가락 사이로 검붉은 피가 스며들었다.

"진짜로 널 죽이려고 한 사람이 누구니?"

정화의 까만 눈동자가 확장되더니 허공을 훑었다.

"왕, 아니 세자. 세자, 아니 왕."

정화는 그대로 고개를 뒤로 젖히며 쓰러졌다. 궁녀들이 다가와서 정화를 내게서 떼어냈다.

"이제 그만하시지요."

젊은 상궁 한 명이 나를 책망하는 눈빛으로 쳐다봤다. 젊은 나이에 상궁이 된 걸 보면 승은을 입은 게 틀림없겠지. 나는 그녀를 유심히 쳐다봤다. 누구의 취향일까? 아버지일까? 아들일까? 천천히 일어나 궁녀들의 처소를 나섰다. 날 선 눈으로 나를 보는 궁녀들을 지나쳤다. 저들에게 나는 적일까? 동지일까?

아직 채 날이 밝지 않은 시각이었다. 사방은 어둡고 머리 위의 공기는 차가웠다. 나는 솜이불을 어깨까지 끌어올렸다. 다시 눈을 억지로 감아봤지만 잠은 더 이상 오지 않았다. 정화의 얼굴이 눈을 감으면 자꾸만 떠올랐다. 배를 잠시 쓰다듬었다. 손은 자연스럽게 속곳 속으로 향했다. 나는 향이가 쓰다듬던 그곳을, 왕이 들어오던 그곳을, 세자에게 안기고 싶던 그곳을 잊고 있었다. 손가락이 닿자 말라 있던 그곳이 촉촉하게 젖어들었다. 나의 입에서 오랜만에 신음이 터져 나왔다. 밖에선 바람소리인지, 여자의 비명인지 모를 소리가 바람에 실려와 나의 신음과 뒤엉켜 중궁전을 채웠다.

34

존덕지에서 정화의 시체가 발견됐다. 거울을 보여준 것이 화근이었다고 들었다. 반쪽이 없어져버린 자신의 얼굴을 본 정화는 아편으로도 쉽게 잠이 들지 못하더니, 결국 한밤중에 연못으로 달려가 물에 빠지고 말았다.

아침부터 내관들이 퉁퉁 불은 정화의 시체를 끌어올리느라 애를 쓰고 있었다. 나이 든 관료 한 명이 다가왔다.

"오랜만이네요, 중전마마."

낯익은 얼굴이었다. 어디서 봤더라. 웃음기 없는 얼굴. 그는 죽은 중전의 아비인 시령부원군이었다. 나를 이 궁으로 밀어 넣은 남자.

"서운하게 벌써 절 잊으신 겁니까?"

나는 최대한 태연하게 대답했다.

"오랜만이네요. 궁에는 어쩐 일이십니까?"

시령부원군은 가마가 씌워진 정화의 시체를 훑었다.

"궁이 이리 재미난 곳인지 너무 오래 잊고 있었어요."

그가 무슨 말을 하는지 알 수 없었다. 부원군은 나를 보더니 무표정한 얼굴로 낮게 고개를 숙였다.

"이제 자주 뵙지요."

부원군은 편전인 선정전 쪽으로 사라졌다. 그의 뒷모습을 찬찬히 바라봤다. 그가 왜 다시 궁에 들어온 것일까. 나는 너무 오랫동안 그를 잊고 있었다. 아비의 손에 이끌려 몸을 팔러 간 나를 중전으로 만든 이다. 세자빈의 아비에 가려져 있었지만 그 역시 권력을 놓지 않을 인물이었다.

"현상궁은 장경왕후도 모셨지요?"

현상궁은 고개를 끄덕였다. 어쩌면 현상궁은 시령부원군에게도 나에 관한 정보를 팔아먹고 있는지 몰랐다.

"의심하시는 일은 없습니다."

현상궁이 태연한 얼굴로 고요한 연못을 바라봤다.

"지금 절 의심하고 계시지 않습니까? 시령부원군에게 정보를 팔아먹었는지 말입니다."

나 역시 무표정한 얼굴로 연못을 응시했다. 좀 전에 시체가 건져진 연못이라고는 믿어지지 않을 정도로 모든 것이 제자리로 돌아와 있었다.

"시령부원군은 생각보다 무서운 사람입니다. 제가 아는 것은 그것뿐입니다. 중전마마께서 제 말을 믿으실지 모르겠지만, 전 목숨이 왔다 갔다 하는 일은 하지 않습니다."

"시령부원군이 궁에 소식통 하나 심는 건 어렵지 않겠죠?"

"물론이죠. 그리고 사람 한 명 죽이는 것도요."

시령부원군이 지금까지 나와 왕 그리고 세자까지 모두 가지고 논 것은 아닐까? 이런 의문이 들었다.

동궁으로 향했다. 세자에게 물어볼 것이 있었다. 동궁 동편의 누각을 돌아서자 활을 쥔 채 걸어가는 세자가 보였다.

"이번 살인은 누구 짓입니까?"

나는 세자의 등에다 소리를 질렀다. 내관과 궁녀들의 시선이 일제히 나에게 쏠렸다. 세자가 천천히 뒤를 돌아봤다. 세자는 활에 화살을 꽂더니 나를 향해 겨눴다.

"다시 한 번 물어보세요, 중전마마."

나는 세자에게 한 발씩 다가갔다. 활시위는 점점 팽팽해졌다.

"살인자가 누굽니까?"

질 수 없었다. 내 물음에 세자는 활시위를 당겨 화살을 하늘로 날렸다.

"이 화살이 떨어진 곳에 살인자가 있을 것입니다."

나는 화살을 눈으로 좇았다. 화살은 담을 넘어 왕의 편전인 선정전으로 향하는 길목까지 날아갔다.

세자가 옆으로 바싹 붙었다.

"궁에서 맞이하시는 첫 겨울이지요?"

세자의 뜨거운 입김이 뺨에 와 닿았다.

"저는 겨울을 좋아합니다. 낮이 짧고 밤은 유독 길죠. 밤은 더러운 욕망도, 유치한 실수도 모두 감춰주잖아요. 존덕지에 궁녀가 빠져 죽었다죠? 그 궁녀가 그런 말을 했다 들었어요. 왕인지, 세자인지가 자신을 죽이려고 했다고."

나는 애써 담담한 척 입을 꽉 다물었다.

"중전마마께서 살인자를 찾기 전에 저와의 약조를 먼저 지키실 것이라고 믿겠습니다. 이레면 충분하실 거라 생각됩니다."

세자는 내 대답도 듣지 않고 성큼성큼 동궁을 빠져나갔다. 세자는 지금 방금 실수를 했다. 나에게 너무 많은 시간을 줬다.

현상궁에게 남령초 값과 패물과 비단을 건넸다. 현상궁의 눈이 휘둥그레졌다.

"이것들을 이용해서 시령부원군의 끄나풀을 찾으세요. 남는 건 모두 현상궁의 몫입니다."

"시령부원군의 끄나풀을 찾으시면 어떻게 하실 생각입니까?"

"아직 거기까진 생각하지 못했어요. 하지만 분명한 건, 시령부원군이 궁에서 일어나는 살인에 대해서 안다는 겁니다."

현상궁이 빠른 걸음으로 중궁전을 빠져나갔다.

파루(罷漏) 시간이 다가왔다. 그림자가 하나 창밖으로 지나갔다. 궁녀일 것이다. 나는 조용히 기지개를 켰다. 오늘은 궁녀와 내관에게 겨울 준비를 서두르란 말을 알려야 한다. 그동안 살인사건 때문에 중전의 임무를 너무 잊고 살았다. 나는 이불을 밀어내고 자리에 앉았다.

문이 열리고 찬바람이 들이쳤다.

"중전마마."

향이었다. 얼굴이 새하얗게 질려 있었다. 향이가 다가와서 앞에 앉았다. 나는 급히 향이의 손을 쳐다봤다. 다행히 단검은 없었다. 향이는 내 시선을 보더니 실망스런 표정을 지었다.

"절 믿지 못하시죠?"

믿고 싶다. 지금도 믿고 싶다.

"마지막으로 하고픈 말이 있어서 찾아왔습니다."

향이는 내 눈을 쳐다보며 내가 여태껏 알지 못한 이야기를 꺼냈다.

"어미가 죽고 구걸을 해야 할 때도 살고 싶었습니다. 구걸하는 어린 계집이라고 사내들이 가만히 뒀을까요? 찬밥 한 덩이 던져주곤 그늘로 데려가 몸을 훑던 사내들도 많았죠. 그래도 죽고 싶지 않았습니다. 마마의 아버지가 손을 끌자 오히려 반가운 마음이 들었죠. 냄새나는 시전의 이런저런 사내를 상대하느니 한 명이면 견딜 만할 거라 여겼습니다. 그런데 사내는 저를 건드리지 않았습니다. 더군다나 이 세상에서 가장 귀한 동무까지 만들어줬죠. 그때 잠시 착각을 했습니다. 이 집안의 딸과 함께 나도 평범하게 자랄 수 있지 않을까. 그러나 착각은 금세 깨졌습니다. 늙은이들과 밤을 보내야 했습니다. 돈 많은 늙은이는 시전의 사내들보다 끈질기고 더 악착같았죠. 말을 잃은 건 착각을 한 제가 너무나 바보 같아서였습니다. 저 같은 처지에 더 나은 날들이란 주어지지 않는다는 걸 그때 깨달았습니다. 그러나 죽을 만큼은 아니라고 생각했습니다. 역병에 걸려 열흘 동안 펄펄 열에 끓어오르다 죽어 나간 어미를 봤습니다. 죽음은 모든 것의 끝이었습니다. 다음 세상이 있다는 말은 거짓 같았죠. 어미의 시체는 죽은 개와 고양이와 함께 썩어나갔습니다. 돌이켜보니 제 어미는 겨우 스물을 갓 넘긴 나이였습니다. 저도 몇 년 후면 꼭 그 나이가 되죠. 그러니까 제겐 살아있다는 게 무엇보다 소중했습니다. 그리고……."

향이는 눈을 내리깔았다.

"제가 한 가장 큰 착각은 바로 마마를 동무로 여긴 것입니다. 저는 동무를 지키기 위해서 이미 시전에서 사내들이 훑고 빤 몸을 내던졌습니다. 그런데 마마는 끝까지 저를 동무가 아닌, 집에서 키우는 개나 고양이처럼 생각했습니다. 그저 소유물이었습니다."

나는 할 말을 잃었다. 향이가 한 말이 진실인지 모른다. 종이 울리기 시작했다. 서른세 번. 파루가 끝나면 궁녀들이 들이닥칠 것이다.

"저에게 한 번도 묻지 않으셨어요. 너를 위해서다. 살기 위해서라고 말씀하셨지만, 저에게 한 번도 제 마음은 어떤지 묻지 않으셨어요."

서른세 번째 종이 울렸다.

"순옥아."

향이가 처음으로 아가씨도 아니고 중전마마도 아닌 내 이름을 불렀다. 내가 오랫동안 잊고 있던 것이었다.

"우리 꼭 살아남자."

향이는 인사도 없이 중궁전을 떠났다. 나는 열린 문틈 사이로 들이치는 찬바람을 맞았다. 그래, 나는 향이에게 한 번도 묻지 않았다. 모든 것을 내가 생각하고 결정했다. 내가 내린 결론이 향이에게도 좋을 것이라고만 막연히 짐작했다. 다른 한 사람의 마음이 나와 같다고 여겼다. 그게 나의 가장 큰 실수였다.

35

최문호가 아침부터 열에 들뜬 얼굴로 중궁전의 문을 열어젖혔다.

"시령부원군입니다."

나는 최문호를 흘깃 쳐다봤다.

"이 모든 살인, 아니, 적어도 궁에서 일어나는 살인 중 하나는 시령부원군의 작품입니다!"

이미 짐작한 일이었다.

"그럴 것이라 여겼습니다. 도사께서는 어떻게 아셨나요?"

"시령부원군이 사람들을 다시 사랑채로 불러 모으고 있습니다. 거기엔 세자빈의 아비도 속해 있죠. 그들이 지금 뭘 꾸미려고 하는지 아십니까?"

"아버지와 당신에게 쏠린 왕당파의 권력을 찾아오려고 하는 거겠죠."

최문호가 어이없는 웃음을 지었다. 사실 아버지와 최문호는 아직 아무것도 아니었다.

"아니죠. 그들은 지금 저희를 내치려고 하고 있습니다. 그들이 가장 먼저 할 일이 뭐라고 생각되십니까? 세자를 없애는 일이요? 아닙니다. 바로 중전마마를 폐위시키는 일입니다."

현상궁이 굳은 얼굴이 된 나를 보는 게 느껴졌다.

"폐위의 이유야 많지 않습니까? 후사를 생산하지 못한다. 시기가 많다. 갖다 대면 모든 게 이유고 그럴듯합니다. 이 왕조에서 여인네가 혼자 뭐든 할 수 있을 거라고 여긴 겁니까?"

최문호의 말이 다 맞았다.

"이젠 어떻게 해야 합니까?"

최문호는 한숨을 내쉬었다. 찢어진 두 눈에 선 핏발이 보였다.

"저는 함경도로 갑니다. 이제 중전마마를 도와주실 분이라곤 기생 집에서 계집 치마폭에 싸여 사는 아버지뿐입니다. 우린 실패했어요. 그걸 알려드리러 왔습니다."

최문호가 일어났다. 권세를 얻기 위해 나와 향이를 궁으로 들여보 내고 세자를 죽이라고 한 사람이었다. 나에게 충성맹세를 받아내기 도 했다. 그런 그가 지금 초라한 얼굴로 뒤돌아서려고 했다. 나는 그 의 등에다가 조용히 물었다.

"우리가 왜 세자를 죽이려고 했죠?"

최문호는 잠시 멈춰서더니 뒤도 돌아보지 않고 나갔다. 우리는 모 두 목적을 잃었다. 나는 넋이 나간 얼굴로 현상궁을 쳐다봤다.

"전 이제 어쩌죠?"

"어쩌시긴요. 살인자로 몰렸을 때도 살아남으셨습니다. 향이를 죽을 위기에서도 구해주셨어요. 그런 분이 중전마마입니다. 그런데 그 방법을 모르시겠어요?

나는 고개를 저었다. 진정 아무 방법도 떠오르지 않았다.

"시령부원군의 끄나풀을 찾았습니다. 우선 만나보시지요."

"어떻게 찾았습니까?"

현상궁은 빙긋 미소를 지었다.

궁녀들의 휴게실은 언제나 만원이었다. 남령초를 나눠 피우거나 술을 마시기도, 한편에서는 투전판이 벌어지기도 했다. 궁녀들의 투전이라고 해서 우습게보면 안 됐다. 비단 여러 필과 쌀 몇 가마니가 오가는 큰 판이었다.

"시령부원군은 이미 궁에서도 썩은 동아줄로 여겨졌습니다. 잘못 잡았다간 폭삭 망한다는 말이죠. 그런 자의 끄나풀이 될 궁의 여인이라면 아무래도 돈이 급했을 것이라는 생각이 들었습니다."

새삼 현상궁의 능력이 놀라울 따름이었다.

"저도 오랜만에 투전판에 들어갔습니다. 생각보다 판도 크고 모인 궁녀들도 한두 번 해본 솜씨가 아니더라고요. 혹시 정화의 처소에서 봤던 젊은 상궁을 기억하시나요?"

나를 꾸짖듯 내몬 젊은 상궁이 기억났다.

"세자에게 승은을 입어 상궁이 됐지만 세자가 발을 끊은 아이입니다. 그 이후로 안 좋은 소문이 돌았죠."

현상궁은 젊은 상궁에 관한 이야기를 이어갔다. 젊은 상궁은 원래는 숙의 정씨 처소에 있던 궁녀 중 한 명이었다. 눈에 잘 띄는 미모는 아니었지만, 숙의 정씨의 밑에 들어온 것도 세자의 눈에 띄기 위해 돈을 꽤 들였다는 뒷말이 있었다. 집안이 든든한 편이 아닌 것으로 봐서는 아마도 궁녀들 사이에 빚을 많이 졌을 것이다.

세자의 눈에 띄어 하룻밤 사이에 상궁이 되고나서는 기고만장해져서는 궁녀들의 빚을 모른 척했다고 한다. 하지만 세자가 점차 발길을 끊고 기세를 잃자 젊은 상궁에게 돈을 빌려준 궁녀들의 압박이 계속됐다. 젊은 상궁은 돈을 불려볼 생각으로 투전판에 끼어들었지만 잃는 날이 더 많았다. 젊은 상궁은 돈을 잃으면서도 투전판을 떠나지 못했고, 꽤 많은 빚을 또다시 졌다는 소문이 돌았다.

"손가락을 자르면 발가락으로 하는 게 투전이란 말이 있습니다."

투전에 중독된 젊은 상궁이 최근에 빚을 다 갚았다는 얘기가 여기저기서 흘러나왔다. 현상궁은 젊은 상궁의 실력을 알아보기 위해 투전판에 들어갔는데, 젊은 상궁은 돈을 따서 빚을 갚을 정도의 실력은 아니었다고 한다.

어둠이 내렸다. 나는 현상궁에게 횃불을 건넸다.

현상궁은 횃불을 든 채 젊은 상궁 처소의 문을 열어젖혔다.

속곳 차림으로 자던 젊은 상궁이 놀라 눈을 떴다. 현상궁은 횃불을 젊은 상궁의 머리에 가까이 가져다댔다. 삐져나온 머리카락 몇 가닥이 불에 그슬렸다.

"네 머리가 유독 까맣고 윤기가 흘러 세자가 좋아했다고 들었다. 불이 지펴지기도 참 좋겠구나."

젊은 상궁은 그대로 납작 바닥에 엎드렸다.

"중전마마, 살려주십시오. 살려만 주십시오."

수심이도 했던 말이다. 나는 또다시 누군가의 목숨을 손안에 쥐고 있었다.

"네가 정화를 처음 발견했다고 들었다. 그게 사실이냐?"

젊은 상궁은 고개를 끄덕이다 바닥에 박곤 했다.

"시령부원군이 궁녀 한 명을 죽이라고 시켰느냐?"

상궁은 고개를 들었다. 좀 전의 놀란 기색은 어느새 사라졌다.

"어차피 죽을지도 모르는 마당이니, 제가 뭘 해드리면 살려주실까요?"

또렷한 눈매가 마음에 들었다. 예쁘진 않지만 당돌한 매력이 있었다. 세자가 잠시 빠진 것도 저 이유였겠지. 나는 젊은 상궁의 뺨을 슬며시 만졌다. 젊은 상궁이 곧 내 손을 잡았다. 손끝이 매끄러웠다. 나는 젊은 상궁의 입술에 입을 맞췄다. 젊은 상궁의 혀가 곧 들어왔다. 나는 그 혀를 살짝 깨물었다 뗐다. 그리고 젊은 상궁의 귀에다 속삭였다.

"시령부원군이 정화를 죽이려고 한 증거를 만들어서라도 가지고 와."

그 증거로 나는 시령부원군을 협박할 것이다. 나를 중전의 자리에서 내쫓지 못하게.

현상궁이 든 횃불이 궁 안을 밝혔다. 담 밑을 기어가던 쥐가 놀라 구멍으로 들어가 버렸다. 나뭇가지에서 졸던 새들도 날아갔다.

"모두가 나를 피하는군요. 제가 무섭나 봅니다."

뒤따라오던 현상궁이 횃불을 껐다. 사방은 어둑해졌다. 날아가던 새들이 다시 나뭇가지에 앉는 게 보였다.

"모두가 두려워하는 것이, 모두가 무시하는 것보다 나은 일이지 않습니까?"

36

나는 이불 속으로 몸을 쏙 밀어 넣었다. 아직 찬 이불 속에 적응하려면 조금 시간이 걸렸다. 머리 위로 초겨울의 찬바람이 밀고 들어왔다. 이제 귀신의 시간이 시작될 터였다.

언제부터인가 밤이면 내가 누명을 씌워 죽여버린 수심이 나를 찾아왔다. 수심의 얼굴은 여전히 특색 없이 동그랬다. 죽는다고 얼굴이 바뀌지는 않는 모양이었다.

나는 설핏 잠이 들었다. 얕은 바다를 거닐었다. 그러고 보니 바다를 가본 적이 없었다. 그냥 이야기로만 전해 들었다. 한없이 고운 모래가 깔린 모래사장과 그 위로 덮쳤다 빠져나간다는 맛이 짠 바닷물. 바다 너머에는 다른 나라가 있다고 했다.

청국과 왜국만 있는 게 아니라고 했다. 키가 크고, 머리가 노란 사람들. 다른 종교를 믿는 이들이 있다고 했다. 나는 한 번도 가보지 못한 바닷가를 꿈속에서 거닐었다. 고운 모래가 발가락 사이로 파고들었다. 멀리서 걸어오던 수심이 점점 가까이 다가왔다.

"중전마마."

"수심아."

나는 오래된 동무처럼 수심을 반겼다. 수심과 나는 나란히 바닷가를 걸었다. 수심은 궁 밖의 소문을 들려줬다. 시전 떡 가게의 아낙과 젓갈 장수 사내가 배가 맞았다고 했다.

"그 둘이 어찌 들켰는지 아십니까?"

나는 고개를 흔들었다.

"어느 날 떡에서 젓갈 맛이 났다고 하더이다."

나는 입을 한껏 벌려 깔깔 웃어댔다. 입을 가릴 필요도 없었다. 수심도 따라 웃었다. 수심은 길을 걸으면서도 종알종알 쉬지 않고 세상의 소식을 전했다. 어느 대감의 첩이 그 집의 아들과 붙어먹고는 아들을 낳았는데, 그 아들은 이제 자신의 할아버지를 아버지라 부르고 진짜 아버지는 형이라고 부를 처지에 빠졌다고 했다.

"수심아, 혹시 너는 개를 신으로 모시는 마을에 대한 이야기를 들어본 적 있니?"

수심의 두 눈이 수평선쯤에 닿았다.

"시전에서 보부상 둘이 하는 얘기를 들었습니다. 한 명은 눈이 바늘귀만 한 보부상이었어요."

나는 수심의 말을 따라 보부상의 모습을 그려봤다.

"보부상이 어느 마을에서 고약한 냄새가 나는 상처에 바르는 고약을 수십 개 판 이야기를 떠들더이다. 보부상이 이걸 어디에 쓰려고 그렇게 많이 사가는 것인지 궁금해하니 딸들의 몸에 붙이려고 한다고 했답니다. 향료를 발라줘도 부족할 딸들에게 왜 고약을 갖다 붙이느냐고 물으니 한 사내가 마을을 지켜준다는 개에 관해서 이야기하더랍니다. 개도 사내라 한 달에 한 번 발정이 나면 마을에 내려와 처녀들을 유린하는 통에 마을 사람들이 딸들에게 여자 냄새를 지우기 위해서 고약을 붙인다고 하더랍니다. 그런데 말입니다. 발정이 난 개한테 유린을 당한 처녀 중에는 기다리다 못해 개를 찾아

산으로 올라가기도 한답니다. 개가 찾은 마을의 처녀들은 하나같이 배가 불러오는데, 지금 그 마을에는 그렇게 배가 불러 출산을 기다리는 처녀들이 십 수 명에 이른다고 합니다."

"수심아, 그 처녀들이 가진 아이는 개 새끼일까? 사람 새끼일까?"

수심의 얼굴이 화선지처럼 하얗게 변했다. 수심이 나의 손목을 잡아 쥐었다. 수심은 나를 잡아끌며 물속으로 걸어 들어갔다.

"중전마마도 지금 배 안에 개 새끼가 자라고 있을지도 모릅니다."

"무슨 소리야! 난 개와 붙어먹은 적이 없어."

수심은 나를 계속 물속으로 끌고 들어갔다. 나는 뒤꿈치를 모래 속에 박아버렸다.

"놔! 놓으라고!"

하지만 수심의 힘을 당할 수 없었다. 바닷물은 가슴을 넘어 턱밑까지 치고 올라왔다. 짠맛이 느껴졌다. 입안이 평소보다 빨리 말랐다.

"수심아."

나는 온몸에 힘을 빼고 수심을 불렀다. 수심이 천천히 뒤돌아봤다. 우리 둘은 이미 바닷물 위를 떠다녔다. 발끝은 땅을 떠난 지 오래였다.

"죽는 것도 괜찮지?"

수심이 고개를 흔들었다.

"사는 것만 못해요."

수심이 천천히 내 손목을 놓았다. 수심은 더 깊은 바다 속으로 빨려 들어갔다. 나는 반대로 점점 모래사장으로 밀려났다. 물 위로 목만 나온 수심의 입이 뻐끔거렸다. 하지만 아무 소리도 들리지 않았다. 나는 입 속으로 밀려 들어오는 바닷물을 목으로 넘기며 수심을 애타게 불렀지만 수심의 모습은 더 이상 보이지 않았다.

37

"불이야! 불이야!"

놀란 궁녀들의 목소리가 사방에서 들렸다.

"동궁에 불이 났다고 합니다."

현상궁이 급히 상황을 알렸다.

"다행히 세자마마는 다른 처소에서 주무시고 계셔서 화마는 피하셨답니다."

현상궁 뒤로 젊은 상궁의 모습이 보였다. 젊은 상궁은 광기에 휩싸인 눈으로 나에게 득달같이 달려왔다.

"네가 여기 무슨 일이냐?"

현상궁이 막아서자 상궁은 소매에서 은장도를 꺼내 현상궁의 옆구리를 찔렀다. 낮은 비명이 들렸다. 젊은 상궁은 나를 보며 비실비실 웃었다.

"중전마마, 증거를 만들라고 하셨죠. 이제부터 제가 증거를 만들 것입니다.”

전갈을 받은 호위무사들이 중궁전으로 들어왔다. 호위무사 한 명이 칼을 뽑아들었다. 나는 손을 들어 호위무사를 제지했다. 지금 난 좀 더 정확한 증거를 만들어야 했다. 젊은 상궁의 말 한마디, 한마디가 모두 증거가 될 것이다.

“제가 수심이도, 숙의 정씨를 죽인 궁녀도 매수했습니다. 그리고 정화에게 거울을 보여준 것도 바로 접니다.”

나는 차가운 눈으로 젊은 상궁을 쳐다봤다. 확장된 까만 눈동자. 아편 물을 마시던 정화의 눈동자가 떠올랐다. 젊은 상궁의 은장도가 목덜미를 파고들었다.

소식을 들은 왕까지 중궁전으로 달려왔다. 모두 은장도를 든 젊은 상궁을 숨죽인 채 바라봤다. 나는 젊은 상궁에게 타이르듯 물었다.

“그 모든 일을 자네가 꾸민 것은 아니지?”

젊은 상궁은 깊은 숨을 내뱉었다. 그녀가 지금부터 하려는 말이 내가 진짜 원하는 대답이다.

“시령부원군이 돈을 줬습니다. 궁 안에서 일어난 모든 살인은 시령부원군이 시킨 짓입니다. 동궁에 불을 지르라고도 했어요. 그리고 오늘 밤, 중전마마도 죽이라고 지시했습니다.”

젊은 상궁의 두 눈이 왕을 멍하니 응시했다. 왕의 입술이 파르르 떨렸다. 모든 것이 예상대로 돌아갔다.

“그리고 이 모든 거짓말은…….”

젊은 상궁의 시선이 내게 옮겨왔다.

"중전마마가 시켰습니다."

말이 끝나는 동시에 젊은 상궁이 몸을 틀자 호위무사의 칼이 정확히 젊은 상궁의 목을 갈랐다. 젊은 상궁은 목에서 피를 토하며 그대로 바닥에 쓰러져 끝내 눈도 감지 못하고 숨을 거뒀다.

궁녀들이 와서 부상을 당한 현상궁을 일으켜 세웠다. 현상궁은 옆구리를 부여잡고 중궁전을 빠져나갔다. 왕은 나와 죽은 상궁을 차가운 눈으로 번갈아봤다. 왕은 호위무사의 칼을 빼앗아 내게 겨눴다.

"중전, 내가 지금 들은 말이 사실이요?"

나는 가만히 눈을 감고 왕에게 부탁했다.

"단둘이 있게 해주세요."

왕은 내관들과 궁녀들에게 모두 나가라는 눈짓을 보냈다. 걱정이 된 내관 하나가 왕에게 안전상의 문제를 이야기했지만 왕은 오히려 계집 하나 어쩌지 못할 것 같으냐며 버럭 화를 냈다. 드디어 왕과 나 그리고 죽은 상궁만이 중궁전에 남았다. 왕은 여전히 내 목에 칼을 들이민 채였다.

"진실을 말하세요."

나는 모든 것을 내려놓고 말할 결심을 했다. 더 이상 계획도 없었다. 그런데 이때 밖에서 나무 타는 냄새가 방으로 들어왔다. 겨울날 아궁이에 구워 먹던 고구마 생각이 났다. 입맛이 다셔지고 나는 살고 싶어졌다.

"전하께서 믿으셔야 할 말은 딱 하나입니다. 죽은 상궁은 시령부원군이 매수한 아이입니다. 전하도 아실 것입니다. 죽은 중전의 아비인 시령부원군이 저를 후원해서 제가 간택에 응한 것을요. 하지만 전 시령부원군의 말을 따르지 않았죠. 그는 그것에 불만이 많았습니다. 언제부터인가 세자빈의 아비와 무리가 시령부원군의 사랑채에 몰려든다는 이야기가 들렸습니다. 그게 무슨 말일까요? 그들이 원하는 게 뭣일까요? 세자빈의 아비와 시령부원군은 지금 세자를 왕으로 세우려고 합니다."

나는 고개를 들어 왕의 눈을 살폈다. 감정이 쉽게 읽히는 크고 둥근 눈. 세자의 것과 똑 닮은 눈. 왕은 내 말을 믿고 싶어 했다. 언제나 진실은 중요하지 않다. 믿고 싶은 게 진실이 되는 것이다.

왕이 칼을 든 채 어디론가 향했다. 나는 그곳이 세자가 있는 곳이라는 것을 알 수 있었다. 다행이다. 나는 세자의 거래대로 왕을 죽이진 못했다. 하지만 당분간 세자도 나를 어떻게 하지는 못할 것이다. 우린 둘 다 왕에게 버림받을 테니까.

나 태

38

나는 나무가 되었다. 매일 누군가 물을 주고, 때가 되면 가지를 쳐 주지만 아무도 말을 걸거나 따뜻한 손길로 만져주진 않았다. 왕은 젊은 상궁이 죽은 날 이후로 얼굴조차 볼 수 없었다. 나는 완전히 고립됐다.

그저 때마다 들어오는 진수성찬을 즐기면 됐다. 어떨 때는 내가 무엇을 먹고 싶다고 요구하기도 했다. 잘 삶은 닭이거나, 팥고물이 묻은 경단 같은 음식이었다. 모든 게 달고 맛났다. 오를 기미가 없던 살도 올랐다. 손목이 겨울날 솜이불처럼 도톰해졌다. 커질 기미가 보이지 않던 가슴에도 살이 붙었다. 몸은 조금 둔해졌지만, 어느 때보다 마음은 편했다.

중궁전에는 왕만 발길을 끊은 게 아니었다. 아버지도 발길을 끊었다. 현상궁이 가끔 기방에서도 찬밥 신세가 된 아비의 소식을 전해왔지만 모른 척했다. 쓸모없어진 중전은 궁 안의 나무처럼, 꽃처럼 그저 생명이 다하기를 기다리기만 하면 됐다.

나는 종종 내가 살아갈 날이 얼마나 남았는지, 그래서 얼마나 더 많은 산해진미를 먹을 수 있는지 손으로 꼽아봤다. 그것이 삶의 유일한 낙이었다.

그리고 세자. 세자는 나의 예상과 달리 버림받지 않았다. 오히려 왕과의 관계가 어느 때보다 좋다는 소식이 들렸다. 왕은 모든 것을 알고 있었다. 자신을 지지하는 왕당파도, 세자를 지지하는 세력도 결국 자신들의 손아귀에 쥐어질 권세에 눈이 멀어 있다는 것을.

왕은 젊은 상궁이 죽은 일로 시령부원군과 세자빈의 아비까지 틀어쥐었다. 세자를 지지하던 세력도 몸을 사렸다. 모든 일은 내가 아니라 나를 앞세워 왕과 세자를 휘두르려고 한 세력들을 잠재우기 위한 방책이었다. 왕과 세자는 우리를 조정했던 것이다. 왕권은 건국 이래 가장 강력해졌다. 그러나 나와는 전혀 상관없는 일이었다.

궁은 정월대보름을 맞이하는 일로 분주했다. 소주방에서는 정월 대보름에 먹을 나물과 호두나 잣 같은 부럼 준비에 여념이 없었다. 생각만 해도 입에 침이 고였다. 벌써 그날이 기다려졌다. 나는 쉴 새 없이 곶감을 통째로 입에 밀어 넣었다.

"중전마마, 그만 드시고 잠자리에 드세요."

현상궁이 질책하는 눈빛으로 나를 쳐다봤다. 칼에 찔린 이후로 현상궁은 나를 원망스레 바라봤다. 나에게 줄을 선 것을 후회하는 눈치였다. 하지만 잠자코 중전만 바라보고 있을 현상궁이 아니었다. 처음 한 달은 세자빈에게 나의 일상을 하나하나 고하는 것 같았다.

하지만 오늘도, 내일도, 아마 그 내일도 별반 다를 것이 없는 나의 일상에 세자빈도 흥미를 잃었다. '누가 그년이 뭘 먹는지가 궁금하답니까?' 아마 이렇게 화를 냈을 것이다.

현상궁에게 간혹 노리개나 꽂아주면서 중전의 움직임이 변하면 연락하라고 했겠지만, 현상궁도 내가 뭘 먹는 것 외에는 할 이야기가 궁하기는 마찬가지였다.

나는 곶감 하나를 마저 입에 넣고는 상을 물렸다.

"현상궁, 내 궁금한 게 있어요."

현상궁은 대꾸조차 귀찮은지 고개만 돌려 나를 쳐다봤다. 중궁전의 모든 이들이 이랬다. 모두 나태가 몸에 익어서 왕실의 법도 따위 잊은 지 오래였다.

"살이 많이 올랐죠?"

"처음 궁에 들어오실 때보다야 많이 오르셨죠."

"보기 흉합니까?"

현상궁은 처음 보는 여인을 대하듯 나를 머리부터 발끝까지 위아래로 찬찬히 훑었다.

"아니요, 오히려 보기 좋습니다. 피부는 하얘지고, 평평하던 가슴도 풍만해지겨서 여유가 보입니다. 얼굴도 살이 올라 매섭던 눈매가 한결 부드럽고요."

나는 빙긋 웃었다.

"살이 오른 돼지는 잡아먹히기밖에 더하겠어요."

현상궁은 대답 대신 궁녀들을 불렀다.

궁녀들은 가체를 벗기고 양칫물을 대령했다. 화장이 지워지고 버선이 벗겨졌다. 내 손으로 저고리조차 벗을 일이 없었다. 지금 궁녀들은 정원수의 가지치기를 하는 중이다. 정원수는 언제나 보기 좋게 잘 가꿔져 있어야 했다.

촛불이 꺼졌다. 나는 어둠 속에서 향이를 떠올렸다. 내가 중궁전에 갇힌 지도 석 달이 흘렀다. 현상궁이 귀찮다는 듯 뱉어주는 말에 의하면 향이는 후궁의 첩지를 받았다고 한다. 세자의 사랑도 많이 받는다고 했다. 향이는 우리의 계획을 밀고하고 세자 편으로 돌아선 것이다. 향이는 결코 나를 사랑한 적이 없었다. 그래도 나는 향이가 그리웠다. 꿈속에서라도 향이를 만나고 싶어 밤을 기다렸다.

어둠이 내리면 아버지와 어머니의 신음 소리가 들린다. 어릴 적 살던 초가집이다. 벽에는 손톱만 한 구멍이 나 있다. 나는 구멍을 가린 삼태기를 치운다. 그리고 구멍 너머의 어둠을 응시한다.

아버지가 어머니의 허리를 잡고 흔들고 있다. 어머니의 얼굴이 이불 위에서 뭉개진다. 향이가 구멍에 눈을 가져다댄다. 나는 향이의 뒤에서 향이의 속치마를 걷어 올린다. 하얗고 통통한 허벅지를 만진다. 향이가 간지러운 듯 엉덩이를 좌우로 흔든다. 나는 향이의 엉덩이 위로 올라가 가슴을 덥석 잡는다. 그리고 아버지처럼 허리를 흔들어댄다. 향이의 낮은 숨소리가 들린다. 이마에는 땀이 흐른다. 향이가 뒤를 돌아본다.

나는 그 순간 꿈에서 깨어났다. 뒤를 돌아본 향이는 얼굴이 없었다. 누가 먹물을 얼굴에 들이부은 것처럼 눈도, 코도, 입도 없었다. 그리고 바람결에 비명이 들렸다.

39

경대를 열어 거울을 봤다. 석 달 만이었다. 현상궁의 말대로 그사이 얼굴에 살이 제법 올랐다. 살찐 아버지의 모습이 얼핏 보였다.

현상궁이 내 앞에 조용히 앉았다. 오랜만에 보는 심각한 얼굴이었다.

"중전마마……."

참으로 낯선 말이다.

"중전마마, 어제 다시 살인사건이 발생했습니다."

꿈결에 들었던 비명을 떠올렸다. 나는 경대를 만지작거리던 손을 놓고 현상궁을 올려다봤다. 현상궁은 무표정한 얼굴로 말을 이었다.

"지난 석 달 동안 궁에서 두 명의 궁녀가 죽었습니다. 한 명은 세자의 승은을 입은 아이였고, 또 다른 한 명은 왕의 승은을 입은 아이였습니다."

"전 아무것도 할 수 없어요. 아시잖아요. 전 현상궁보다도 힘이 없는 중전입니다."

현상궁이 고개를 들어 나를 노려봤다. 오랜만에 보는 살기였다.

"중전마마, 제가 살인자를 잡아달라고 부탁한 적이 있었죠."

모든 일이 까마득한 옛날처럼 느껴졌다.

"이 살인을 멈춰주세요."

"지금도 내가 중전으로 보입니까?"

"아무도 그렇게 보지 않죠. 이 일을 해결하고 다시 중전의 자리를 찾으세요. 범인은 분명 왕과 세자 둘 중 한 명입니다. 범인을 밝히는 자가 그들의 숨통을 틀어쥐는 것입니다. 그걸 아직도 모르시겠어요? 중전마마가 바닥에서 올라갈 일은 그것뿐이라고요."

고개를 젓자 현상궁이 내 머리를 두 손으로 부여잡았다.

"정신 차리세요. 궁이 살아있다는 것을 아시죠? 벽에도, 기둥에도, 어느 길목에도 궁에는 눈과 귀와 입이 달렸어요. 그들이 말하는 살인자가 누구일까요?"

"왕이면요? 세자면요? 지금 그들은 한 패입니다. 어느 때보다 강한 거 아시잖아요?"

"마마의 나이 이제 겨우 열여섯입니다. 살아온 날들보다 살아갈 날들이 더 많으신 분입니다. 앞으로도 평생 이렇게 중궁전에서 돼지처럼 먹기만 바라며 사실 겁니까?"

그것도 나쁘지 않다는 생각이 들었다. 몸이 무거워진 만큼 마음도 둔해졌다.

"사가에 있을 때는 하루 세 끼를 먹는다는 건 꿈도 못 꿨어요. 배고픔에 언제나 입술이 벗겨졌죠. 머리카락도 한 움큼씩 빠졌어요. 어느 날은 너무 배가 고파 방바닥에 가만히 몸을 누인 채 움직이지 않은 날도 있었죠. 그럴 때마다 먹고 싶은 걸 그렸어요. 그런데 생각나는 음식이 하나도 없었어요. 왜인 줄 아세요? 먹어본 음식이 있어야, 먹고 싶은 음식도 있는 것이었어요."

현상궁이 내 어깨를 잡고 흔들었다.

"살찐 돼지는 잡아먹히기밖에 더하겠냐고 중전마마가 그러셨지요. 그들이 중전마마를 언제까지 살려둘 것 같습니까?"

나는 현상궁의 손을 치웠다. 현상궁은 내 어깨를 다시 잡아 쥐었다. 나는 현상궁의 뺨을 후려 갈겼다. 곧 현상궁의 손이 날아와 내 뺨을 날렸다.

우리는 한동안 머리채를 잡고 뒹굴고 서로의 뺨을 때리면서 방 안을 굴러다녔다. 끝내 현상궁이 먼저 대자로 바닥에 누워버렸다.

"아직 살아계시네요."

그래, 난 매일 숨을 쉬고, 밥을 먹고, 밤이면 꿈을 꾼다.

현상궁이 거친 숨을 몰아 내쉬며 바닥에 누운 채 자신의 이야기를 들려줬다.

"제가 궁에서 처음 목격한 살인 사건의 희생자는 저를 아끼던 상궁 마마였습니다. 왕께 승은을 입고 어린 나이에 상궁이 되신 분이었죠. 얼굴도 곱고 마음은 더 고운 분이셨어요. 그런데 그분이 어느 날 목이 잘린 채로 발견됐습니다. 범인으로 지목된 자는 내관 중 한 명이었습니다. 몰래 그분을 사모하던 내관이 상궁 마마를 죽인 것으로 사건은 정리됐습니다."

내가 궁에 들어와 처음 목격한 염희라는 아이의 살인사건과 무척이나 닮아 있었다.

"슬펐지만 그럴 수도 있다고 생각했습니다. 그런데 이 년 후에 제가 아끼던 아이가 또 죽어 나갔습니다. 이번엔 손버릇이 나쁜 궁녀가 왕께 선물 받은 노리개를 탐내다 우발적으로 그 아이를 죽였다고 했습니다. 죽인 궁녀가 실토했다고는 하지만 실제로 그 말을 들은 사람은 아무도 없었습니다."

머리가 지끈거렸다.

"시령부원군이 살인사건을 만들려던 이유가 뭘까요?"

왕과 세자가 살인자라는 것을 시령부원군은 알고 있었다. 현상궁이 몰아쉬는 거친 숨소리가 들렸다. 이제 더 이상 지체할 시간이 없다.

시령부원군의 집을 찾았다. 몇 해 전에 본 끝이 없을 것 같은 담 위에는 잡초가 무성했다. 대문이 삐걱거리는 요란한 소리를 내며 열렸다.

날 처음 맞이했던 문지기가 문을 배꼼 열고 의심의 눈초리로 나와 현상궁을 번갈아 살폈다. 그는 곧 문을 열고 사랑채로 우리를 안내했다. 모든 것이 생생하게 떠올랐다. 마당에서 오른쪽으로 틀어 작은 두 개의 문을 지나면 나오는 사랑채. 추위 속에서 향이와 손을 붙잡고 발을 동동 구르던 시간. 사랑채 문을 열고 나를 쳐다보던 나이 든 남자.

나는 숨을 고르고 사랑채의 댓돌에 올라섰다. 문을 열자 나이 든 사람에게서 나는 나무 썩은 냄새가 먼저 나를 맞이했다. 부원군도 죽어가는 거겠지. 그는 곰방대에 남령초를 밀어 넣다가 나를 빤히 쳐다봤다. 여전히 굳은 얼굴. 주름은 더 짙어졌다. 한쪽 눈은 하얗게 색이 변해 있었다. 부원군은 눈을 몇 번 깜빡이더니 나를 기억해냈다.

"중전이시구려. 내 딸의 자리를 차지한 중전이시구려. 내가 만든 중전이시구려."

부원군은 계속해서 중얼거렸다.

"부원군께서는 범인을 알고 계셨지요?"

그는 왼쪽 입꼬리를 올리며 피식 웃었다.

"그걸 네년이 망쳤잖습니까?"

나는 고개를 끄덕였다.

"저도 몰아내실 계획 아니셨습니까?"

부원군은 고개를 끄덕였다.

"내가 재미난 얘기를 해줄게요. 개가 신이 된 마을이 있었어요."

오랜만에 듣는 이야기였다.

"이미 압니다."

부원군은 고개를 저었다.

"그 결말도 아십니까?"

나는 이야기의 결말이 궁금했다. 부원군은 하얗게 변해버린 눈으로 창밖을 바라보며 이야기를 시작했다.

배가 부른 과부댁 둘째 딸은 산달이 다가오면서 마을 사람들의 수군거림에 불안해지기 시작했다. 아기가 발로 배를 찰 때마다 온몸에 식은땀이 흘렀다. 꼭 개가 뒷발질을 하는 것 같았기 때문이다.

아이를 죽일 생각에 몇 번이고 산에서 굴러보기도, 장독의 간장을 한 바가지 마셔보기도 했지만 아무 소용이 없었다. 끈질긴 생명이었다. 마을 사람들의 시선은 더욱더 노골적이 됐다. 커진 가슴을 보며 몰래 웃는 사내들. 개와 붙어먹은 이야기를 하며 빨래터를 달구는 아낙들. 과부의 딸은 큰 배를 내밀고 개를 찾았다.

하지만 개는 이미 마을의 다른 처녀와 배를 맞추고 있어서 과부의 딸은 잊은 지 오래였다. 개는 배가 부른 과부의 딸이 그저 맛있는 살코기로 보일 뿐이었다.

"개는 자신의 새끼를 밴 년도 못 알아봤어요. 개는 자신과 붙어먹던 과부의 딸이라는 사실도 잊은 채 그년을 잡아먹었지요. 이것이 그 이야기의 결말입니다."

부원군의 검은 눈동자 하나가 나를 응시했다.

"왕과 세자. 결국 누구 한 명이 잡혀먹어야 이 이야기는 끝이 납니다."

"제가 궁에서 살아남을 방법을 부원군께서는 아시지요?"

"글쎄요."

부원군은 곰방대에 불을 붙였다.

"한때는 안다고 생각했습니다. 세자를 살인마로 몰아서 궁에서 몰아내면 나이 들어가는 왕은 죽기만을 기다리면 됐죠. 가끔 광기가 올라와 죽이는 궁녀나 후궁쯤은 제물로 여기면 됐어요. 오래 살면 오래 산 대로 우리의 권력은 견고해지리라 판단했습니다. 그런데 이제 모든 것이 틀려먹었어요. 전 이제 할 수 있는 일이 없습니다. 그저 이 자리에서 남령초나 빨다가 죽기만을 기다리면 됩니다. 이 편한 짓을 두고 왜 그렇게 오랫동안 권력에 눈이 멀어 아등바등 살았을까요. 요샌 그런 생각만 듭니다."

나는 아무 말 없이 일어나서 등을 돌렸다. 시령부원군은 더는 위협적인 존재가 아니었다. 문을 열려는 찰나, 등 뒤로 부원군의 힘없는 목소리가 들렸다.

"개와 사람이 다른 점이 뭔 줄 아십니까? 개는 예측 가능하지만, 사람은 예측할 수가 없어요. 마음속 깊은 곳에 뭐가 살고 있는지 도대체 알 수가 없어요."

나는 부원군에게 물었다.

"그들이 사람이라고 생각하세요?"

부원군의 낮은 웃음소리가 들렸다. 무릎을 치는 듯한 소리도 들렸다. 나는 조용히 문을 닫고 그의 사랑채를 떠났다. 나를 중전으로 만들었던 사내는 방치해둔 집안 곳곳의 모습처럼 스스로 몰락해가고 있었다.

나는 향이와 나의 이야기가 시작된 이곳을 잊기로 했다. 시령부원군이 말한 개 이야기의 결말을 바꿔야만 한다.

40

구겨진 치마를 매만졌다. 귀밑으로 흘러내린 머리카락을 귀 뒤로 보냈다. 옷깃이 접혔을까 몇 번이고 동전 둘레를 손으로 훑었다. 화장은 뜨지 않았는지, 번진 연지는 없는지 입술 주변을 손가락으로 닦아냈다. 향이가 지낸다는 처소가 보였다.

단출하지만 구색을 갖춘 후궁의 처소였다. 작은 안채와 안채에 딸린 마당. 아담한 처소를 둘러싼 담벼락. 저 담 너머에 향이가 있다.

꼭 어제 먹은 밥이 내려가지 않고 목에 걸린 것처럼 속이 울렁거리고 답답했다. 손발이 부들부들 떨리는 것 같아 자꾸만 멈춰 섰다. 그래도 보고 싶었다. 향이가 우리 집에 온 이후로 서로를 보지 않은 가장 오랜 시간이었다. 시간이 향이를 어떻게 변화시켰을지 궁금했다. 얼마나 더 아름다워졌을까. 열여섯은 아름다워질 날들만 있는 나이였다. 하지만 꿈이 불안했다. 온통 검게 변한 향이의 얼굴이 무엇을 의미하는지 확인해봐야 했다.

나는 멈춰 서서 현상궁에게 얼굴을 들이밀었다.

"현상궁, 지금 내 모습이 어떻습니까? 햇살에서 보니 퉁퉁 불어터

진 면발 같지 않아요? 사실대로, 보이는 대로 말해주세요."

"햇살 아래서 뵈니 더 빛나십니다. 맨 처음 마마께서 궁에 들어오실 적에 저는 의아했죠. 깡마른 어린아이가 사내에게 뭔 봄날이 될까 싶어서요. 그런데 지금은 아닙니다. 지난날들이 믿기지 않을 정도로 고우십니다."

나는 현상궁의 말에 자신감을 조금은 되찾았다. 가슴을 펴고 향이의 처소 앞으로 걸어갔다. 이별의 기억이 되살아났다. 그날 향이는 날 죽인 것이나 다름없었다.

향이의 처소에서 허드렛일을 보는 무수리 한 명이 나를 보고 황급히 방으로 뛰어 들어갔다. 후궁이 되었다고 했다. 세자가 매일 밤 찾는다고 했다. 곧 문이 열렸다. 그리고 향이가 나를 맞이하러 나왔다. 내 걸음이 멈췄다. 우리는 서로를 한없이 바라봤다. 나는 앙상하게 말라버린 향이의 손목을 감싸 쥐었다.

"향이야, 왜 이렇게 변한 거야?"

향이는 변해 있었다. 눈 아래로 깊은 어둠이 졌다. 목과 손목은 가늘어져서 한 손에도 들어올 지경이었다. 매끄럽던 피부는 어느새 바싹 말라버렸다. 불을 가져다 대기만 해도 순식간에 타버릴 것 같았다.

향이는 근심 어린 내 눈빛을 급히 피했다. 눈가가 붉게 달아오른 걸 애써 숨기며 나는 향이의 처소로 들어갔다. 처소 역시 소박했다. 개나리 빛 비단 보료가 놓인 것만 빼면 눈에 들어오게 화려한 것은 아무것도 없었다.

"우리 둘만 있게 해주세요."

현상궁은 뒤따라온 궁녀들과 향이 처소의 궁녀를 모두 데리고 나갔다. 방은 아늑했다. 서로를 애틋하게 여기는 연인이 밤을 보내기 좋은 정도였다. 향이가 내 앞으로 다가왔다. 여전히 얼굴을 들지 못했다. 윤기 나던 까만 머리는 피부병에 걸린 개털처럼 푸석거렸다.

"무슨 일이 있었던 거야?"

향이는 고개를 숙인 채 말을 잇지 못했다.

"세자가 너에게 도대체 무슨 짓을 한 거야?"

향이는 두 눈을 들어 나를 쳐다봤다. 얇은 입술이 천천히 열렸다.

"그때 세자를 죽였어야 했어요."

석 달 전의 이야기였다.

향이는 그날 밤에 세자를 향해서 단검을 빼들었다. 죽이려고 세자의 목에 단검을 가져다댔다. 하지만 그럴 수 없었다. 마음이 약해졌다. 향이는 그것을 몸을 섞고 어느새 익숙해진 남자에 대한 애정이 있는지도 모른다고 했다. 하지만 결정적으로 향이가 단검을 거둔 것은 세자가 이미 모든 것을 알고 있었기 때문이다.

세자는 일부러 눈을 감았다. 잠든 척 코를 골기도 했다. 향이의 단검이 목을 찌를 때까지 기다렸다. 살을 파고드는 아픔이 저릿저릿하게 전해지는 그 순간, 세자는 눈을 뜨고 향이의 손목을 휘어잡았다.

향이는 숙련되지 않은 자객이었다. 한 번에 칼로 사람을 죽일 수 있는 사람이 되지 못했다. 최문호도 나도 생각지 못한 부분이었다. 목적은 분명했지만 우리는 모두 허술하기 짝이 없었다.

꺾인 향이의 손목에서 단검이 떨어졌다. 세자는 단검을 들어 향이의 허벅지에 꽂았다. 갑작스러운 공격에 향이는 비명조차 지를 수 없었다. 그때 세자의 눈은 푸른빛을 띠었다고 했다.

"내가 제안을 할 것이다."

세자는 허벅지에 꽂은 단검을 한 번에 쑥 끌어 뺐다. 향이의 허벅지에서 검붉은 피가 터져 나와 하얀 속치마를 점점이 물들였다.

"너는 이제부터 내 사람이 되는 거다. 나를 위한 방패가 되어야 한다. 그리고 널 이리로 이끈 모든 인연을 끊어내라. 중전과의 연을 끊어라. 그러지 않으면 내가 너보다 먼저 중전을 죽일 것이야."

세자는 향이에게 단검을 내줬다. 향이는 세자가 무엇을 원하는지 정확히 알 순 없었다. 하지만 두려웠다고 했다. 인연을 끊지 않으면 나에게도, 자신에게도 분명 무서운 일이 생길 것만 같았다. 세자는 능히 그런 일을 할 수 있는 사람이었다.

향이는 세자가 쥐여준 단검을 들고 중궁전으로 향했다. 차라리 불침번을 서는 내관에게 들켜서 죽임을 당했으면 했다. 몇 번이고 손에 쥔 단검으로 자신의 심장을 겨눠보기도 했다. 하지만 번번이 약한 마음이 향이를 잡아끌었다. 살고 싶었다. 길면 길고, 짧으면 짧을 수도 있는 15년의 인생 동안 향이의 머릿속을 지배한 단 하나의 생각이었다. 결국, 향이는 단검을 들고 중궁전으로 향했다.

향이의 두 뺨이 쑥 들어갔다. 나는 실로 오랜만에 향이의 뺨을 쓰다듬었다. 거칠어진 피부에 마음이 쓸렸다.

"세자는 저를 이 궁 안에 가둬놓고 서서히 말라죽기만을 바라고 있어요. 그가 주는 음식을 먹을 수가 없어요."

"무슨 소리야?"

향이는 한 달 전, 세자가 가져다준 떡을 먹고 보름 동안 앓아누운 이야기를 들려줬다. 그이후로 향이는 어떤 음식도 제대로 먹지 못했다.

"중전마마, 이제 어떻게 할까요? 전 어떻게 할까요?"

예전의 나 같으면 망설임 없이 향이를 지켜주겠다고 했겠지. 하지만 나는 아직 향이를 전부 믿을 준비가 되어 있지 않았다. 나는 대답도 없이 향이를 처소에 버려둔 채 나왔다.

이제 지난 석 달 동안 내가 모른 척한 궁의 사정을 빠르게 알아야만 했다. 현상궁은 나에게 궁녀 복장을 내밀었다.

"복장이 사람을 규정하죠."

나는 현상궁이 내민 복장을 받아들었다.

41

궁녀 휴게실 문틈으로 매캐한 남령초 연기가 흘러나왔다. 문을 열자 구석에선 앳된 얼굴의 두 궁녀가 나이 든 상궁 앞에서 남령초를 피우고 있었다.

　나이가 어린 궁녀들은 자신들보다 나이가 많은 궁녀나 상궁의 허락이 있어야지만 남령초를 피울 수 있었다. 지금 그들은 일종의 시험을 치르는 중이었다. 곧 궁녀 한 명이 거친 기침을 쏟아내며 곰방대를 입에서 뗐다. 구경하던 궁녀들은 재미난 듯 웃어댔다.

　나는 한적한 구석에 자리를 잡고 앉았다. 품에 넣고 온 바느질감을 꺼내 터진 버선을 깁는 척했다. 누가 보더라도 익숙지 않은 모습이었다.

　궁녀들은 한쪽에서 투전을 하기도, 술이나 차를 마시기도 했다. 이것도 저것도 안 하는 궁녀들은 삼삼오오 모여 궁에서 일어나는 일들을 떠들어댔다. 생각보다 시시콜콜한 이야기가 오갔다. 올해 새로 관직에 오른 어느 대감 자제의 인물이 좋다는 이야기에서부터 발길을 끊은 왕 대신 잘 깎은 나무토막을 끼고 잔다는 귀인 최씨의 이야기도 들렸다. 피식 웃음이 났다. 귀인 최씨에게 따로 복수할 필요는 없을 것 같았다. 외로움이 그녀에게는 가장 큰 형벌이었다.

　"죽은 궁녀들은 어떻게 된 거야?"

　바느질감을 잔뜩 옆에 쌓아둔 궁녀의 무리에서 흘러나온 말이었다.

　"몰라, 무서워 죽겠어. 처음엔 세자마마."

　"넌 여기서도 마마냐? 그냥 세자, 미친놈."

　눈이 큰 궁녀는 주변을 살피더니 말을 이었다.

　"처음엔 세자의 승은 입은 애들만 죽어 나갔잖아. 그때 이상한 소리가 많이 돌았어. 검은 옷인지, 흰 옷인지 입은 젊은 남자를 봤다는

데. 왜 있잖아. 지난해 연못에 빠져 죽은 소주방 궁녀, 걔가 맨날 그랬거든. 자기가 동궁을 오가며 세자를 몇 번 봤는데, 그 사내가 꼭 세자 같다고."

"나는 다른 이야기를 들은 게 있어."

뺨이 볼록하게 솟은 궁녀가 끼어들었다.

"최근에 죽은 궁녀는 왕의 승은을 입은 아이래. 그리고."

궁녀가 주변을 두리번거렸다.

"왕과 자던 날 밤에 목이 졸려 죽었다고."

이야기를 듣던 궁녀들의 입이 놀라 살짝 벌어졌다.

"거기들 뭐하니?"

남령초를 피우던 상궁이 궁녀들을 매섭게 노려봤다.

"입 놀릴 시간 있으면 손에 든 저고리 솔기나 맞춰서 꿰매!"

궁녀들은 입은 닫은 채 다시 바느질을 시작했다.

다른 무리의 궁녀들은 세자빈에 관한 이야기를 하고 있었다. 그러고 보니 세자빈이 잉태했다는 소식이 어디서도 들리지 않았다. 세자빈은 나를 찾아와서 분명 세자의 아이를 가졌다고 했다. 그것마저 거짓이었을까?

"세자빈은 왜 한지는 그렇게 찾는대?"

궁녀 한 명이 무언가를 알고 있다는 듯 조용히 웃었다.

"한지를 거기다 딱 붙이는 거야. 그러면 사내 게 들어와서 사정을 해도 임신이 안 된다는 거야. 한양의 기생들이 쓰는 비법이래."

"아버지도 지금 완전 찬밥 신세라던데, 잉태도 안 하면 세자빈은 무사할까?"

옆에서 투전을 하던 궁녀 한 명이 끼어들었다.

"세자가 발걸음도 안 하는데 한지가 뭔 소용이야. 그것도 먹어버리는 거 아니야?"

궁녀들이 뒤로 까르르 넘어갔다.

"그나저나 최근엔 세자빈 모습을 본 궁녀들이 없잖아. 살아나 있나 몰라."

"밥상이 매일 잔칫상처럼 들어간대. 소주방 애들이 빈궁전에 음식해서 넣느라고 쉴 틈이 없대요."

궁녀들의 수다는 계속됐다.

남령초를 빨던 상궁 한 명이 나를 뚫어지라 쳐다봤다. 나는 재빨리 꿰매던 버선을 다시 품에 넣고 휴게실을 빠져나왔다.

궁녀의 복장을 재빨리 벗었다. 스란치마에 당의를 입고 나서야 안심이 됐다. 이제는 중전의 폭넓은 치마와 무거운 가체가 더 익숙했다.

나는 현상궁에게 부탁 하나를 했다.

"왕을 다시 제 처소에 오게 해주세요."

현상궁의 미간이 좁아졌다.

"아이를 가져야겠어요."

현상궁은 고개를 갸웃했다. 말하지 않아도 이제 현상궁의 표정을 읽을 수 있었다. 현상궁은 자신을 궁지로 몰려던 중전을 다시 찾을 왕이 누가 있을지 의아해하는 듯했다.

"도대체 말이 되는 소리를 하세요, 중전마마."

"현상궁이 말이 되게 만들어보세요. 궁에서 보낸 세월이 헛 게 아닌 것을 증명해보이세요."

현상궁은 떨떠름한 얼굴로 중궁전을 나섰다. 잠시 후에 현상궁이 밝은 얼굴로 돌아왔다. 표정만으로 왕이 오늘 밤 나를 찾아올 것을 알 수 있었다.

"중전마마……."

현상궁이 가쁜 숨을 골랐다.

"말하지 않아도 알겠어요. 무슨 이유를 대신 겁니까? 제가 죽어간다고 고했나요?"

현상궁이 고개를 가로저었다.

"여인이 됐다고 유내관에게 속삭여줬습니다."

"여인이요?"

"네, 요즘 본 중전마마는 여인이십니다. 그 누구보다도 빛이 나십니다. 봄날의 꽃도 피는 시기가 저마다 다릅니다. 개나리가 제일 먼저 피고 나면 진달래가 핍니다. 그리고 마지막으로 벚꽃이 피죠. 제일 늦게 피는 벚꽃이지만 가장 탐스럽고 화려하지 않습니까?"

"벚꽃이 지면 봄도 끝나지요."

여인들에겐 시기가 다르지만 가장 아름다운 시절이 온다. 누군가는 빨리 오고 누군가는 조금 느리게 온다. 빨리 와서 오래가는 이도 있고, 숨 한 번 쉴 사이에 사라지는 이들도 있다. 하지만 분명한 건 영원한 것은 없었다.

밤이 오기만을 기다렸다. 아름다운 여인으로 왕을 맞이하기 위해 향료를 푼 물에 목욕을 하고 아끼는 진달래 빛 당의를 꺼내 입었다. 손가락엔 옥가락지를 끼고 가체에는 옥과 산호로 장식된 떨잠을 꽂았다.

잊고 있었던 기쁨을 다시 찾았다. 현상궁도 신이 나서 옆에서 거들었다. 분을 토닥여주고 연지를 찍어 입술에 부드럽게 눌렀다. 눈이 저절로 감겼다. 졸음이 쏟아졌다. 기분 좋은 나른함이었다.

"중전마마, 주상전하가 곧 도착하실 겁니다."

현상궁이 눈으로 나를 이리저리 훑었다.

"열이 나시는 것 같습니다."

나는 고개를 저었다. 열이 나는 이유를 알 것 같았다. 남자를 맞을 준비가 끝났다.

왕은 내 눈앞까지 얼굴을 들이밀었다. 삼간택 때 발을 올리고 나를 처음 봤을 때와 같은 미소를 지었다.

"봄이구나."

나는 부끄러운 척 눈을 내리깔았다. 왕은 점점 더 가까이 나에게 다가왔다.

"내게 봄이 왔구나. 봄이 왔어."

역한 술 냄새가 풍겼다. 나도 모르게 고개가 돌아갔다.

"왜요? 입 냄새가 납니까?"

왕은 손을 모아 입김을 분 다음 손안의 냄새를 개처럼 킁킁거리며 맡았다. 나는 숨을 참으며 왕의 두 손을 잡아 쥐었다.

"아닙니다. 오랜만이라 부끄러워 그렇습니다."

왕은 갑자기 내 손을 잡아 눈앞으로 바싹 가져다댔다.

"꽃물은요? 꽃물은 어디 있나요?"

나는 잠시 멍하니 왕을 쳐다봤다.

"다음 해에 물들일게요."

"그래요. 매년 내 봄이 되어주구려."

왕은 배시시 웃으며 나를 바닥에 쓰러뜨렸다. 저고리를 풀고 치마를 올렸다. 향이가 혜옥에게 배운 것을 떠올렸다. 최문호는 치마폭에 왕을 사로잡으라고 했다. 그래야만 궁에서 살아남을 수 있다고. 나는 다리에 힘을 살짝 줬다 뺐다.

왕은 오랫동안 내 허리 위에서 내려올 생각을 하지 않았다. 모든 게 지루해질 때쯤 왕은 힘없이 내 위에 쓰러졌다. 맑은 물이 이불 위로 흘렀다. 나는 왕이 더는 생산을 할 수 없다는 걸 알았다. 곧 왕의 코 고는 소리가 들렸다.

나는 왕의 옆에 나란히 누웠다. 잠이 몰려왔다. 얼마나 흘렀을까. 왕이 움직이는 소리가 들렸다. 왕의 두 손이 내 목을 감쌌다. 그리고 나의 목을 서서히 졸랐다. 나이 든 남자였지만 내가 감당할 수 있는 힘이 아니었다. 나는 눈을 겨우 떠서 왕의 표정을 살폈다. 죽더라도 보고 싶었다. 살인자의 얼굴을. 왕의 두 손에 힘이 더 들어갔다. 나를 죽인다고 해도 상관없었다. 지난 석 달 동안 죽은 존재와 다름없었다. 그래도 몸은 발버둥을 쳤다.

지친 왕의 얼굴에서 땀이 후드득 떨어졌다. 나는 그 틈을 타서 고개를 들어 왕의 손목을 물어뜯었다. 왕의 이 사이로 비명이 새어 나왔다. 나는 잽싸게 몸을 빼서 문갑에서 단검을 꺼냈다. 왕이 다시 내게 달려들 기세로 걸어왔다.

"개가 신이 된 마을이 있었습니다. 개는 어느 날부터 동네 처녀들을 덮치기 시작했는데, 개의 좆 맛을 본 동네 처녀들은 언제부터인가 다시 개를 찾아왔습니다. 개를 다시 찾은 동네 처녀들의 결말을 전하는 아시지요?"

나는 단검을 꼭 쥔 채 움직이지 않았다.

"개는 동네 처녀의 목을 물어뜯어버렸지. 이 나라에 신은 하나야. 왕은 단 하나야! 바로 나라고!"

왕이 소리치며 어슬렁어슬렁 다가왔다. 뒤로 숨긴 단검의 칼집을 뺐다. 늙은 왕의 입가로 침이 흘렀다.

"아니죠. 이제 이야기가 달라질 것입니다."

왕이 멈춰 섰다. 두려움이 비쳤다.

"처녀의 배가 불러오자 마을 사람들은 처녀의 아이가 개 새끼일지, 사람 새끼일지 궁금해했죠. 드디어 열 달이 흐르고 처녀는 비명 속에서 아이를 낳았어요. 아니 개 새끼를 낳았지요. 개의 피를 고대로 물려받은 개 새끼를요. 이제 마을에는 두 마리의 신이 생겨버렸지요."

왕이 고개를 갸웃거렸다. 두 눈이 동공이 점점 확대됐다. 까만 눈동자가 흰자위를 집어삼킬 것만 같았다. 숨을 고르고 다시 왕의 눈을 바라봤다. 이 싸움에서 지면 내가 죽는다.

"나이 든 개는 날로 두려워졌습니다. 자신을 똑 닮은 강아지가 어느새 개가 되고 자신보다 힘이 강해지자 마을을 들락거리며 처녀들을 겁탈하기 시작했죠. 이 마을의 신인 개는 자신 한 마리여야 하는데 말이죠."

"그래, 이 나라에 왕은 하나야. 영원히!"

나는 왕 앞에 바짝 엎드렸다. 왕은 털썩 주저앉더니 내 손을 덥석 잡았다.

"개 새끼를 죽여줘."

왕은 내 손을 입안에 넣고 혀로 핥았다.

"내가 꼭 죽여드릴게요. 개 새끼를요."

나는 왕을 가슴에 꼭 안았다.

42

오랜만에 친잠실로 향했다. 내가 숨죽여 지내던 석 달 동안 방치된 곳이었다. 문을 열자 어둠 속에서 퍼덕거리는 소리가 들렸지만 아무것도 날아오르지 않았다.

날개가 있으나 날지 못하는 것들. 입이 있으나 먹지 못하는 것이 누에나방이었다. 문이 닫혔다. 어둠 속에서 나는 눈을 감았다. 숨을 조금 들이쉬고 길게 내쉬었다. 살아있다는 것은 숨을 쉰다는 것이다. 불교에서 말하는 극락을 믿지 않았다. 다른 세상이 있다는 말이 너무나 이상했다. 내가 사라진 후에야 내가 있다니? 평범한 내가 이해할 수 있는 세상의 이야기가 아니었다. 하지만 죽음은 언제나 궁금했다. 그 너머에는 과연 뭐가 있을까.

나는 숨을 참기 시작했다. 죽음의 경계를 알고 싶었다. 속으로 하나, 둘, 셋……. 숫자를 세다가 어느 순간 멈췄다. 얼굴이 붉어지고 눈알이 튀어나올 것 같았다. 그런데 묘하게 머릿속은 상쾌해졌다.

최문호의 사랑방이 보였다. 최문호는 나에게 단 하나의 길만이 있다고 했다. 나는 중전이 되고, 향이는 세자를 유혹해서 죽여야 한다고 말했다. 나는 그때 왜 거부하지 않았을까? 죽음이 두려웠던 걸까? 아니면 중전이 되고 싶었던 것일까? 이 나라를 지배하는 남자의 여자가 된다는 것은 얼마나 매력적인가. 나는 나를 설득했다. 살아남기 위해서는 다른 길이 없다. 이것이 최선의 방도다. 하지만 돌이켜보니 다른 선택은 분명히 존재했다. 아버지에게서 도망쳐 청나라로 갔어도 됐다. 향이를 굳이 궁으로 데리고 오지 않았어도 됐다.

숨은 점점 가빠왔지만 나는 코와 입을 더 닫았다. 과거가 순식간에 지나갔다. 앵무새의 피를 손목에 올리는 순간. 타락죽을 먹던 순간. 삼간택의 모든 순간이 나를 지나쳐갔다.

피가 머리로 쏠렸다. 머리가 지끈거릴 정도로 아무 생각이 들지 않았다. 사지가 부들부들 떨리고 이제 그만 숨을 쉬라고 머리는 명령했지만 그럴 수가 없었다. 나는 바보처럼 여태까지 머리의 명령을 믿었다. 고작 열대여섯 살 계집의 머리를. 그 순간 참았던 숨을 코로 뱉었다. 목에서는 일순간에 공기가 밀려 나왔다. 나는 그대로 친잠실 바닥에 엎드렸다. 고개를 들어 사방을 살폈다. 여긴 중전이 관리하는 친잠실이다. 나는 이 나라의 중전이다. 후회는 후회일 뿐이다. 다만 앞으로 더 후회하지 않기를 바랐다.

향이의 처소 앞에서 발길을 멈췄다. 몇 번이고 뒤돌아가다 다시 문 앞에 섰다. 마음이란 이런 것이다. 생각하지 않아도 이미 행동하는 것. 나는 가만히 향이 처소 문을 열었다.

문 앞을 지키고 선 궁녀 몇이 나를 알아보곤 고개를 숙였다. 현상궁이 재빨리 궁녀들에게 조용하란 명령을 내렸다. 나는 댓돌 위에 벗어놓은 향이의 신을 바라봤다. 꽃 자수가 놓인 비단신. 헐벗은 발로 아비의 손에 끌려 들어오던 향이를 떠올렸다. 삐쩍 마르고 더러웠지만 눈이 빛났던 아이. 나는 향이의 신 옆으로 신을 벗고 마루에 올랐다.

향이가 문을 열고 나왔다. 작은 소리에도 예민하게 반응하는 게 버릇이 된 듯했다. 나는 잎이 다 떨어져 나간 나뭇가지처럼 메마른 향이의 손목을 잡아 쥐었다.

"향이야, 날 믿게 해줘."

향이는 나를 끌고 방으로 들어갔다. 나는 향이의 야윈 얼굴을 매만졌다.

"누군가를 믿는 것은 하고자 해서 되는 게 아니에요. 전해지는 거고, 느껴지는 거죠."

향이가 나의 손에 깍지를 꼈다. 나는 그 순간 향이를 의심하는 마음을 떨쳐버렸다.

"궁에 들어온 걸 후회한 적 없어?"

"한 번도 없습니다."

"왜? 수없이 죽을 뻔했지 않느냐?"

향이는 고개를 가로저었다.

"중전마마, 사랑한 것을 후회한다면 그 인생은 얼마나 슬픈 것이겠습니까?"

나는 향이를 안았다. 마르고 작은 어깨가 어느새 내 품에 쏙 들어왔다.

"제가 궁에 들어온 것도, 지금 이렇게 살아있는 것도 모두 마마를 사랑하기 때문입니다."

나도 사랑한 것을 후회하지 않았다.

"흔들렸다. 미안해."

나는 향이의 귀에다가 속삭였다.

"우린 같은 남자에게 흔들렸어요."

고개를 끄덕였다. 세자가 초여름 연못가에서 청개구리를 잡아서 내게 내밀던 그때를 떠올렸다. 다 자란 남자의 얼굴에 소년이 있었다. 난생처음으로 남자에게 흔들렸다. 향이를 찾는다는 말에 미치도록 화가 났다. 그것도 사랑이었다.

"미안해, 향이야."

향이는 아무 말도 없이 나를 안았다. 사람의 마음은 한순간이다. 불처럼 일었다 가라앉는다. 하지만 잊히지 않는 사람이 있다면 그 사람이 나의 마음을 다 준 상대일 것이다.

우리는 어둠 속에서 입을 맞췄다. 오랜만에 향이의 따뜻한 손길이 치마 밑으로 들어왔다. 나는 향이의 저고리를 풀고 부드러운 향이의 살결에 입을 맞췄다.

"귀신의 시간이야."

내가 향이의 귀에 대고 속삭였다. 향이가 이를 드러내며 웃었다.

"밤이 지나면, 예전으로 돌아가 있었으면 좋겠어요."

예전으로 우리는 돌아갈 수 없다. 나는 향이의 목덜미를 살짝 깨물었다. 향이가 아픈 듯 몸을 뺐다. 나는 향이의 어깨를 잡아끌었다.

"중전마마, 절 지켜주실 거죠?"

나는 대답 대신 향이의 입에 다시 입을 맞췄다. 향이의 저고리를 슬며시 풀었다. 대자를 풀자 땡땡하게 커진 가슴이 잡혔다. 나는 조용히 향이의 가슴을 매만졌다. 얼굴이 어두워진 나에게 향이가 속삭였다.

"세자의 아이를 가졌어요."

나는 조용히 눈을 감았다.

예 언

43

촛불을 끄는 것이 무서웠다.

"중전마마, 뭐가 두려우십니까?"

현상궁이 물었다.

내가 죽인 수심이 무서웠다. 세자와 거래 때문에 죽은 아이도, 연못에 빠져 죽은 정화도 두려웠다. 죽은 궁녀들과 젊은 상궁이 밤마다 나를 괴롭혔다.

"어둠 속에 죽은 자들이 살아있어요."

"중전마마, 죽은 자들은 죽은 자들입니다."

현상궁은 내 손을 꼭 잡았다. 엄마의 손처럼 거칠고 따뜻했다.

"중전마마, 제가 궁에 들어온 지도 삼십 년이 훌쩍 넘었습니다. 그동안 죽어나간 사람들이 몇이나 될까요? 헤아릴 수 없습니다. 하지만 그들이 제 인생을 방해 놓은 적도, 시기한 적도 없습니다. 그들은 그저 죽은 자들입니다. 이 세상에 다시는 나타날 수 없는 자들입니다."

현상궁은 촛불을 마저 껐다. 곧 암흑이 찾아왔다.

"오늘 밤은 편히 주무세요."

나는 어둠 속에서 눈을 감았다. 현상궁의 말대로 그들은 다시 이 세상에 나타날 수 없는 것들이다. 나는 속으로 되뇌었다.

"중전마마, 눈을 떠보세요."

낯선 여인의 목소리였다.

"중전마마……."

여인이 귀에다 대고 속삭였다. 온몸의 솜털이 일제히 솟았다. 나는 벌떡 일어나서 어둠을 응시했다. 눈앞에는 죽은 중전이 앉아 있었다.

나는 그녀의 얼굴을 한 번도 본 적이 없었다. 하지만 그녀가 입은 나와 똑같은 옷을 보고 그녀가 나 이전의 중전이라는 것을 알 수 있었다. 나보다 꼭 스무 살이 많은 그녀의 눈은 빛을 잃고 흐리멍덩했다.

나는 속저고리를 매만지고 자세를 바로잡았다. 그녀 역시 죽은 사람이다. 나에게 아무 짓도 할 수 없다.

창문으로 들어오는 달빛을 받아 그녀의 형체가 반짝였다.

"제가 중전이라고 불러드릴 분이시죠?"

그녀는 인자한 미소를 지었다.

"아버지를 뵈었을 겁니다. 욕심이 참으로 많으신 분이시죠."

나의 아버지와도 그 부분이 참으로 닮았다.

"죽고 나니 모든 것을 이해하게 됐어요. 마음은 편해졌죠. 세상사 내 뜻대로 되는 것은 아무것도 없으니까요."

나는 그녀의 초점 잃은 눈을 쳐다봤다.

"꿈인가요?"

그녀는 고개를 저었다.

"꿈이라면 꿈이고, 아니라면 아닌 게 저와 같은 존재죠."

분명 모든 창과 문을 다 닫았는데도 어디선가 찬바람이 새어 들어왔다.

"익숙한 이야기를 들었습니다. 권력을 탐하는 아비가 어린 딸을 궁으로 들여보냈다고요. 그들은 치마폭에 왕을 가지고 놀라고 했죠. 하지만 세상 물정 모르는 어린 딸이 궁 안의 모든 계집이 자신의 여인인 사내를 어찌 상대하겠어요?"

아버지도, 최문호도 모두 내가 치마폭에 왕을 감싸 안길 바랐다. 향이마저 세자를 차지하길 바랐다.

"지옥과 같은 첫날밤이 흐르고 몸이 슬그머니 남자를 알게 되면 남자는 그때부터 저를 찾지 않죠. 마음을 잡아둘 시간도 없죠."

나는 고개를 끄덕였다.

"죽은 후에야 제가 불쌍하단 생각을 했어요. 세상을 다 가진 자리인 줄 알았는데, 사실 아무것도 가지지 못한 자리였습니다."

죽은 중전은 자신의 어여머리를 매만졌다. 무거운 가체가 목을 누르고 있었다.

"이 무게가 죽은 후에도 벗겨지지 않아요."

죽은 중전은 무거운 가체를 벗으려다 그만 왈칵, 눈물을 쏟았다.

"살아 있는 중전이시여, 내 한을 풀어주세요. 날 죽인 사람을 찾아주세요."

나는 놀라서 그녀를 쳐다봤다. 그녀는 지병으로 사망했다고 들었다. 내 생각을 읽은 듯 죽은 중전은 눈물을 훔치고 고개를 들었다.

"날 죽인 사람을 죽여주세요."

"누가 당신을 죽였나요?"

죽은 중전의 귀신은 얇은 입술을 천천히 뗐다.

"당신을 죽이려는 사람. 그 사람들을 죽이지 않으면, 당신도 나와 같은 처지가 될 것입니다."

마지막 말을 마친 죽은 중전은 갑자기 천장으로 치솟아 올랐다. 나는 그녀의 치맛자락을 잡았다.

"난 어떻게 해야 합니까?"

천장에 올라간 중전이 나를 내려다봤다.

"살기 위해서 죽이세요."

그녀는 연기가 되어 모든 창과 문틈으로 빠져나갔다. 나는 어둠 속에서 버럭 소리를 질렀다.

"누구 없느냐?"

놀란 궁녀들이 문을 열고 들어섰다.

"오늘 밤 중궁전에 들어온 사람을 못 봤느냐?"

궁녀들은 눈을 동그랗게 뜨며 서로를 쳐다봤다. 모두 아무도 보지 못했다며 고개를 숙였다.

이불을 머리 위까지 올렸다. 죽은 중전은 자신을 죽인 자를 죽이지 못하면 내가 죽을 것이라고 말했다. 살고 싶다. 그 생각만이 머릿속에 가득했다.

44

아버지를 찾았다. 아버지의 소식은 현상궁을 통해 종종 듣고 있었다. 아버지는 북촌에 마련된 집보다 기생집에 더 오래 머문다고 했다.

현상궁이 앞장서서 기방에 들어서자 놀란 기생이 나를 아버지가 눌러 산다는 방으로 안내했다. 저고리를 채 훔치지 못한 기생들이 뛰쳐나오고 나서야 나와 현상궁은 방으로 들어갔다. 먹다 만 안주가 넘치는 상 뒤로 아버지가 바지를 올려 묶었다.

"중전마마가 여기까지 무슨 일이십니까? 이 누추하고 타락한 곳까지 말입니까?"

"확인하고 싶어서요."

아버지는 눈을 가로로 뜨며 나를 훑었다.

"무엇을 말이냐?"

"그동안 얼마나 쓰레기가 됐는지요."

아버지는 묶던 바지를 그대로 두고 상 위의 술잔을 내게 던졌다. 다행히 현상궁이 먼저 술잔을 잡아챘다.

"썩을 년, 네가 중전……."

나는 아버지의 말을 가로챘다.

"중전이 된 게 다 누구 덕인데. 이 나라의 국모가 된 것이 다 누구 덕분인 줄 알고 있느냐? 배은망덕한 년이라고 말하시게요? 이제 지겹지도 않습니까?"

나는 상 위에 손을 짚고 아버지를 내려다봤다.

"늙은이에게 몸보신하라고 팔려던 계집년이 중전이 되면 더 돈이 될 것 같아서 간택에 응해놓고는, 그게 할 말입니까?"

아버지는 태연하게 수염을 손으로 쓰다듬었다.

"아니지, 너는 네 아비를 너무 모르는구나. 내가 네까짓 게 중전이 될 것 같아서 간택에 응했겠느냐?"

나는 가는 눈으로 아버지를 쳐다봤다.

"간택이야 모르는 일이지. 쟁쟁한 가문이 서로 계집들을 사서 처자단자를 올리는 판에 끈 떨어진 죽은 중전의 아비가 미는 후보가 뭔 대수라고. 세자빈의 세력도, 세자를 옹호하는 세력들도 다들 너 같은 후보 한 명 마련하지 않았겠느냐?"

아버지는 입꼬리를 올리며 웃었다.

"이 나이까지 살다 보니 숨만 쉰다고 살아있는 게 아니더라. 너야 어려서 기억도 가물가물하겠지만 난이란 것이 겪다 보니 사람 목숨도 파리 목숨과 별반 다르지 않아. 칼에 찔려 죽고, 벼랑에 떨어져 죽고, 병으로 죽고, 굶어 죽고. 세상에 태어난 이유는 하나인데 죽을 이유는 사방에 널렸더라. 어차피 죽으면 먼지가 되어 사라질 인생. 향이년을 팔아 입에 풀칠을 했지만 어느 날, 내가 살아있다는 것을 확인하고 싶어지더라."

아버지는 술잔을 비우더니 입맛을 다셨다.

"내가 재미난 이야기 하나 해주련?"

나는 대꾸도 하지 않았다. 그렇다고 입을 닫을 아버지도 아니었다.

"난리 중에는 살아남기 위해서 사내들은 다른 자들을 죽이고, 계집들은 몸을 팔았다. 돈이라도, 보리쌀이라도 받고 파는 건 그래도 괜찮은 짓이지. 그런데 말이야. 난 중에 누가 계집을 돈을 주고 사겠어. 도망가는 계집의 뒷다리를 끌고 수풀로 들어가면 그만인 것을. 그것도 부끄러움이라는 게 남아 있을 때 하던 짓거리지. 생명이 오가는 난이 계속되자 부끄러움마저 사라지더구나. 길거리에서 계집의 속곳을 내리고 사람들의 시선 따위 생각지도 않고 허리를 움직이는 사내들이 허다했어. 왜인 줄 아느냐?"

나는 잠시 숨을 골랐다.

"그들은 알고 싶었거든. 자신들이 살아있는지."

나는 처음으로 아버지의 얼굴에서 두려움을 읽을 수 있었다.

"나도 한때 어린아이였고, 젊은 사람이었다. 꿈도 있었고, 글공부도 했었지. 마음에 품었던 처자를 보곤 설레어 잠을 이루지 못한 날들도 있었다. 네가 모르겠지만 나도 그런 사람이었다. 하지만 난 이모든 걸 망쳐놨어. 오랑캐가 쳐들어온다는 소식에 네 어미와 짐을 싸서 피난을 가던 길이었다. 산속에 낡은 오두막이 있어 잠시 몸을 피하기로 했지. 이미 집주인은 죽은 상황이더구나. 남자는 목이 잘리고, 여자는 아랫도리를 그대로 드러낸 채 목 졸려 죽어 있었지. 시체들 옆에서 나와 네 어미는 창고에 남아 있는 감자를 먹었다. 우리는 감자가 떨어지기 전까지는 산속 오두막에 숨어 지내기로 했다. 땅굴에 반쯤 쌓여 있던 감자는 보름이 채 되지 않아 사라졌지. 마지막 감자 하나를 놓고 네 어미와 난 이틀을 견뎠어. 그런데 그때 이런 생각이 들더라. 시체가 과연 사람일까? 저것은 그냥 고깃덩어리가 아닐까? 겨울이라 꽁꽁 언 시체는 썩지도 않았다. 네 어미가 말리더라. 그때나 지금이나 참으로 연약하기 그지없는 여인네야. 나도 정신을 차리고는 이틀을 배를 잡고 견뎠다. 그런데 사흘째가 되자 더이상 견딜 수 없단 생각이 들었어. 꽁꽁 언 산속에는 도토리도, 얼어붙은 동물의 사체도 하나 없었지. 나는 다시 시체를 내려다봤다."

"그만하세요."

아버지는 오른쪽 눈썹을 치켜세우며 나를 노려봤다.

"이제부터가 진짜 중요한 이야기다. 네 이야기가 시작되는 거야. 네가 어떤 아이인지 내 알려주마."

아버지는 목을 몇 번 가다듬더니 목에서 올라온 가래를 놋그릇에 소리 내 뱉었다.

"나는 죽은 동물이라도 찾아볼 생각으로 다시 산으로 나갔지. 처음엔 근방을, 그다음엔 다음 산으로, 그다음엔 그다음 산으로 달려갔지만 아무것도 없었어. 누가 산에 불이라도 질러버린 것처럼 아무것도 남아 있지 않았어. 할 수 없이 발길을 돌려오는 길에 내가 뭘 본 줄 아느냐? 네 어미가 어떤 사내들에게 치마를 올리고 있었어. 겁탈이냐고? 아니야. 내가 보기엔 그건 분명 겁탈이 아니었어. 자발적으로 치마를 올리고 속곳을 내리고 있었다. 그리곤 차가운 땅 위에 눕더라. 두 명의 사내가 차례대로 네 어미 위에서 살아있는 것을 확인하고는 고작 보리쌀 한 되를 던져줬지. 그들이 움막을 나서자 나는 그들을 쫓아갔어. 내 손에는 동물을 잡기 위해 가지고 나온 낫이 하나 들려 있었다. 어둠 속에서 사내들은 네 어미에 대해서 떠들어대더구나. 생긴 것과 다르게 맛이 있다는 둥. 그 순간 나는 말을 뱉은 사내의 머리를 낫으로 찍어버렸다. 그리곤 낫을 재빨리 뽑아 놀라 도망치는 사내의 심장에 꽂았다. 내 눈에 죽은 두 사내는 그저 실한 고깃덩어리에 불과했어. 나는 낫으로 두 사내의 허벅지와 배에서 살을 도려냈지. 살코기 덩어리를 나는 사냥의 결과물인 양 네 어미에게 내밀었다. 그날 저녁 우리는 몇 해 만에 처음으로 고기와 보리밥을 먹을 수 있었다. 네 어미는 무척 행복한 미소를 지었고, 나는 그날 밤에 네 어미의 다리 사이를 또 벌리게 할 수 있었지. 난이 끝나고 네 어미의 배가 불러올 때, 나는 네가 내 자식이 아니라는 생각을 했지. 어쩌면 내가 죽여서 먹어버린 그 사내들 중의 한 명이 너의 진짜 아비인지도 모르는 일이지."

아버지는 나의 눈치를 살폈다.

"놀랍지 않으냐?"

나는 고개를 저었다.

"난 중에 사람들은 살아있는 것을 확인하기 위해서 무엇이든 해야만 하죠. 그게 뭐 잘못된 건가요? 내가 당신 따위의 딸이 아니라고 해도 지금 뭐가 달라질까요? 제가 중전이라는 게 변하기라도 합니까?"

아버지의 얼굴이 굳었다.

"아니지, 달라지지 않아. 하지만 너는 알아야만 한다. 네 어미가 몸을 팔던 여자라는 것을. 네 아비는 살인자라는 것을. 너는 다른 사람의 고기를 먹고 자란 계집이라는 것을. 그리고 끝까지 살아남은 존재라는 것을."

나는 몸서리를 쳤다. 아버지는 상에 놓인 술병을 들어 입속으로 쏟아 부었다.

"나는 네가 궁에서 잘 살아남을 줄 알았다. 병신 같은 최문호야 함경도로 밀려났지만, 그것이야 그의 운명인 것을."

"내가 궁에서 잘 살아남을 줄 알았다고요!"

나는 버럭 소리를 질렀다.

"왕은 향이에게 눈길을 주느라 저는 몇 달 만에 찬밥 신세가 됐어요. 거기다 살인자로 몰렸죠. 누명을 벗기 위해 죄 없는 궁녀까지 죽였다고요!"

아버지는 목을 뒤로 젖히며 웃기 시작했다. 그러더니 배까지 잡고 방바닥에 데굴데굴 굴렀다.

"그래, 너는 내 딸이야. 살기 위해서 남을 죽이는 년. 딱 내 딸이지!"

나는 웃는 아비를 차갑게 쳐다봤다.

"그게 아비라고 예외는 아닙니다. 잊지 마세요."

나는 자리에서 일어나 기방을 나왔다. 아버지의 웃음소리가 발뒤꿈치에 달라붙어 따라왔다. 그러다 점점 온몸으로 기어올라 나를 괴롭혔다. 내가 몸을 쥐어뜯자 현상궁이 말렸다.

"마마."

나는 그대로 멈췄다.

"정화가 먹던 물을 아비에게 주세요."

"아편을요?"

"한 번, 두 번 먹기 시작하면 남령초보다 끊기 힘들다면서요? 아니, 남령초랑은 비교가 안 될 만큼 푹 빠져든다면서요? 세상의 모든일은 잊어버린다면서요? 그러다 아편이 끊기면 지옥을 경험한다고들었습니다."

현상궁은 주변을 살폈다.

"그래도 아버지십니다."

"현상궁, 현상궁의 노모가 돌아가시고 나면 현상궁은 오라버니를어찌하고 싶으세요?"

현상궁의 얼굴이 굳었다. 말하지 않아도 현상궁도 나와 같은 생각이었다.

"핏줄입니다. 죽일 수는 없지 않습니까?"

현상궁이 내 뒤를 아무 말 없이 따랐다.

나는 잠시나마 아버지에게 이제부터 뭘 해야 할지, 어떻게 살아남을지를 묻고 싶었다. 가족이라고 생각하고 싶었다. 모든 게 착각이었다. 최문호는 함경도로 갔고, 아버지는 세상사에 관심을 끊었다. 나는 드디어 혼자가 됐다.

45

파루가 시작됐다. 서른세 번 종이 울리겠지. 난 한숨도 자지 못한 눈꺼풀을 손으로 가만히 올렸다. 죽은 중전의 예언대로 가만히 있으면 나는 그녀와 같은 꼴이 날 게 틀림없었다. 이제부터 내가 할 일은 살기 위한 것이다. 나는 현상궁을 불렀다.

"현상궁, 이제부터 제가 하는 이야기를 잘 들으세요. 어쩌면 우리는 이 일로 궁 안에서 사라진 여인들처럼 쥐도 새도 모르게 죽을지도 모릅니다."

현상궁은 입을 꼭 다물었다

"저는 지금부터 아이를 가진 것입니다. 왕의 아이를요."

소문은 금방 퍼졌다. 좌의정과 우의정이 감축 인사를 왔다. 발 너머 고개를 조아린 두 사람을 보면서 살포시 미소를 지었다. 두 사람 모두 세자의 사람이었다.

좌의정 황성조가 먼저 고개를 들었다. 썩 밝지 않은 얼굴이었다. 우의정 최현도 마찬가지였다.

"부원군께서는 잘 계시지요?"

좌의정이 먼저 아버지의 근황을 물었다. 물론 그가 나보다 더 잘 알 것이다.

"중전마마께서 잉태하셨는데 부원군의 모습이 보이지 않아서 묻는 말입니다."

나는 조용히 웃었다.

"사가에 계신 가족이 제일 반가워하시겠지만 저의 잉태는 나라의 일이기도 합니다. 그런데 어찌 사사로이 아버지가 먼저 달려오시겠습니까."

우의정 최현은 목을 몇 번 가다듬었다. 아버지는 아마 오지 못할 것이다. 현상궁을 시켜 아버지가 단골로 드나드는 기생에게 아편을 건넸다. 죽지 않을 만큼, 그러나 중독될 만큼 술에 타서 주라고 했다. 술과 여자를 좋아하는 사람은 아편에도 쉽게 중독된다.

아편에 중독된 사람은 아편이 없으면 어떤 일도 할 수가 없다. 잠시라도 아편을 끊으면 벌레가 온몸을 훑고 누군가가 자신을 수없이 칼로 난도질하는 환상을 겪는다고 한다. 예상대로 아버지는 쉽게 아편에 중독됐다. 지금쯤 아버지는 세상의 모든 단맛을 느끼고 있을 것이다.

"조정 모든 대신을 대표해서 저희가 감축하옵니다."

나는 이마를 한 손으로 짚었다. 현상궁이 재빠르게 나섰다.

"이만 물러들 가보시지요."

좌의정과 우의정이 물러갔다. 현상궁은 재빨리 문단속을 했다. 궁녀들도 현상궁이 절대적으로 믿는 아이들로 모두 바뀌었다. 물론 그들에게 넉넉한 재물도 건넸다.

"중전마마, 이제 어쩌실 작정입니까? 내의원의 진맥에는 향이를 넣어 속였지만, 계속 그럴 수는 없지 않습니까?"

"걱정 마세요. 아마 배가 부르기도 전에 세자가 절 죽이러 올 것입니다."

나는 더 이상 밤에 잠을 잘 수 없었다. 궁녀들이 불침번을 서고 있었지만 불안했다. 누군가 내가 방심하는 틈을 노리고 있다. 나는 창을 열어 차가운 바람을 쐬었다. 죽음은 항상 가까이 있었다. 두려운 적은 없었다. 어쩔 수 없는 일이라고 여겼다. 그런데 살고자 결심한 순간부터 죽음이 너무나 두려웠다.

살인자

46

아침 수라상이 들어왔다. 현상궁이 궁녀들을 모두 물렸다. 나는 쏟아지는 졸음을 막 냉수로 달래던 참이었다.

"큰일이 났습니다."

나는 젓가락으로 수라상에 놓인 호박전 하나를 집어 들었다.

"왕의 침전이 폐쇄됐습니다. 전하께서 역병에 걸렸다고 합니다."

나는 밥그릇의 바닥이 보일 때까지 밥을 다 먹은 후에야 조용히 수저를 내려놓았다. 현상궁이 당혹스런 얼굴을 지어 보였다.

"중전마마, 지금 왕이 역병에 걸렸다고요. 그 왕은 마마의 지아비십니다. 아니죠. 생명줄이십니다."

"제가 지난 석 달 동안 생각한 게 있어요. 언제 죽을지 모르는 상황에서 말이죠. 그때 든 생각은 이런 것이었어요. 내일, 아니 몇 각 후에 죽더라도 밥은 꼭 먹자. 그래서 기운 내서 남은 시간을 빈틈없이 쓰자고요."

밥을 먹으니 기운이 났다. 굳었던 머리가 움직였다.

"우의정과 좌의정 모두 세자의 사람이에요. 지난 석 달 동안 모든 게 미세하게 바뀌었더군요."

현상궁이 오른쪽 눈썹을 치켜세웠다.

"지금 왕은 역병에 걸린 게 아니에요. 세자가 왕을 가둔 겁니다. 이제 세자를 만나야겠어요."

겨우내 얼어붙었던 존덕지가 녹고 있었다. 물 아래로 비단잉어가 자유롭게 헤엄쳤다.

"연못은 궁과 참 비슷하죠."

고개를 돌리자 세자가 서 있었다. 큰 키와 짙은 눈썹, 동그란 눈이 여전했다. 누가 이 사람을 살인마로 볼까?

"저곳에 사는 비단잉어는 죽을 때까지 이 연못을 벗어나지 못합니다. 우리처럼요."

세자가 입꼬리를 올리며 웃었다. 연못 표면에 세자를 따라 미소 짓고 있는 내가 보였다. 나는 고개를 돌려 연못의 비단잉어를 쳐다 봤다.

"연못에 만약 비단잉어를 잡아먹는 물고기가 들어가면 어떻게 될까요?"

"두려움에 떨다가 죽음을 맞이하겠죠."

세자는 태연히 대답했다.

"세자는 왜 비단잉어가 한 마리라고 생각하십니까? 저 연못 안에 비단잉어는 셀 수 없이 많아요. 저들은 분명 죽지 않기 위해서 비단잉어를 잡아먹는 물고기를 몰아내려고 할 것입니다."

세자가 몸을 돌려 나를 봤다. 여전히 잘생긴 얼굴. 속을 알 수 없는 까만 눈동자가 나를 훑었다.

"중전마마, 이제 우리의 이야기를 해볼까요? 우리가 이 자리에 마주하기까지 얼마나 많은 사람이 죽어 나갔는지 아십니까? 왜 이렇게 어렵게 우리는 마주했을까요?"

세자의 까만 눈동자가 내 얼굴을 뚫어지라 쳐다봤다. 마치 사랑하는 여인을 대하는 사내 같았다.

"이제 제게 진실을 말해주세요. 궁 안에서 일어난 살인사건에 대해서요."

세자가 걷기 시작했다.

"저를 따라오세요. 청나라의 자금성은 하루를 꼬박 걸어도 그 끝을 알 수가 없다고 합니다. 들어본 적이 있으신지요?"

나는 고개를 끄덕였다.

"제 이야기는 이 좁은 궁을 걷다 보면 끝이 날 것입니다."

나와 세자는 나란히 걷기 시작했다. 마치 다정한 연인인 듯. 잠시 고개를 돌려 본 세자의 옆모습은 그가 살인자라는 생각을 할 수 없을 정도로 차분했다. 그는 살인을 하지 않았는지도 모른다. 살인마는 왕일 것이다. 그래서 그는 왕을 방 안에 가둬버린 것이다. 그렇게 믿어버리고 싶었다.

"첫 살인은 열다섯이 되던 해였습니다."

나의 믿음은 세자의 말 한마디에 무너져버렸다. 세자는 마치 남의 이야기를 하듯 담담하게 어느 살인자의 이야기를 시작했다.

왕은 때때로 세자를 불러서 팔씨름을 시켰다. 어린 세자를 이기고 왕은 뛸 듯이 기뻐했다. 그런 아버지를 보는 세자는 아버지가 기뻐하는 이유를 알 수 없었다. 아들을 이기고 좋아하는 아비라니. 그 이유를 안 것은 세자가 열다섯이 되던 해였다.

왕의 나이 서른을 넘긴 때였다. 왕은 여전히 건재했다. 고뿔조차 잘 걸리지 않는 건강한 체질이었다. 왕은 그날도 세자에게 팔씨름을 청했다. 세자는 거절할 핑계를 찾았지만 잘 떠오르지 않았다. 결국 왕과 세자는 서로의 손을 잡고 팔씨름을 시작했다. 세자는 얼마 전부터 왕에게 반항이라는 게 하고 싶어졌다. 예전처럼 아버지가 기뻐하는 모습을 보기 위해서 힘을 빼지 않으리라고 다짐했다.

왕은 함박웃음을 지으며 팔씨름을 시작했다가 이내 정색을 했다. 세자 손목의 굵은 핏줄이 튀어 올랐다. 왕의 미간이 찌푸려지고 식은땀이 나기 시작했다. 일각이 흐르도록 두 사람은 그대로였다. 세자의 첫 반항이었다.

그날 밤, 세자는 알 수 없는 갈증에 시달렸다. 밤새 물을 마시고, 난생처음 술을 마셨지만 도대체 열에 들떠서 잠을 잘 수 없었다. 계집이 필요하단 생각이 들었다. 세자는 처소를 뛰어나와 길을 가는 어린 궁녀 한 명의 손목을 끌었다.

세자의 얼굴을 모르던 궁녀는 비명을 질렀다. 세자는 궁녀의 입을 틀어막고 연못가에 있는 정자 아래로 들어갔다. 급히 궁녀의 저고리를 벗기고 대자를 치워버렸다. 궁녀는 소리를 지르며 발버둥을 쳤다. 세자는 궁녀의 귀에 대고 속삭였다.

"난 세자다."

그 말 한마디에 궁녀는 몸에서 힘을 빼고 미소를 지었다. 세자는 그 순간 재미가 없어졌다. 세자는 궁녀의 목을 두 손으로 감았다. 세자의 손에 점점 힘이 들어갔다. 궁녀는 한참을 그것마저 황송해했다. 숨통이 조여오고 숨이 가빠지면서야 세자의 의도를 알아차렸다. 그러나 때는 이미 늦었다.

세자가 갑자기 몸을 돌려 내 어깨를 잡았다. 나는 저절로 뒷걸음을 쳤다.

"제가 두려우십니까?"

나는 입을 꼭 닫았다. 두려웠다. 말은 내뱉은 순간 진실이 된다. 나는 목까지 올라온 비명을 누르고 또 눌렀다.

"만약 제가 세자가 아니었어도 궁녀가 반항을 멈췄을까요?"

어깨를 잡은 세자의 두 손이 점점 목으로 올라왔다.

"답을 아시지 않습니까?"

나는 세자의 손을 막아 세웠다.

"당신이라는 남자. '세자' 라는 직위를 떼어놓고 본다면 다른 사내들과 무엇이 다를까요?"

세자의 눈이 흔들렸다. 세자는 목에서 손을 슬며시 떼더니 중궁전을 지나 동궁으로 걸음을 옮겼다. 나는 숨을 고르고 사방을 훑었다. 궁은 어두워지고 있었고, 주변에는 아무도 없었다. 세자가 뒤를 돌아봤다. 나는 고개를 바싹 들고 세자 곁으로 가서 섰다. 두려워하면 안 된다. 그가 원하는 것은 바로 두려움이었다.

첫 살인을 하고 처소로 돌아오던 세자는 막 성교를 마친 직후와 같은 쾌감에 휩싸였다. 잠이 쏟아졌다. 세자는 이불 속으로 들어가서 눕자마자 잠에 빠져들었다. 아침이 밝아왔다. 당연히 죽은 궁녀의 일 때문에 궁은 소란에 휩싸여 있을 거라고 짐작했다. 하지만 궁은 어느 때보다도 조용했다. 모두 침묵을 강요당한 듯 평소보다 더 고요했다.

편전에서는 대신들이 왕을 괴롭히고 있었다. 죽은 대비의 제사에 참석할 수 있는 왕족을 어디까지 정할 것인가에 대한 문제였다. 세자에게는 아주 사소한 문제로 여겨졌다. 살인을 한 이후로 살인의 충동이 종종 일었지만 아주 잘 참고 있었다. 아니, 견디고 있었다.

"들킬까 봐 겁이 났습니다. 밤이 되면 내관에게 밖에서 문을 걸어 잠그라 일렀어요. 참지 못하고 또 뛰어나가 누군가를 죽일까 봐요. 밥도 제대로 먹지 못했죠. 몸은 야위고 어떤 것에도 의욕이 나지 않았어요. 큰 병에 걸린 사람처럼 이렇게 아프다가 죽어 나갈 것만 같았죠."

그때까지 세자는 사람이었는지도 모른다.

"그러던 어느 날, 아버지의 살인을 목격했습니다."

세자는 할머니인 숙원 류씨의 처소를 찾았다. 그러나 이미 아버지가 행차한 후였다. 세자는 담벼락에 기대어 앉았다. 달빛이 밝았다. 그 순간 귀를 파고드는 여자의 비명이 들렸다.

세자는 뒤꿈치를 들고 담벼락 너머를 쳐다봤다. 왕이 온몸에 피를 묻힌 채 밖으로 뛰어나왔다. 곧이어 숙원 류씨 처소의 문이 굳게 닫혔다. 세자는 계속 아버지를 쳐다봤다. 할머니를 모시던 나이 든 궁녀와 어린 궁녀 몇이 죽은 할머니를 끌다시피 데리고 나와 정원의 나무에 목매달았다. 밝은 달빛 아래 모든 것은 선명했다. 왕은 마루에 앉아 그 모습을 멍하니 쳐다봤다. 아무 감정도 없이.

나는 세자를 이해하고 싶어졌다. 아비에게 물려받은 더러운 피. 그리고 자신의 친모를 죽인 아비. 세자는 분명히 살인마가 되어 그를 궁지로 몰아넣고 싶었을 것이다.

이야기를 잠시 멈춘 세자는 빙긋 미소를 지었다.

"할머니가 죽던 날. 슬퍼야 하는 그날, 나는 내가 이상하다는 것을 알았어요. 내 머릿속을 가득 채운 건 할머니의 죽음이 아니라 아비가 어떻게 할머니를 죽였을까 하는 거였답니다. 그리고 처음 본 사람을 죽이는 것만으로도 그토록 평안을 얻었는데, 날 오랫동안 지켜보고 살을 섞은 여인을 죽인다면 그건 어떤 쾌감일까."

머리카락이 쭈뼛해졌다. 세자는 내가 짐작할 수 있는 사람이 아니었다.

"아버지와 경쟁을 하고 싶은 생각이 들더라고요. 누가 더 많이, 더 멋진 살인을 하는지요."

나는 걸음을 멈췄다. 더 이상 듣고 싶지 않았다. 하필 내가 멈춰선 곳은 동궁의 뒤뜰이었다. 그 뒤로는 인왕산이 이어져 있었다. 산에서 내려오는 차가운 공기가 목덜미의 땀을 식혔다. 세자가 내 앞을 가로막았다.

"제 머릿속에는 늑대가 한 마리 살고 있어요. 늑대는 평상시에는 조용히 잠을 자다가 배가 고프면 일어나 으르렁거립니다. 저는 그 아이를 어떻게 할 수가 없어요."

세자는 이마를 찡그리더니 이내 내 눈을 똑바로 바라봤다.

"참, 제가 이전의 중전을 죽인 이야기를 했던가요?"

목이 뻐근해왔다. 세자의 낮은 웃음소리가 들렸다. 나는 세자를 쳐다볼 엄두가 나지 않았다. 세자의 목소리가 귓가에 바로 들렸다.

세자는 왕이 자신을 두려워하기 시작한 걸 눈치 챘다. 세자가 턱 밑에 거뭇한 수염이 나고 팔씨름에 지지 않기 위해 최선을 다하던 그 순간부터 왕은 불안해했다. 그러더니 결국 살인사건이 벌어졌다. 연못의 정자 밑에서 목 졸려 죽은 궁녀가 발견됐다.

어쩜 이렇게 자신을 똑 닮았을까. 왕은 급히 살인사건을 수습했다. 죽은 궁녀를 처음으로 목격한 내관은 궁 밖으로 내쫓았다. 나머지 궁녀와 내관은 자신도 내쫓길 것이 두려워서 입을 다물었다.

왕을 지켜보던 세자는 왕이 그동안 궁 안에서의 살인을 숨긴 방법을 깨달았다. 왕과 세자는 서로를 감시하기 시작했다. 세자는 어머니를 죽인 왕의 수법을 보면서 하나하나 모든 걸 그대로 습득했다. 아버지가 어떻게 살인을 숨기는지, 사람들의 입단속을 시키는지. 그리고 자신이 아버지를 뛰어넘어 왕이 되어야겠다는 생각이 들 때까지는 살인의 욕망을 참아야겠다고 다짐했다. 아버지는 아직 젊었고, 모든 권력을 쥔 존재였다.

스무 살이 되던 해 세자는 처음으로 아버지가 서서히 기울고 있음을 느꼈다. 온몸에 두드러기가 돋아서 열흘이나 온천행차를 가야만 했다. 그 이후로 아버지는 모든 일에 몸을 사리기 시작했다. 세자를 지지하는 세력 역시 눈에 띄게 세자의 측근으로 모여들었다.

사람들이 움직인다는 것은 그쪽으로 권력이 기울고 있다는 뜻이었다. 하지만 아직 왕당파의 세력도 만만치 않았다. 특히 중전의 아비 되는 시령부원군을 중심으로 한 왕당파는 세자의 측근에 모여든 사람들의 꼬투리를 잡아서 파직하거나 유배 보내기 일쑤였다. 세자는 그런 부원군의 일파가 더는 보기 싫었다.

세자는 지난 세월 동안 아버지가 한 살인과 살인을 은폐하는 방법을 집요하게 보고 익혔다. 그리고 중전을 찾아갔다. 변덕 많은 아비가 찾은 지도 오래된 여인이었다. 시령부원군만 아니라면 찬밥 신세가 될 여인이었다. 세자는 잠을 자는 중전을 내려다봤다. 세자는 조용히 눈을 감은 중전을 한참 내려다보다가 중궁전을 나섰다.

다음날부터 세자는 중전에게 문안을 꼬박꼬박 가기 시작했다. 외로웠던 중전은 세자를 웃는 얼굴로 반겼다. 세자는 중전에게 찾아갈 때마다 녹차를 직접 우려서 가지고 갔다. 중전은 아무 의심도 없이 매일매일 세자가 내민 녹차를 마셨다.

"매일 사람이 조금씩 죽어가는 모습을 보는 것도 무척 재미있더군요. 웃음에도 대소와 미소가 있듯이 살인에도 여러 가지 방법과 쾌감이 있어요. 그리고 중전은 꼬박꼬박 내가 원하는 대로 조금씩 핏기를 잃고, 머리가 빠지고, 시력이 멀어지면서 아주 서서히 죽어갔죠."

세자의 발걸음이 멈췄다. 나는 고개를 돌려 사방을 훑었다. 들어오는 길은 있지만 나가는 길은 없는 막다른 골목이었다.

"겁먹으셨군요."

나는 세자를 올려다봤다. 아직 해는 지지 않았다. 소리를 지르면 담 너머에는 분명 궁녀든 내관이든 지나가는 관료라도 있을 것이다.

"궁은 살아있죠. 지금 이 순간에도 이 벽도, 문도, 담도 모두 눈과 귀와 입……."

말을 채 끝내기도 전에 세자의 손이 목을 조여왔다. 손에 힘이 더해졌다. 숨이 막혔다.

"중전마마, 내가 만약 세자가 아니었다면 어떻게 하시겠어요?"

나는 겨우 입을 열었다.

"찢어 죽일 거야."

세자는 크게 웃으며 목에서 손을 뗐다. 나는 막혔던 숨을 토해냈다.

"우리 거래를 하죠. 제 동생을 가지셨다고요?"

나는 긍정도 부정도 하지 않았다.

"뱃속의 아이를 죽이면, 당신은 살려줄게요."

세자는 답도 듣지 않고 골목을 빠져나갔다. 이건 명령이었다. 나는 세자의 거대한 등이 사라질 때까지 그를 쳐다봤다. 세자는 동정할 가치도 없는 살인마였다.

까마귀가 하늘을 날았다. 까마귀가 나는 곳에는 언제나 죽음이 기다렸다. 어렴풋한 기억이 떠올랐다. 마을 입구에 허수아비처럼 걸려 있던 해골들. 그 위를 맴도는 까마귀 떼. 시체의 살점은 하나도 남아 있지 않았다.

하늘을 날다 굶주린 까마귀가 땅 위로 툭 떨어졌다. 더 이상 하늘을 날지 못하는 새는 땅 위에서 부리를 벌리고 자신이 날던 하늘을 올려다봤다. 자신이 놀던 하늘이 얼마나 넓고 아름다운지는 한 번도 알지 못한 까마귀였다. 까마귀는 언제나 먹이를 찾기 위해서 땅만 바라봤기 때문이다.

나는 하늘을 올려다봤다. 나는 어렴풋이 내가 왜 세자를 미워할수 없는지 알 것 같았다. 세자와 나는 참으로 닮아 있었다. 우린 둘다 하늘을 나는 까마귀다. 먹이를 찾아서 계속해서 하늘 위를 날아야만 하는. 그래서 썩은 고기를 먹고 살아남아야 하는. 나는 세자가점점 이해되기 시작했다. 그리고 무서웠다. 나도 그처럼 될까 봐.

47

왕이 침전에 갇힌 지도 보름이 가까워졌다.

그사이 몇 번이나 왕의 처소를 방문했지만 매번 문 앞에서 쫓겨나다시피 했다.

"대신들에게는 전하가 역병에 걸려 세자가 대리청정을 한다고 핑계를 댔다고 합니다. 역병이라는 말에 왕의 침전 근처에는 아무도얼씬거리지 않는답니다."

현상궁의 말에 나는 그저 고개를 끄덕였다. 조정의 모든 대신이세자의 편인데 핑계는 어떤 것을 만들어도 상관없었다. 의심하는소수는 늘 그렇듯 침묵했다.

"그들의 계획대로라면 역병으로 왕이 죽기만 하면 되겠군요. 그게 언제가 좋을지, 그들의 생각은 그것뿐이겠지요."

"다행인지 아닌지 살인은 잠시 멈췄습니다."

나는 고개를 가로저었다.

"지금도 진행 중입니다."

"누구를요?"

"지금 세자는 왕을 죽이고 있어요."

나는 내가 지금 세자처럼 생각하고 있다는 것을 깨달았다. 그리고 그 순간, 왕이 죽으면 세자가 나를 절대 살려둘 생각이 없다는 것도 알 수 있었다.

"현상궁, 오랜만에 세자빈을 만나야겠어요."

나는 빠른 걸음으로 빈궁전으로 향했다.

"세자빈마마는 만나서 어쩌시려고요? 지난 석 달 동안 술에 절어 살았다고 합니다. 원래도 술을 좋아했지만, 요즘은 아침부터 술을 찾는다고⋯⋯."

현상궁이 거친 숨을 골랐다.

"나라도 그랬겠죠."

빈궁전의 정원은 뽑지 않은 잡초들로 가득했다. 궁녀들 역시 모두 술에 취한 듯 흐리멍덩한 눈빛으로 나를 맞이했다. 세자빈 처소의 문을 열자 술 냄새와 각종 음식이 썩어가는 냄새가 코를 찔렀다.

이불도 개지 않은 채 세자빈은 그 안에서 술을 마시고 있었다. 머리는 언제 감았는지 엿을 바른 것처럼 들러붙어 있었고, 얼굴엔 살이 올라 볼품없던 눈과 코가 모두 살 속에 파묻혔다.

얼굴만 그런 것이 아니었다. 온몸이 솜이불 몇 겹을 둘러놓은 것같이 살이 쪘다. 입은 쉴 새 없이 음식을 먹고 술을 마시기 위해 움직였다. 세자빈은 술잔을 놓더니 자리에서 일어나지도 않은 채로 나를 올려다봤다. 사실 일어날 수도 없어 보였다. 치맛단 아래로 나온 발목은 웬만한 여인네의 허리 굵기였다.

"중전마마 아니십니까?"

목소리마저 살이 쪄서 낮게 울렸다.

"몸이 무거워서 일어날 수가 없네요. 바다와 같은 마음으로 이해해주세요."

현상궁이 재빨리 바닥에 널브러진 음식들을 치워 앉을 자리를 마련했다. 나는 조심스럽게 방석 위에 앉았다. 상 위에 놓은 약식이 참으로 먹음직스러워 보였다. 세자빈의 하얗게 살이 오른 손이 약식을 툭 떼서 입으로 꾸역꾸역 밀어 넣었다. 나는 안쓰러운 눈길로 세자빈을 쳐다봤다.

"왜 이러셨어요?"

세자빈은 웃기 시작했다. 턱에 닿을 것 같은 살찐 가슴이 출렁거렸다.

"살기 위해서 이랬는데……. 지금은 죽어버리는 게 더 나았다는 생각이 드네요."

세자빈은 술잔에 술을 붓고 한 번에 털어 넣었다. 손에 쥔 술잔이

작아 보일 지경이었다.

"한 달 전에 뒷간에 가려고 일어나다 오른쪽 다리가 부러졌어요. 내의원에서는 살을 빼고 몸을 돌봐야 한다고 했지만 저는 모든 걸 포기했답니다. 그래서 지금은 일어설 수도 없어요."

나는 거대한 고깃덩어리가 되어버린 세자빈을 위아래로 훑었다. 세자빈의 눈동자가 불안하게 오갔다.

"그런 눈으로 보지 마세요."

"세자의 아이를 잉태했다는 것도 거짓이었나요?"

세자빈이 낮게 숨을 뱉었다.

"아이를 가졌습니다. 세자의 씨를요. 가지면 안 되는 것이었는데…… 세자는 막무가내였죠."

술을 따른 세자빈이 나에게도 잔을 내밀었다.

"중전마마께서도 잉태하셨다고요. 세자빈이 드리는 축하주 한 잔 하셔야죠."

나는 한숨에 술잔을 들이켰다. 몸이 노곤해지고 졸리기 시작했지만 이상하게도 잠은 오지 않는 멍한 상태가 됐다.

"세자가 협박을 했어요."

나는 세자가 나에게 한 제안을 떠올렸다.

"뱃속의 아이를 지우면 목숨만은 살려주겠다고요. 세자가 능히 그럴 수 있는 사람인 건 중전마마도 아시지요?"

나는 술을 한 잔 더 들이켰다. 눈앞에 앉은 세자빈이 거대한 살덩이로 보였다. 아버지의 말이 떠올랐다. 죽어버린 사람은 그저 살코

기이지 않을까? 세자빈도 이대로 죽는다면 살찐 돼지와 다를 바가
없겠지.

"살을 찌우기 시작했죠. 살이 찌고, 더 찌면……. 뱃속의 아이가
숨이 막혀 죽을 것 같아서요. 매일 먹었어요. 토할 때까지 먹었어요.
먹다 정신을 잃은 날도 있답니다."

세자빈은 어지럽게 말을 늘어놓았다. 반쯤 정신을 놓아버린 것 같
았다.

"그래서 성공하셨나요?"

내 물음에 세자빈은 고개를 끄덕였다.

"그런데 중전마마, 죽은 아이가 아직 제 뱃속에 있어요. 그 아이마
저 제가 잡아먹었거든요."

세자빈은 입을 벌려 웃더니 눈물을 흘렸다.

"세자빈, 아직도 살고 싶어요?"

세자빈은 고개를 끄덕이다 가로젓다 갈피를 잡지 못했다.

"나는 오늘 세자빈에게 같이 힘을 합치자고 할 생각이었어요. 같
이 세자를 죽이자고요."

세자빈은 세차게 고개를 흔들었다.

"그럴 수 없어요. 세자가 너무 무서워요."

나는 살찐 세자빈의 손을 잡았다. 음식에서 묻은 참기름 때문에
미끄러웠다.

"세자빈, 만약 세자가 왕위에 오른다면 당신은 어차피 죽은 목숨
이에요. 뒤룩뒤룩 살찐 중전을 누가 자리에 두려고 하겠어요?"

세자빈은 어린아이처럼 소리 내 울기 시작했다.

"내가 살려드릴게요, 세자빈. 당신의 아비에게 제게 복종하라고 하세요."

세자빈은 대답 대신 고개를 끄덕였다.

모든 것이 기괴하게 돌아갔다.

궁 안에 제대로인 사람은 아무도 없는 것 같았다. 나는 빈궁전을 나와 맑은 공기를 계속해서 들이켰다. 세자빈을 보면서 지난 석 달 동안의 나를 돌이켜봤다. 만약 내가 정신을 차리지 않았다면 나 역시 세자빈처럼 움직일 수도 없이 살이 찌고 말았겠지.

"이제 어떻게 하실 생각이십니까?"

빈궁전의 용두를 올려다봤다. 하늘로 올라가지 못한 용이 지붕에 붙들려 있었다. 하늘로 올라갈 수 없다면 궁에서 버텨야만 한다.

"궁에 들어오면서부터 계속해서 저는 진짜 중전이 되어야만 했어요. 하지만 이게 얼마나 어리석은 생각이었는지 이제 알겠어요."

현상궁이 의아한 눈빛으로 나를 바라봤다.

"난 왜 왕이 될 생각은 하지 못했을까요?"

"중전마마……."

현상궁의 목소리가 떨렸다.

48

달거리가 보이지 않은 지 두 달이 넘었다고 했다. 향이를 나로 알고 진맥한 내의원은 아직 미약하지만 사내아이의 심장 소리처럼 힘차다고 했다. 나는, 세자가 향이의 잉태를 알지 못하게, 향이를 찾지 못할 무언가를 만들어야 했다.

현상궁이 궁녀 한 명을 내 앞에 데리고 왔다. 아미(蛾眉)라고 일컫는 누에나방처럼 가늘고 긴 눈썹을 가진 미인이었다.

"이름이 무엇이냐?"

"공희입니다."

"나이는?"

"올해 열다섯입니다."

나는 공희를 물끄러미 쳐다봤다. 향이처럼 선택된 아이였다.

"너는 원하는 게 무엇이냐?"

공희는 윤기 나는 긴 눈썹을 치켜세웠다.

"아비는 작은 시전을 운영하는 중인이었습니다. 자릿세를 내지 못해 일 년 가까이 빚 독촉을 받았습니다. 그때 저를 눈여겨본 업자가 저를 후처로 들이게 해주면 시전의 상권을 보호해준다고 약조했죠. 저는 당연히 아비를 위해서 후처로 들어가겠다고 했어요. 그러던 중에 높은 관리의 심부름꾼이 저를 찾아왔습니다. 궁에 들어가서 세자를 품에 안고 세상을 가지라고요. 아비는 어떻게든 살게 해주겠다고 했습니다. 잘 돼 후궁이라도 된다면 저와 아비의 인생은 달라지는 거라고요. 왕이나 세자의 여자가 되는 것은 조선에서 여인이 꿈꿀 수 있는 유일한 자리라고요. 제가 원하는 것은 그 자리입니다."

나는 고개를 끄덕였다. 그녀가 중인의 딸만 아니었다면 왕과 세자의 정비 자리에도 처자단자를 낼 수 있었을 것이다. 어쩌면 지난 간택에서 나와 경쟁을 했을지도 모른다.

공희가 고개를 숙이고 나갔다.

"현상궁, 공희를 세자의 눈에 띄게 하세요."

나는 함경도로 떠나는 최문호에게 마지막 부탁을 했다. 향이와 같은 아이를 한 명 더 키워달라고. 내가 궁에서 돼지처럼 먹고 자던 시간 동안 공희는 향이를 뛰어넘을 만큼 아름다운 여인이 됐다. 그들이 제일 잘하는 일이었다.

나는 패물함을 열어 가장 값비싼 금가락지와 노리개를 현상궁 앞으로 내밀었다. 현상궁이 놀란 눈으로 패물을 내려다봤다.

"저 아이를 만든 자가 있습니다. 저도 만든 자죠."

그자가 최문호라는 사실은 현상궁도 잘 알았다.

"그가 할 일은 모두 끝난 것 같습니다."

현상궁은 고개를 끄덕였다. 현상궁은 살수 몇을 함경도로 보낼 것이다. 최문호는 그토록 바라던 권력의 중심에는 서보지도 못하고 이 나라의 가장 변방에서 비참하게 죽을 것이다.

촛불 아래서 나는 현상궁의 얼굴을 물끄러미 바라봤다. 처음 만났을 때도 젊지 않은 나이였다. 그 사이 머리는 더 희끗희끗해졌다. 젊은 상궁에게 칼을 맞은 후로는 허리에 손을 얹는 일이 잦아졌다.

상처는 지워지지 않는 법이니까.

"현상궁, 자네는 저런 아이를 몇이나 봐왔는가?"

현상궁이 오른손을 들어 손가락을 꼽기 시작했다. 그러다 어느 순간 포기하고는 내 앞에 털썩 주저앉았다.

"남령초 한 대 피워도 될까요?"

내가 고개를 끄덕이자 현상궁은 휴대용 남령초 갑을 꺼내서 곰방대에 털어 넣고 불을 붙였다. 뿌연 연기가 방 안을 채웠다.

"수도 없이 봤습니다. 성공한 아이도 있었고, 실패한 아이도 있었죠. 성공이라고 해도 단 한 번의 승은으로 끝난 아이들도 많았죠."

"실패한 아이들은 어떻게 됐나?"

"대부분 죽었습니다."

나는 현상궁의 곰방대를 건네받아 남령초를 깊게 빨았다. 처음엔 고뿔에 걸린 것처럼 기침을 해대다가 어느 순간 익숙해졌다.

현상궁이 열여덟 되던 해였다. 아홉 살에 궁에 들어온 현상궁은 궁녀들 사이에서도 제법 자리를 빠르게 잡았다. 열여덟이 되던 해에는 홀로 방도 쓸 수 있었다. 처음으로 홀로 쓰게 된 방에서 잠든 날이었다. 한밤중에 무언가 둔탁한 것이 마루에 떨어지는 소리가 들렸다.

그러나 아무도 문을 열어보거나 하는 소리는 들리지 않았다. 궁녀의 처소에서 밤에 일어나는 일은 누구도 보지도, 입을 열지도 않는 것이 불문율이었다. 하지만 현상궁은 호기심을 주체할 수가 없었다. 걸쇠가 걸린 문을 살짝 열어 틈을 만들었다. 둔탁한 포대를 끌고 가는 궁녀 무리 몇이 보였다. 포대를 묶은 틈으로 피범벅이 된 손이 삐죽 솟아 나왔다. 현상궁은 방 안에서 자신의 입을 틀어막았다.

"얼굴이 꽤 어여쁜 아이였어요. 그 아이가 궁에 들어오면서 궁녀들 사이에서는 소문이 돌았죠. 분명히 왕을 유혹하려고 들어온 아이라고요. 그러나 그런 것과 상관없이 아이가 참으로 착했어요. 이름이 뭐였더라……."

현상궁은 기억을 더듬었다.

"맞다. 은실이였어요. 그런데 궁에 들어온 지 일 년 가까이 되도록 왕의 승은을 받지 못했죠. 엎친 데 덮친 격으로 은실이를 들여보낸 세력이 급격하게 기울기 시작했죠. 은실이의 포대를 끌고 가던 궁녀들은 막 자리를 잡기 시작한 시령부원군에게 줄을 대고 있는 아이들이었습니다."

나는 다시 곰방대를 빨았다.

"공희는 어떻게 될까요?"

"중전마마는 어떻게 되길 바라세요?"

나는 내 마음을 들여다봤다. 추악한 것들이 너무 많아 겁이 났다. 지옥이 있다면 이곳일 것만 같았다.

"마지막 희생자가 되길 바라지요."

사람들 위에 선 개의 새끼가 가장 두려워하는 것은 바로 자신이 보잘 것 없는 개새끼란 사실이 들통 나는 것이라는 생각이 어렴풋이 들었다.

49

무명 소복을 꺼냈다. 중전의 첩지를 내리고 쪽 진 머리를 풀어 한 갈래로 묶었다. 현상궁이 솜이 덧대진 속속곳을 건넸다.

나는 고개를 저었다.

"진실은 거짓으로 꾸밀 수 없어요. 춥고 고통스러워야죠. 그래야 보는 사람들도 그렇게 여길 것입니다."

인정전 앞에 멍석이 깔렸다.

멍석 위에 앉자 땅에서 한기가 올라왔다. 현상궁이 권한 속속곳이 생각났다. 마른 입술을 혀로 축이고 목소리를 가다듬었다. 고개를 숙이고 편전을 향해 목을 들었다.

"지아비가 몸져누웠는데, 지아비를 볼 수 없는 여인이 이 나라 땅에 누가 있단 말입니까?"

지나가던 대신들이 나를 흘깃흘깃 훔쳐봤다.

"아픈 아비를 생각하는 세자의 마음이 넘쳐나서 혹여 다른 소문이 일까 무섭습니다. 이미 궁과 밖에는 왕이 역병에 걸린 것이 아니라

세자가 아비를 가둔 것이 아니냐는 흉흉한 소문이 돕니다. 지금 왕
은 자신의 처소에 갇힌 것입니까? 진정 그런 것입니까?"

내 외침은 끝이 났다. 기다리는 일만 남았다.

한 식경이 흘렀지만 세자의 모습은 보이지 않았다. 손과 발이 얼
어서 감각이 무뎌지고 있었다. 향이와 양반가를 돌던 때가 떠올랐
다. 아버지는 한 식경이든, 두 식경이든 자신이 원하는 것을 얻기 위
해서 우리를 밖에다 세워뒀었다.

대전에서 떠들썩한 소리가 들렸다.

"중전마마께서도 전하를 보지 못한다는 게 무슨 소리입니까?"

좌의정 황성조였다. 세자를 지지하는 사람이지만 강경한 사림세
력이었다. 그에게 성리학적 덕목이란 목숨보다 소중한 것이다. 황성
조의 발언 이후로 간간이 높은 언성이 오갔다. 웅성거리는 소리. 세
자가 어떤 식으로 폭발할 것인지 궁금했다. 칼을 뽑아 들고 나와 나
를 죽이고 자신을 반대하는 대신들의 목을 자를까? 아니면 어쩔 수
없이 자신이 가둔 왕을 꺼낼까?

세자가 문으로 걸어 나오는 것이 보였다. 눈에는 슬픔이 가득했
다. 축 처진 어깨로 걸어 나온 세자는 내 앞에 무릎을 꿇었다. 세자
는 멍석 위에 놓인 내 손을 잡아 줬다.

"어마마마, 손이 찹니다. 인제 그만하세요."

나는 세자의 귀에다 속삭였다.

"세자, 연극은 때려치우세요."

세자는 여전히 슬픈 표정으로 일어나 고개를 가로저었다. 다시 연

극이 시작되려는 찰나, 대전에서 목소리가 들렸다.

"지금 당장 주상전하를 뵈어야겠습니다."

황성조가 걸어 나왔다.

세자가 당황하는 모습이 보였다. 나는 세자의 귀에다 대고 속삭였다.

"운명이 누구의 손을 들어주는지 지켜봅시다."

세자는 숨을 한 번 혹 불어 내쉬더니 요동도 없이 대신들을 향해 소리쳤다.

"자, 모두 일어나세요. 주상전하를 뵈어야지요! 아들이 아비를 궁에 가뒀다는 헛소문을 확인하셔야죠!"

왕 침전의 문이 열렸다.

곤룡포도 입지 않은 왕이 눈을 찌푸렸다. 시큼한 냄새가 코를 찔렀다. 유내관이 급히 들어가 요강을 들고 나왔다. 왕은 눈에 띄게 야위어 있었지만 병색은 없었다.

세자가 먼저 왕에게 걸어갔다. 대신들이 예민하게 왕과 세자를 살폈다. 세자는 왕 앞에 무릎을 꿇더니 왕에게 손을 내밀었다.

"아바마마."

왕이 세자의 손을 살며시 잡았다. 여전히 입은 열지 않았다. 왕은 세자 뒤의 대신들을 바라봤다. 그리고 천천히 입을 열었다.

"모두 무슨 일인가?"

나는 가슴을 쓸어내렸다. 왕은 역병에 걸린 것이 아니었다. 나는 재빨리 왕에게 달려가서 무릎을 꿇었다.

"전하."

왕은 나를 한참을 뚫어져라 보더니 고개를 갸웃했다.

"누구냐? 어린 처자가 왜 중전의 옷을 입고 있느냐?"

침전에는 침묵만이 감돌았다. 어느 누구도 먼저 말을 하지 않았다. 대신들이 발길을 옮기는 소리가 등 뒤로 들렸다. 세자의 시선이 느껴졌다.

"중전마마, 실패하셨습니다."

운명은 나를 비껴갔다.

미 궁

50

이불 속에서 한참을 뒤척였다. 세자는 기억을 잃어가는 왕을 침전
에 가두고 나를 기다렸다. 세자의 싸늘한 눈꼬리가 떠올랐다. 큰 눈
은 나를 꿰뚫고 있었다. 내가 대신들 앞에 나서서 왕의 침전을 열라
고 고할 때를 차분하게 기다렸다. 나는 모든 것을 세자에게 간파당
했다.

이제 대신들은 세자에게 머리를 조아렸다. 양위를 서둘러야 한다
고 말했다. 나는 이대로 궁의 뒷방으로 물러나 사라지는 걸까. 전의
중전처럼 죽지 않는 것을 다행으로 여겨야 하는 것인가. 몸을 오른
쪽으로 돌려 누웠다.

어둠이 눈앞에 내려앉았다. 이렇게 잠속으로 빠지면 될 것 같았

다. 눈이 스르르 감기고 몸이 자꾸만 떠올랐다. 잠이 들면 몸에서 영혼이 빠져나간다는 말을 들었다. 몸과 영혼을 연결한 끈이 끊기면 그것이 죽음이었다. 영혼의 손에 가위를 들려주고 싶었다. 하지만 영혼의 손은 자꾸만 가위의 손잡이를 비켜 나갔다.

중궁전의 문이 조심스럽게 열렸다. 어둠 속에서 공희가 걸어왔다. 세자의 승은을 입었다고 했다. 아직 상궁 첩지는 받지 못했지만 세자가 공희를 매일 밤 찾는다고 현상궁이 알려줬다. 세자는 향이를 잊었다. 남자의 마음은 굶주린 메뚜기 떼 같이 풍요로운 곳을 찾아 헤매다 쑥대밭을 만들어놓고 떠났다.

"어떻게 중궁전에 들어왔지?"

영혼이 물었다. 물론 공희는 듣지 못할 말이다. 온몸이 돌덩이를 얹어놓은 듯이 무거웠다. 몸은 땅으로 꺼지고 영혼은 내 주위를 서성였다.

공희가 나에게 점점 가까이 다가왔다. 어둠 속에서 잠든 내 얼굴을 내려다보던 공희는 옷을 벗기 시작했다. 저고리와 치마를 벗어 바닥에 던졌다.

공희가 이불 속으로 천천히 들어왔다. 차가운 살갗이 내 몸에 닿았다. 겨울의 냄새가 났다. '너는 왜 이 추운 밤에 나를 찾아온 거지?' 물었다고 생각했지만 착각이었다. 영혼은 아직도 내 몸 주위를 서성였다. 공희의 입술이 귓불에 닿았다.

"중전마마는 남자도, 여자도 사랑하실 수 있는 사람이라면서요?"

공희의 혀가 귓불을 핥았다. 축축한 혀가 닿은 자리를 당장에라도 닦고 싶었다. 하지만 몸이 움직이지 않았다. 공희의 손이 치마 안으로 들어왔다.

"향이라는 세자마마의 승은을 입은 후궁이 그 상대라면서요?"

공희가 대자를 치우자 젖가슴이 그대로 드러났다. 공희는 내 손을 잡아 가슴으로 가져갔다.

"궁에 들어오기 전까지는 그들의 말만 따르면 된다고 생각했어. 세자의 여자가 되어보라니 얼마나 달콤한 말이야. 세상을 가질 남자잖아. 누가 마다하겠어. 너희 생각이야 뻔하지. 아비를 볼모로 나를 세자 곁에 첩자로 두겠다는 거잖아. 그 정도야 얼마든지 해줄 수 있다고 생각했어."

공희의 손이 올라와 저고리의 고름을 풀었다. 공희는 한참을 오르락내리락하는 내 가슴을 내려다봤다.

"벗겨놓고 보면 가슴 두 개, 배꼽 하나. 내가 뭘 하나 덜 가진 것도 아니고, 네가 뭘 하나 더 가진 것도 아닌데. 너는 왜 중전일까?"

내 영혼이 공희의 곁으로 누웠다. 중전이지만 아무것도 가지지 못했다. 왕을 사로잡지도 못했고, 세자는 나를 끌어내리려고 한다.

공희의 입술이 잠든 내 입술에 닿았다. 혀가 슬며시 밀고 들어왔다. 공희의 달아오른 숨결이 느껴졌다. 나는 몸을 뒤틀었다. 몸 위에 놓인 돌덩어리를 밀어냈다. 숨이 트이면서 영혼이 다시 몸 안으로 빨려 들어왔다.

공희의 손이 허벅지 사이를 더듬고 있었다. 나는 재빨리 공희의 다리속곳 사이로 손을 집어넣었다. 놀란 공희가 몸을 빼자 나는 공희의 어깨를 잡았다.

"계집이라고 사내와 다를 줄 알았니? 거짓 몸짓으로 나를 흥분시킬 수 있다고 생각한 거야?"

나는 공희의 입에다가 거칠게 입을 맞췄다. 공희가 내 어깨를 잡고 밀어내기 시작했다.

"누가 시킨 짓이야?"

공희는 이를 드러내며 웃었다.

"나는 중전이라면 뭔가 다른 사람인 줄 알았지. 신쯤 되는 여인네인 줄 알았어. 그런데 너도 결국 한낱 계집일 뿐이잖아."

"겨우 그걸 확인하려고?"

공희가 고개를 저었다.

문이 열리는 소리가 들렸다. 어둠 속에 세자가 서 있었다.

세자는 찬찬히 헐벗은 공희와 나를 살폈다. 놀라움이라고는 없는 차가운 눈빛. 세자는 나와 공희를 번갈아보더니 아무 말도 없이 뒤돌아섰다. 세자를 따르는 내관들도 등을 돌렸다.

나는 함정에 빠졌다. 모든 것은 세자가 계획한 일이었다. 머리가 지끈거렸다. 뒤늦게 현상궁이 나타났다. 온몸이 땀에 젖은 채였다.

"세자의 무리가 저희들을……."

다 듣지 않아도 알 수 있었다. 세자의 호위무사들이 궁녀들을 잡아뒀겠지. 그래서 공희는 아무런 제지 없이 중궁전으로 들어올 수 있었을 것이다.

현상궁은 공희에게 달려가 뺨을 날렸다. 현상궁의 커다란 손바닥이 공희의 얼굴에 새겨졌다.

"너 지금 감히 세자마마에게 승은을 입은 나를 쳐?"

삼십 년을 궁에서 보낸 현상궁이었다. 승은 한 번에 기고만장한 궁녀들을 수없이 봤다.

"병신 같은 년아, 넌 세자의 승은을 입은 궁녀가 아니라 이제부터는 중전이랑 붙어먹은 년이 되는 거야. 궁에서 여색을 하면 어떻게 되는 줄 아느냐?"

여색을 하는 궁녀나 후궁 그리고 중전도 모두 궁에서 쫓겨나게 된다. 선대의 세자빈 한 명은 궁에서 쫓겨난 후에 사약을 받았다. 나도 예외가 아니겠지.

공희의 얼굴이 화선지처럼 하얗게 질렸다.

"중전마마, 아니지요?"

나는 공희의 얼굴을 가만히 매만졌다.

"왜 그랬어?"

공희의 눈가에 눈물이 맺혔다.

"너희들도 날 이용하려던 거잖아? 어차피 이용당할 거 세자가 더 낫다고 생각했지. 왕이 될 사람이잖아. 왕이 되면 날 잊지 않겠지."

나는 공희의 까만 눈동자를 들여다봤다. 그 안에는 영악한 토끼 한 마리가 있었다.

"사냥을 나가면 보기 좋게 살이 오른 토끼 한 마리를 나무 아래 두는 거야. 발을 묶은 채. 나무 위에는 그물이 걸려 있어. 배고픈 늑대가 먹이를 발견하고 살금살금 다가오지. 토끼는 발이 묶여서 어디

284

에도 가지 못해. 늑대가 자신의 목을 물어뜯고 뼈가 으스러져도 도
망치지도 못하지. 공희야, 사냥에서 미끼는 가장 먼저 죽는 거야."

겁에 질린 공희가 소리를 지르기 시작했다.

"중전마마, 살려주세요. 그래도 중전이시잖아요. 폐위되기 전까지
는 중전이잖아요. 중전이면 뭐든 할 수 있잖아요!"

나는 공희의 예쁜 얼굴을 두 손으로 감쌌다.

"공희야, 네 말대로 난 신이 아니야."

말이 끝나자마자 공희가 내 얼굴에 침을 뱉었다. 침에서 익숙한
냄새가 났다. 침을 닦은 명주 천이 초록으로 물들었다. 어디서 맡았
더라. 이 냄새.

나는 그대로 자리를 떨치고 일어나 왕의 침전으로 달려갔다. 달리
면서 생각을 했다. 이대로 주저앉을 수는 없었다. 밀면 밀리는 대로
절벽 아래로 떨어질 수 없었다. 나는 조용히 중얼거렸다.

"세자, 마지막까지 가봅시다."

51

왕 침전의 문을 열어젖혔다. 시큼한 냄새가 흘러나왔다.

왕이 멍한 눈으로 나를 물끄러미 바라봤다. 나는 처소를 살폈다.
미친 듯이 문갑을 열었다. 서책 몇 권이 나올 뿐이었다. 대신들이 들

어서자 내관이 요강을 급히 들고 나간 게 떠올랐다. 나는 구석에 놓인 요강을 쳐다봤다. 요강을 덮은 뚜껑 사이로 미세한 연기가 흘러나왔다. 나는 급히 요강 뚜껑을 열었다. 요강 안에는 바싹 마른 풀이 타들어 가고 있었다. 공희의 입에서 난 것 같은 시큼한 냄새였다. 머리가 아찔해지고 구역질이 올라왔다. 나는 타지 않은 풀을 대자 안으로 밀어 넣고 창문을 모두 열어젖혔다. 찬바람이 세차게 밀려 들어왔다.

"중전."

왕의 목소리였다.

나는 고개를 돌려 급히 왕을 살폈다. 눈동자가 또렷하게 돌아왔다.

"전하, 제가 기억나십니까?"

왕은 천천히 고개를 끄덕였다.

"정신이 또렷해질 때가 있어요. 잠시지만요. 그러다가 흐려지기 시작하면 난 구름 위를 걸어요. 발아래에 지나왔던 과거들이 마치 그림처럼 펼쳐집니다. 나를 그토록 독하게 키웠던 어머니의 얼굴이 나이가 들면서 잘 기억이 나지 않았는데……. 구름 위에서는 볼 수가 있어요."

나는 왕 앞에 앉았다. 내 앞에는 왕이 아닌 늙어가는 남자가 하나 앉아 있었다.

"구름 위에서 보는 과거는 어떻습니까?"

왕의 긴 한숨. 깊어지는 미간과 축 처지는 입매. 그것만으로도 후회가 읽혔다.

"돌이키고 싶습니다. 그런데 그럴 수가 없지요."

왕은 축 처진 입꼬리를 애써 올려 미소 지었다.

"살인을 시작하지 말았어야 했어요. 아니 나 같은 것은 이 세상에 태어나지 말았어야 했을까요?"

"태어나고 죽는 게 우리 손에 달린 것이면 얼마나 좋겠어요."

왕은 크게 고개를 끄덕였다.

"전하, 이제라도 바로잡으세요."

"어떻게 바로잡을까요? 내가 그동안 궁에서 일어난 살인을 저지른 살인마라고 대신에게 외칠까요? 아니면 제 아들이 살인마라고 고할까요?"

나는 늙은 왕의 주름을 어루만졌다. 마지막으로 나는 왕의 바지 안으로 손을 밀어 넣었다. 왕의 얼굴이 들뜨기 시작했다. 지금이라도 왕의 아이를 가져야 한다. 나는 급히 속곳을 내리고 왕의 앞에 앉았지만 왕은 이내 나를 밀어냈다.

"살인을 멈추자, 나도 죽었어요."

나는 왕의 눈동자를 쳐다봤다.

"전하는 세자의 약점을 아시지요? 세자와 가장 닮으신 분 아닙니까?"

왕의 눈동자가 흐려지기 시작했다. 다시 구름 위를 걸을 시간이 다가오는 것 같았다. 그 전에 왕의 대답을 들어야만 했다.

"전하, 세자의 약점은 무엇입니까?"

"내가 구름을 걷다가 끝내 가는 곳이 있어요."

왕은 알 수 없는 말을 시작했다.

"아버지가 죽는 순간입니다. 아버지는 이미 열흘 동안이나 미음도 제대로 삼키지 못해서 얼굴에는 가죽밖에 남은 게 없었어요. 손목은 여자보다 가늘어지고 온몸에서 무언가 썩어가는 냄새가 났어요. 나는 아버지 앞에 앉아요. 그런데 아버지가 뭐라고 한 줄 아십니까?"

왕이 초점 없는 눈으로 허공을 응시했다.

"날 죽여라."

왕은 손을 들더니 허공에 대고 마치 사람의 목을 조르는 듯 모양을 만들었다. 그러더니 손을 바닥에 힘없이 떨어뜨렸다.

"그토록 미운 아비였는데, 끝내 죽이지 못했어요."

"연유가 무엇입니까?"

왕은 빙긋 웃어 보였다.

"나니까요."

왕의 눈은 다시 초점을 잃었다.

52

정화가 있던 궁녀 뒷방에 공희를 가뒀다. 현상궁은 그사이 공희의 처소에서 왕의 침전에서 발견된 것과 같은 풀을 발견했다.

의녀에게 보였지만 의녀도 처음 보는 생소한 독초라고 했다. 아편은 아니었다. 외국의 독초인 것 같다는 대답만 들었다.

나는 공희를 찾아갔다. 공희의 까만 눈동자가 흰자위를 다 잡아먹을 만큼 커져 있었다. 검은 눈동자가 나를 원망스럽게 쳐다봤다.

"공희야, 그 풀을 누가 줬지?"

공희는 대답이 없었다. 공희의 상태를 본 의녀는 중독이 심해 되돌릴 방법이 없다고 했다. 나는 공희의 까만 눈동자를 응시했다.

"말해도, 말하지 않아도 넌 어차피 죽어."

꾹 다문 공희의 입술이 달싹거렸다. 사람은 죽음 앞에서 한없이 약해진다. 나는 공희의 귀에 속삭였다.

"내가 너 대신 복수해줄게."

공희가 다문 입을 천천히 열었다.

"세자가 줬어. 이 풀을 먹으면 구름 위를 걷는 것 같다고. 힘들고 아픈 일은 모두 잊을 수 있다고."

나는 공희의 뺨을 쓰다듬었다. 공희의 두 눈에 눈물이 고였다.

"아버지. 아니 아버지라 불리는 남자를 죽여줘. 진짜 아버지는 난중에 돌아가셨어. 지금의 아비는 내가 다섯 살 때 내 어미를 겁탈하고 그 자리를 차지했어. 그 밤이 아직도 기억나. 모든 것이 너무 또렷해서 지우고 또 지우고……."

공희는 자신의 머리를 마구 잡아 뜯었다.

"그런데 지워지지가 않아. 걸쇠가 걸린 문을 잡아당기는 소리, 엄마의 비명, 내 머리 위로 덮이는 이불……."

공희의 손이 바들바들 떨렸다. 나는 공희의 손을 꼭 잡아 쥐었다.

"후처로 들어가겠다고 한 것도 그 집에서 벗어나기 위해서였어. 매일 밤이면 내 방문을 열고 들어와서 내 뒤에서……."

공희는 더 이상 말을 잇지 못했다. 말하지 않아도 알 것 같았다.

"내가 다 갚아줄게. 네가 받은 상처, 아픔, 슬픔. 그대로 네 아비에게 돌려줄게."

고개를 끄덕이던 공희가 내 얼굴을 어루만졌다.

"궁에 들어와 당신을 처음 봤을 때부터 마음에 들었어. 중전의 옷을 입은 당신이 너무나 멋있어서 나는 눈도 제대로 마주치지 못했어. 난생처음으로 누군가에게 설렜어. 세자가 아니라 당신에게."

나는 처음 궁에 들어온 공희를 떠올렸다. 누에나방의 눈썹을 가진 아이.

"세자와 잘 때도 당신을 떠올렸어. 신음에 섞어 당신의 이름을 부르기도 했지. 그러자 세자가 귀에다 대고 속삭이더라고. 중전에게는 향이라는 계집이 있다. 사랑이 한순간에 질투로 변하고 손아귀에 넣을 수 없다면 파괴해버리고 싶더라고. 그래서 세자가 내민 풀을 먹었어. 분명 땅을 걷고 있는데 구름을 걷는 듯 온몸이 가벼웠어. 꿈인지 환상인지 알 수 없는 경계였어. 정신을 차리고 보니 난 중궁전이었어."

나는 공희를 안았다. 공희의 몸은 아랫목처럼 따뜻했다. 손에 넣을 수 없다면 부숴버리고 짓이겨서 밟아버리고 싶지. 그 마음을 알 것 같았다. 나는 공희의 귀에다가 속삭였다.

"날 위해서 뭐든 할 수 있어?"

공희가 고개를 끄덕였다.

"어차피 난 도구잖아. 칼이고 쟁기지. 하지만 누군가 써주지 않으면 아무 의미가 없잖아. 마지막이라면 당신의 도구가 될게."

나는 공희를 두고 나왔다. 의녀의 말에 의하면 공희는 이삼 일을 넘기기 어려울 것이라고 했다. 나에게 주어진 시간도 그뿐이었다.

나는 공희가 먹은 마른 풀잎 하나를 집어 들었다. 꼭 아기의 다섯 손가락을 펼친 모양이었다. 쑥 같기도, 고사리 같기도 했다. 나는 풀을 입속으로 밀어 넣었다. 입안에 침이 고이면서 특유의 시큼한 냄새가 코를 찔렀다. 침을 모아 목으로 풀을 삼켰다. 얼마나 시간이 흘렀을까. 눈앞이 흐려지기 시작했다.

나는 걷고 있었다. 땅 위를 걸었지만 솜이불 위를 걷는 듯 푹신했다. 공희가 말한 대로였다. 내 발이 머리보다 빨랐다. 생각할 겨를도 없이 어디론가 향했다. 나는 지금 어디로 가는 걸까? 분명 나는 궁 안인데. 발이 향한 곳은 소주방이었다. 손이 칼을 집어 들었다. 발이 다시 걷기 시작했다. 몸은 발을 따라가기 급급했다. 저 멀리 향이의 처소가 보였다. 따뜻한 노란 불빛. 그 안에 두 사람의 그림자가 보인다. 왕이 유내관의 뺨을 때리고 있다.

나는 멈춰 서서 방을 응시한다. 귀신의 시간이다. 나는 남녀의 그림자가 엉킨 방의 문을 연다. 세자가 막 향이의 몸으로 들어가려는

찰나다. 넓은 세자의 등을 바라본다. 저 위에 칼을 꽂으면 된다. 이
게 내 아픔이었다. 내 아픔의 시작은 여기서부터였다. 처음부터 흔
들리지 않았다면 여기까지 오지 않았을 것이다. 칼을 든 손에 힘이
들어갔다.

"죽어!"

누군가 내 어깨를 잡고 흔들었다. 입속으로 찬물이 들어왔다. 나
는 그대로 먹은 풀을 토해냈다.

"마마."

향이가 서 있었다. 나는 앙상한 향이의 손을 잡았다. 간택 날 후원
에서 본 앵무새의 말이 떠올랐다.

"향이야, 지옥에서 내가 널 구해줄게."

길게 늘어진 향이의 눈이 미소 지었다.

53

왜와 청나라 말을 할 수 있는 궁녀를 모아 외국의 각종 식물도감
을 건넸다. 현상궁은 그들 앞에 공희가 먹은 독초를 보였다.

"이것을 찾는 대로 나에게 고하여라."

그사이 나는 빈궁전으로 향했다. 독초는 동궁에 더 있을 것이다.
그리고 동궁을 의심받지 않고 들어갈 수 있는 사람이 필요했다. 지

금 상황에서는 세자빈밖에 없었다.

빈궁전은 음식이 썩어가는 냄새로 가득했다. 세자빈은 막 잡채를 놋그릇째 입에 들이부었다.

"중전마마가 어쩐 일이십니까?"

살에 파묻혀 새끼손톱만 해진 눈이 나를 쳐다봤다.

"세자빈, 나를 좀 도와주세요."

세자빈은 자리에 앉아 입만 살짝 벌린 채 웃었다. 웃을 때마다 온몸의 살이 파도가 넘실거리듯 흔들렸다.

"중전마마도 드디어 미치셨어요? 궁에 그런 소문이 돌더이다. 공희라는 아이와 중전이 붙어먹었다고요."

"궁에는 언제나 말이 돌죠. 세자빈에 대해서는 무슨 소문이 돌까요?"

세자빈이 입을 다물었다. 나는 세자빈을 자극할 것이다.

"돼지가 된 년. 세자도 찾지 않는 돌보다도 못한 년. 그러다 그 자리에서 어느 날 죽어버릴 년!"

"그만!"

세자빈이 소리를 질렀다. 작은 두 눈 사이로 검은 눈동자가 빠르게 오갔다.

"세자빈, 당신이 나에게 와서 세자를 죽여 달라고 했어요."

세자빈이 급히 주변을 살폈다.

"누가 들어요. 누가 듣는다고요!"

"상관없어요. 세자빈, 이렇게 사는 게 죽는 것보다 나은가요? 평

생 햇볕은 구경도 못하고 음지에서 이끼처럼 눅눅하게 살아갈 건가
요?"

세자빈은 살찐 얼굴을 두 손으로 밀어 올렸다. 커다란 밀가루 반
죽이 밀리는 것 같았다.

"원하는 게 무엇입니까?"

나는 세자빈 앞에 공희가 먹은 풀을 내밀었다.

"세자의 처소에 가서 이 풀을 찾아주세요. 세자는 오늘 사냥을 갔
어요. 밤이 되어서야 돌아올 것입니다."

세자빈이 짧은 목을 쑥 집어넣었다.

"중전마마, 저는 움직일 수가 없어요. 뒷간도 못 간 지 오랩니다.
오줌도, 똥도 여기서 싸요."

세자빈은 고개를 가로젓기 시작했다. 나는 흔들리는 세자빈의 얼
굴을 잡아 세웠다.

"그럼, 여기서 살과 똥이 범벅이 돼서 죽어버려요."

세자빈의 작은 눈이 또렷해졌다.

"김상궁!"

김상궁이 문을 열고 들어왔다.

"힘 좀 쓰는 궁녀 아이들 여섯. 아니, 열을 준비해주세요."

세자빈이 움직이기 시작했다. 궁녀 넷이 팔과 다리에 붙어 세자빈
을 일으켜 세웠다. 앉은 자리는 똥과 오줌으로 누렇게 썩어가고 있
었다. 역한 냄새가 사방에 퍼졌다. 나는 급히 궁녀들에게 새 옷을 준
비시켰다. 그래도 세자빈이었다. 궁 안에서 품위를 잃을 순 없었다.

치마만 겨우 갈아입은 세자빈이 발을 떼기 시작했다. 빈궁전의 마루가 푹 꺼지기도 했다. 세자빈을 잡은 궁녀들이 지치면 다른 궁녀가 교대를 했다. 거대해진 몸 때문에 가마는 탈 수도 없었다. 세자빈은 동궁까지 걸어가야만 했다. 세자빈은 댓돌에서 내려 숨을 깊이 들이셨다.

"살아있었네요, 저도."

우리는 모두 살아있었다. 아니 살아있었으나 죽은 척하기를 강요당했다. 이제 우리가 살아있다는 것을 증명할 때가 왔다.

세자빈은 궁녀들의 부축을 받아 빈궁전의 문을 천천히 빠져나갔다.

현상궁이 급히 달려왔다.

"중전마마, 찾았습니다."

궁녀 한 아이가 왜에서 나온 식물도감을 내밀었다.

"이것 같습니다."

왕의 요강에서, 공희의 처소에서 나온 풀과 같은 모양이었다.

"뭐라고 적힌 것이냐?"

궁녀는 더듬더듬 왜의 문자를 읽어나갔다.

"남쪽 섬에서만 서식하는 독미나리의 일종. 망상초(妄想草)라고 한다. 오랫동안 복용하거나 냄새를 맡게 되면……. 환각에 빠져 현실의 경계가 무너진다…… 그리고……. 서서히 죽게 된다."

"두 달 전에 왜에서 사신단이 왔다 갔습니다."

현상궁이 생각난 듯 말을 꺼냈다.

내가 중궁전에 처박혀서 시간이 흘러가기만을 바라는 때였다. 이제 모든 것이 준비됐다. 세자빈이 무사히 동궁까지 갈 수 있다면 더 바랄 게 없었다.

밤이 찾아오고 있었다. 세자빈의 소식은 아직 없었다. 부러진 다리와 불어난 몸무게 때문에 한 걸음 내딛기도 힘들어한다고 했다. 사냥에서 돌아온 세자와 세자빈이 마주치는 일은 일어나지 말아야 한다. 이제 운에 맡길 수밖에.

나는 피곤한 눈꺼풀을 매만졌다. 눈이 스르륵 감겼다. 극도의 긴장 상황에서 오히려 졸음이 쏟아졌다. 죽음도 이런 것일까? 내 의지와 상관없이 스르륵 눈이 감기고 마는.

나는 붉은 초원에 섰다. 무릎까지 자란 풀들은 모두 붉은색이었다. 사방을 둘러봐도 온통 풀밭이었다. 거대한 해가 땅에 걸쳐 있었다. 그 순간 이런 생각이 들었다. 여기는 세자의 머릿속이다.

타들어갈 것 같은 마른 땅 위에 피어난 핏빛 풀들. 손가락으로 만지자 모두 재가 되어 날아가버렸다. 나는 풀을 헤치며 걸었다. 내 뒤로 까만 재가 날렸다. 목이 타는 듯이 말랐다. 온몸이 땀으로 흥건했다. 태양은 지지 않고 계속해서 비췄다. 그 사이로 늑대 한 마리가 어슬렁거렸다.

위협적으로 보이지는 않았다. 늑대는 큰 눈으로 나를 몇 번 훑어보더니 점점 다가왔다. 나도 늑대에게 다가갔다. 바람이 불었다. 메

마른 흙이 사방으로 날렸다. 흙이 걷힌 땅에서 하얀 뼈들이 드러났다. 여기는 죽음의 땅이었다. 늑대가 송곳니를 드러내며 나에게 달려왔다. 나는 온몸으로 늑대를 막아냈지만 발톱이 살을 파고들었다. 피가 흘러 하얀 치마를 적셨다.

잠에서 깼을 때, 밖에서 낯선 그림자들이 어슬렁거렸다.

"누구냐!"

문이 열렸다. 세자의 호위무사였다.

"중전마마, 이제부터는 이곳에서 한 발짝도 못 나가십니다. 이것은 어명입니다."

54

사람 하나 죽어 나가도 아무렇지 않았지. 아니, 오히려 죽어 나가는 이들이 부럽기도 했다. 궁에 들어오기 전까지 살았던 마을을 떠올렸다.

어디서나 흘러나오는 오물과 썩은 냄새. 자신의 나이보다 곱절은 더 들어 보이는 아낙네들. 더러운 몰골로 뛰어다니는 아이들. 그들을 향해 쓸데없는 자존심을 내세우며 늙어가는 사내들. 좁은 마음으로 다른 이의 마음을 할퀴고 뺨을 날리던 그들.

나는 가장 화려한 대숨치마를 입어 한껏 몸을 항아리처럼 부풀렸다. 그 위에 홍색 대란치마를 입고 녹색 당의를 걸쳤다. 경대를 열어 거울을 바라봤다. 거울 속에는 이제 순옥이 아닌 중전이 있었다.

'순옥아, 그곳으로 되돌아갈래?'

나는 고개를 저었다. 이제는 절대로 돌아갈 수 없다. 현상궁이 중전의 첩지를 머리 위에 올렸다. 나는 중전이다. 이것은 주문이다. 나를 살게 하는.

현상궁이 미리 준비한 아편 탄 물을 내밀었다. 걱정스러운 눈빛이었다.

"중전마마, 어쩌시려고요?"

나는 물을 한 모금 목으로 넘겼다. 그리고 또 한 모금.

"무당들이 작두를 타기 전에 이 물을 마신다는 이야기를 들었어요. 현상궁, 난 오늘 무당이 되려고 해요. 하늘의 신과 땅의 사람을 연결해주는 존재 아닙니까? 무당이 되어서 오늘 신의 탈을 쓴 개의 정체를 밝히려고요."

눈앞에 날이 선 작두가 나타났다. 나는 작두 위에 올라서서 달궈진 숨을 내뱉었다. 이제부터 진짜 무당이 되지 않으면 작두의 칼날에 발이 날아갈 것이다.

현상궁이 중궁전의 문을 열었다. 예상대로 호위무사가 앞을 가로막았다. 세자의 명을 받은 젊은 호위무사가 나를 차갑게 쳐다봤다. 감히.

"중전마마, 어명을 어기시려는 것입니까?"

나는 호위무사를 찬찬히 훑었다.

"내가 살아남으면 너는 어떻게 죽여줄까?"

호위무사는 산속에서 호랑이를 마주한 심마니처럼 뒷걸음질 쳤다.

"세자가 내린 명령은 어명이 아니야. 어명은 왕이 내리는 것이다."

나는 호위무사를 지나쳐 왕의 침전으로 향했다. 길목마다 놓인 횃불은 모두 꺼진 상태였다. 세자가 보낸 호위무사도 더 이상 따라오지 않았다. 공기는 차가웠지만 몸에서는 열이 났다. 어둠 속에서도 길이 보였다. 나를 안내하는 자들이 있었다.

오른쪽으로 고개를 돌리자 머리가 희끗희끗한 여인 한 명이 손으로 어둠 속을 가리켰다. 어느 왕의 여인이었겠지. 억울하게 죽은 궁의 여인들이 나를 인도했다.

발걸음이 빨라졌다. 뒤따르는 현상궁이 급히 나를 잡아 세웠다.

"중전마마, 이상합니다. 궁이 너무나 조용합니다."

모든 게 이상하다. 알고 있다. 그래도 다시 돌아가 중궁전에 엉덩이를 대고 앉을 수는 없었다. 무엇이라도 해야 했다. 그것만이 살아 있는 것을 증명하는 유일한 방법이었다.

왕의 침전은 고요했다. 호위무사 몇 명만이 주변을 서성였다. 침전의 남문으로 들어서자마자 문이 닫혔다.

들어오지 못한 현상궁이 문을 두드렸지만 소용없는 일이었다. 세자의 호위무사가 현상궁을 끌고 가는 소리가 문 너머로 들렸다. 여기서부터는 나 혼자 헤쳐 나가야 한다.

"중전마마."

세자가 나를 불렀다. 다정하게.

침전으로 올라가는 계단에 앉은 세자가 보였다. 사냥복도 벗지 않은 채였다. 세자의 큰 눈이 나를 보고 있었다. 선하게 크고 둥근 눈. 저 눈에 오랫동안 속았다.

"세자."

우리는 서로를 말없이 바라봤다. 지금이 우리가 중전과 세자로 바라볼 수 있는 마지막 순간이다. 나는 오늘, 세자를 폐위시킬 것이다. 아버지를 죽이려고 한 죄로.

나는 세자에게 한 발짝 다가갔다. 계단에 앉은 세자가 일어났다. 나보다 키도 크고, 어깨도 넓은 사내다.

"중전마마, 우린 참 불쌍한 사람들입니다. 이 좁은 궁에 갇혀서 사람들이 원하는 대로 살아야 하잖아요. 밥도, 잠자리도, 옷을 입는 방법까지. 하물며 누구를 향한 마음도 다듬어지고 형식이 되어야 하지요. 우리는 진짜 뭘까요?"

"그건 네가 더 잘 알겠지."

세자의 큰 두 눈이 지그시 웃었다. 가지런한 이를 드러내 보이며 입꼬리를 대추알 크기만큼 올린 저 미소. 저 미소가 모두를 홀렸지. 나는 마음을 다잡았다. 더는 흔들리지 말자. 이제 곧 굿판이 벌어질 것이다. 나는 무당이 되어 너의 죄를 신께 고하리라.

나는 호위무사들이 지키고 선 침전의 동문을 흘깃 쳐다봤다. 대신들이 곧 도착할 것이다. 그들이 마당에 들어서면 나는 굿을 시작한다.

먼저 죽어가는 공희를 무대 위에 올린다. 공희의 얼굴이 죽음에 가까울수록 사람들은 그녀의 말을 믿겠지.

세자빈은 거대한 몸을 이끌고 나타난다. 공희와 세자빈은 무릎을 꿇고 꽹과리 소리에 맞춰 손을 모으고 신께 고할 것이다. 세자가 왕을 죽이려 했다고.

나는 그때까지 방울을 잡고 꽹과리 소리에 맞춰 춤을 추며 시간을 끌어야 했다.

나는 세자의 얼굴을 두 손으로 감쌌다.

"세자, 세자빈에게 들려준 개의 이야기를 기억하지요? 그 이야기의 결말도 아십니까?"

세자의 까만 눈동자가 커지기 시작했다.

"개는 자신의 새끼를 밴 년을 잡아먹어."

나는 고개를 가로저었다.

"이야기는 바뀌었어요, 세자. 개 새끼를 밴 년이 지가 신인 줄 아는 개를 죽일 거야."

세자의 숨소리가 거칠어졌다.

"중전, 왜 사람들은 신이 된 개를 불쌍히 여기지 않지? 누가 개를 신으로 섬기라고 했어? 왜 그들의 기준에 맞춰 신이라 칭했다, 개새끼라 불렀다가 두려워지면 죽이려고 들지? 누가 개를 신으로 만든 거야! 누가!"

"신이 되어보니 어떻습니까? 세상 사람들이 우러러보는 자리에 있어 보니 어때요? 누가 개를 신으로 만들었느냐고요? 물론 우리지요. 배고프고 가난한 백성들이지요. 당신은 그저 우리의 열망 위에 선 꼭두각시일 뿐이야. 신이 개가 되는 순간, 언제든지 너희는 그냥 잡아먹히는 거야. 착각하지 마."

세자가 빙긋 미소를 지었다. 도대체 무슨 생각을 하는 거지? 나는 급히 동문을 쳐다봤다.

검은 어둠 저편에서는 아무 소리도 들리지 않았다. 귓가의 꽹과리 소리가 멈췄다.

설마……

"중전마마, 누구를 기다리십니까?"

세자가 서찰을 내밀었다.

"혹시 이것입니까?"

세자는 차가운 얼굴로 나를 들여다봤다. 그의 눈에 늑대가 보이기 시작했다.

"전하가 위독하다?"

내가 정2품 이상의 대신들과 세자빈의 아비에게 보낸 서찰이었다.

"그들은 오늘 밤 궁에 들어올 수 없습니다. 제가 문을 다 닫아버렸거든요, 중전마마."

세자의 눈동자가 내 눈동자를 놓치지 않고 좇았다. 도대체 너는 나를 어디까지 꿰뚫고 있을까.

신이 몸에서 빠져나갔다. 작두의 칼날이 발바닥을 파고들었다. 세

자가 무서워지기 시작했다. 나는 급히 시선을 돌렸다. 세자가 돌아
간 내 턱을 잡아 쥐었다.

"이제부터 당신을 어떻게 죽일지 말해줄게요. 잘 들어봐요."

세자의 눈이 별을 바라보는 아이처럼 반짝였다.

"어제까지만 해도 궁녀와 붙어먹은 중전으로 만들어, 궁에서 내쫓
아 사약을 먹이려고 했어요."

나도 세자를 읽었다. 그래서 공희를 설득했다. 공희는 모든 것이
세자가 시킨 일이라고 증언할 것이었다. 공희의 몸을 차지한 건 세
자였지만, 마음을 차지한 건 나였다.

"그런데 사냥을 하고 돌아오는 길에 당신이 대신들에게 보낸 서
찰을 받았지요. 당신의 생각을 더듬어봤지. 우린 같은 족속이잖아."

꽉 쥔 주먹이 부들부들 떨렸다. 내가 놓친 것이다. 궁은 살아있다.
오백 명이 넘은 궁녀와 내관이 있다. 그들은 누구의 첩자도 될 수 있
다. 나는 긴 숨을 내뱉고 세자의 까만 눈동자를 들여다봤다. 타들어
가는 붉은 땅이 보였다. 내가 죽으면 갈 지옥이었다.

"세자빈이 그 무거운 몸을 이끌고 동궁엘 왔더군요. 그래서 내가
손수 망상초를 세자빈의 입속에 쑤셔 넣어줬어요."

궁에 들어온 대신들 앞에서 공희와 세자빈이 무릎을 꿇고 신에게
빈다. 하지만 증언만으로는 부족하다. 굿판은 세자를 왕을 죽이려는
패륜아로 몰아가는 연극이다.

굿판이 끝나면 나는 작두에서 내려와 땅에 발을 디뎌야 한다. 당
연히 세상의 법을 따라야지. 세자빈이 세자의 처소에서 발견한 망상

초를 세자빈의 아비에게 건넨다. 약해지긴 했지만 왕당파는 아직도 건재했다. 왕의 처소에서 발견된 풀, 공희의 증언 그리고 세자의 처소에서 나온 망상초만으로도 그들은 아비를 죽이려고 한 아들의 비극적인 사연을 만들어서 세자를 폐위시킬 수 있다.

그리고 유배 간 어느 초가에서 이유를 알 수 없는 화재로 세자는 재가 되어 사라질 것이었다.

더불어 난 멋진 장면을 상상했다. 세자빈의 아비가 사병을 이끌고 들어와 왕을 구출해내는 극적인 장면. 왕당파는 다시 중심에 서고 세자를 지지한 세력은 고개를 들지 못하겠지. 이게…….

내 계획이었다. 하지만 오늘 밤 세자빈의 아비는 궁에 들어올 수 없다. 아무 증거도 없이 사병을 움직이면 그것은 곧 역모였다.

나는 이제 무엇을 할 수 있을까? 작두의 칼날이 점점 더 깊숙이 살 속으로 밀려들어 왔다. 더 이상 신명이 나지 않았다. 나는 세자를 물끄러미 쳐다봤다. 젊고 멋있는 사내다. 개일 리가 없지. 내가 믿는 신이 잘못된 것일 거야. 고개가 아래로 처졌다.

그래도 가만히 앉아 죽기만을 기다릴 순 없다. 나는 옆에 선 호위무사의 칼을 빼앗아 들었다. 세자를 죽이면 된다. 왕을 침전에서 구해내면 왕은 알아서 자기 아들을 죄인으로 만들 것이다. 왕은 세자를 미워하니까. 하지만 세자는 나보다 한 발 앞서 내 손목을 틀어잡았다.

칼이 바닥에 나뒹굴었다. 손목이 으스러질 것 같았다.

"당신도, 향이도 날 죽이기엔 둘 다 너무 마음이 약해."

나의 마지막 계획마저 막혀버리고 말았다. 세자는 내 머릿속을 걷고 있었다.

"중전마마, 당신의 모든 계획은 끝났어요."

세자는 손에 쥔 활을 만지작거렸다. 나를 죽이려고? 아니다. 세자는 나를 그렇게 쉽게 죽이지 않을 것이다. 두려움이 엿처럼 어깨에 들러붙었다. 세자는 내가 그에게 퍼부은 저주처럼 나를 찢어 죽일까?

"중전마마, 너무 두려워 마세요."

세자는 떠는 내 어깨를 잡아 세웠다.

"서역에서 들어온 책에서 미로라는 것을 본 적이 있어요. 들어가는 길과 나오는 길은 딱 하나인데, 그 안에는 수없이 많은 가짜 길이 있죠. 잘못된 길로 들어서면 몇 날 며칠을 그곳에서 떠돌다 죽기도 한다고 하더이다. 재미있지 않습니까? 사람이 만든 것에 사람이 갇힌다는 것이."

나는 세자를 노려봤다. 세자는 지금 나를 자신이 만든 미로에 밀어 넣고 말려 죽이려는 참이다.

"그렇게 노려보지 마세요. 당신에게 주어진 삶은 생각보다 아주 짧아요. 누군가를 미워하기보다는 살아남으려고 노력해야 할 것입니다. 외부에서 궁으로 들어오는 모든 문을 닫았어요. 길목마다 놓인 작은 문들도 열리고 잠긴 게 있지요. 궁녀들과 내관들은 모두 처소에서 나오지 못하게 호위무사들이 지키고 있어요. 중전마마, 지금 궁은 완벽한 미로예요."

눈앞에 다시 어둠이 내렸다. 미로 속에 갇혀서 몇 날을 떠돌다 주린 배를 움켜잡고 쓰러지는 내가 떠올랐다. 나는 세자에게 애원했다.

"제발 그냥 죽여."

세자는 고개를 저었다.

"중전마마, 저도 미로에 들어갈 것입니다."

도대체 무슨 생각을 하는 거지?

"저는 향이를 죽이러 갈 것입니다."

눈꺼풀이 미세하게 떨렸다. 세자는 그 떨림을 놓치지 않았다.

"중전마마, 누가 먼저 향이에게 가는지 내기할까요? 목숨을 걸고요."

"개새끼."

"왈, 왈, 왈."

세자는 개 짖는 소리를 내며 바닥에 뒹굴었다. 나의 치맛단을 물고 늘어졌다.

"어서 뛰라고! 그러지 않으면 내가 널 물어뜯을 거야. 너도 개의 새끼를 가졌잖아!"

그래, 나도 개 새끼를 가졌다. 개는 개 새끼를 가진 여인들을 죽였다. 나는 세자가 문 치맛단을 잡아당겼다. 세자는 이로 치맛단을 꽉 물고 놓아주지 않았다. 이대로 죽을 수는 없었다. 세자가 만든 미로지만 달려보지도 않고 전설의 여인들처럼 될 순 없었다. 나는 치맛단을 물고 늘어진 세자의 이마를 발로 밀어버렸다. 세자는 바닥에 나뒹굴면서 재미난 듯 깔깔거리고 웃어댔다.

나는 달리기 시작했다. 사방은 어둠뿐이었다. 궁의 모든 담이 미로가 되었다.

향이의 처소로 가기 위해서는 동궁과 중궁전 그리고 소주방과 후원을 지나야 했다. 세자보다 먼저 향이의 처소에 도달할 수 있을까. 불가능해 보였다. 세자가 만든 미로다.

그렇다고 달리지 않고 무슨 일을 할 수 있을까. 나는 중궁전으로 가는 문을 열어젖혔다. 하지만 잠겨 있었다. 아무리 당겨봐도 소용이 없었다. 멀리서 말발굽 소리가 들렸다. 말발굽 소리는 점점 더 가까워졌다.

나는 문을 다시 힘껏 잡아당겼다. 순간 채찍이 허리에 감겨 당겨졌다. 몸이 땅바닥에 굴렀다. 나는 돌부리를 부여잡고 버텼다. 얼굴은 땅에 밀리고 가체는 벗겨졌다. 치마가 찢어지고 팔꿈치가 벌겋게 까졌다. 입속으로 흙이 밀려들어와 숨통을 막기 시작했다. 눈이 터질 것 같았다. 말 위에서 나를 내려다보던 세자는 천천히 채찍을 풀었다.

세자는 미소 짓고 있었다. 온몸에 소름이 돋았다. 이게 마지막이 아닐 것이다. 세자는 날 괴롭힐 수십 가지 아니, 수백 가지 덫을 놓았을 것이다. 저 미소가 커질수록 내 고통도 배가 되겠지. 세자는 말의 고삐를 돌려 어둠 속으로 사라졌다.

나는 입속에 손을 넣어 들어찬 흙을 뱉어냈다. 숨통이 트이고 멀리서 꽹과리 소리가 다시 들리기 시작했다. 소리는 점점 내게 다가왔다. 그래, 차라리 눈은 없다고 치자. 기억한 궁의 길도 모두 잊어버리자.

다시 무당이 되는 것이다. 눈앞에 굿판이 벌어졌다. 징소리가 들린다. 꽹과리가 따라온다. 나는 방울을 잡았다.

"죽은 궁의 여인들이여, 깨어나 나를 인도해주세요!"

손에 쥔 방울이 흔들리기 시작했다. 세자에게 죽은 중전이 길목 끝에 나타났다. 그녀는 나를 보고 따라오란 손짓을 했다. 악귀일지도 모른다. 나를 지옥으로 끌고 가는. 그렇지만 가보자. 차라리 지옥이 이곳보다 아늑할지도 모르지. 나는 죽은 중전을 뒤쫓아갔다.

막다른 길이 나오자 죽은 중전은 벽으로 사라졌다. 나는 주위를 두리번거렸다. 작은 문 하나가 보였다. 문고리를 잡아당겼다. 문이 스르륵 열렸다. 중궁전에서 소주방으로 이어지는 궁녀들만이 다니는 지름길이었다. 이대로라면 세자보다 향이에게 먼저 갈 수도 있다. 나는 소주방에서 칼을 집어 들었다.

"중전마마."

익숙한 목소리. 뒤를 돌아보니 수심이 서 있었다. 모든 귀신이 나에게 모여들고 있었다. 내가 그들을 깨웠다.

"수심아, 이제 어디로 가면 되지?"

수심은 소주방의 많은 문 중 하나를 가리켰다. 나는 달려가 문고리를 잡았다. 문을 당기려는 순간, 맞은편에서 눈동자 하나가 빠르게 지나갔다. 뭐지? 도대체 뭐지?

나는 뒤를 돌아봤다. 수심이는 사라지고 없었다. 문을 두드리는 소리가 들렸다. 쾅. 쾅. 쾅.

헤아릴 수 없는 많은 눈동자가 틈새를 오갔다.

나는 소주방에서 쓰는 빗자루를 문고리에 꽂았다. 그들은 계속해서 문을 열라고 아우성쳐댔다. 문이 덜커덩거리며 빗자루가 조금씩 빠져나왔다.

수많은 눈동자 중에서 검은 눈동자 하나가 나를 응시했다.

"너희는 도대체 무엇이냐?"

대답은 들리지 않았다. 나는 뒷걸음질 치며 사방을 살폈다. 소주방에는 수많은 문이 있었다. 나는 다른 문으로 달려가기 시작했다. 하지만 문들은 하나같이 잠겨 있었다.

나는 다시 눈동자가 오가는 문 앞에 섰다. 이 문을 열어야만 한다. 이 문이 유일한 출구다. 나는 힘겹게 한 발을 내디뎠다. 이를 꽉 물었다. 내 발은 다시 작두 위에 섰다.

뛰지 않고 있으면 발은 만신창이가 될 것이다. 나는 나를 지켜보고 있는 눈동자에게 소리를 질렀다.

"너희는 산 사람의 그림자이고 연기일 뿐이야. 형체도 없이 세상을 떠돌아다니는 것들아, 너희는 나에게 아무 짓도 못 해!"

나는 문으로 돌진했다. 그들을 뚫지 못하면 나 역시 죽은 궁의 여인들과 같은 신세가 된다. 나는 문고리를 잡아당겼다. 문이 열리면서 어둠 속에서 나방들이 한꺼번에 쏟아졌다.

내가 눈동자로 본 것은 나방의 날개였다. 수백 마리의 나방이 나를 향해 날아왔다. 손을 휘저었지만 헛수고였다. 나방이 온몸에 달라붙었다. 눈과 귀와 입이 다 나방에게 막혔다. 숨을 쉴 수조차 없었다. 털어내면 다시 달라붙었다. 그들은 속삭였다.

"오늘 밤, 왕이 바뀐다."

그들은 궁의 영혼들이다. 연기고 그림자지만 나보다 더 오래 궁에 산 자들이다. 그들을 이길 수 없다. 이길 수 없다면 그들과 함께 가는 수밖에. 나는 그들 앞에 무릎을 꿇고 고개를 조아렸다. 무릎을 꿇자 나방은 한순간에 사라졌다.

나는 눈을 뜨고 문 너머의 어둠을 응시했다. 왕이 바뀐다고 말했다. 내가 죽으면 세자가 왕이 된다. 하지만 세자가 죽으면 내가 왕이 되는 것이다. 운명은 아직 정해지지 않았다.

나는 어둠 속을 걷기 시작했다. 하늘도, 땅도, 옆을 돌아봐도 어둠뿐이었다. 나는 미쳐가고 있는지도 몰랐다. 동시에 세자에게 점점 가까워지고 있었다. 그래, 미친놈을 잡으려면 미치는 수밖에.

죽은 이들이 눈앞에 나타났다 사라지기를 반복했다. 공포는 사라졌다. 그들은 내 편이었다. 그들이 비록 나를 지옥으로 이끌지라도 지금 그들의 손을 놓을 수는 없었다. 이제 후원을 지나기만 하면 향이의 처소다. 나는 어둑한 골목으로 들어섰다.

담 너머로 칼이 끌리는 소리가 들렸다. 등에 흐른 땀이 차갑게 식었다. 일순간에 한기가 느껴졌다. 앞에는 후원으로 통하는 문이 있다. 발소리가 들렸다. 세자일 것이다.

나는 세자의 발걸음 소리에 맞춰 걸었다. 우리는 담을 사이에 두고 나란히 걸어갔다. 얽히고설킨 미로에서 우리는 같은 길을 찾았다. 나는 문 앞에 섰다. 세자의 발소리도 더는 들리지 않았다. 그때 깨달았다. 이곳은 미로가 아니다. 들어가는 길은 있어도, 나가는 길은 없는 미궁일 뿐이다.

문고리를 잡았다. 개를 잡으려면 개를 마주하지 않을 수 없지. 나는 문고리를 힘껏 잡아당겼다. 어둠 속에 세자가 서 있었다. 큰 두 눈이 나를 내려 봤다. 그린 듯 살짝 올라간 입꼬리가 웃었다.

세자가 눈앞에 주먹을 내밀었다.

"중전마마, 이 안에는 지금 청개구리가 있습니다."

세자의 눈이 푸른빛을 띠었다.

"이 아이를 죽일까요? 살릴까요?"

나는 세자의 주먹을 내려다봤다. 저 안에는 청개구리가 아니라 내가 있었다. 벗어나려고 발버둥쳤지만 결국 나는 세자의 손바닥 안이었다. 어깨에 힘이 빠졌다. 나는 세자에게 대답했다.

"죽여."

칼을 든 세자의 손이 하늘 위로 치솟았다. 그리고 내 머리를 스쳤다. 바닥에 중전의 첩지가 떨어졌다. 나는 그대로 정신을 잃었다.

55

나는 죽었다. 나는 궁의 하늘을 거닐고 있었다. 옆으로 참새가 날아갔다. 발아래는 허공이었다. 세자가 나를 한쪽 어깨에 올리고 후원으로 걸어갔다.

궁의 문은 모두 닫혔다. 불이 켜진 곳도 없었다. 궁녀와 내관의 처소는 세자의 호위무사들이 지키고 섰다. 고양이 한 마리 돌아다니지 않았다. 오늘 밤, 이곳에서 무슨 일이 일어나도 아무도 모를 것이다. 입을 봉쇄당한 자들만이 목격자가 될 것이다.

세자는 후원 뒤로 위치한 온천각의 문을 열었다. 가려움증이 심한 왕이 온천물을 끌어와 만든 인공 온천이었다. 세자가 문을 닫고 걸쇠를 걸었다.

온천 주변으로 안개가 피어올랐다. 한 치 앞도 분간할 수 없었다.

세자는 온천을 향해 걸어갔다. 주변으로 수풀이 무성했다. 세자는 내 몸을 따뜻한 물속으로 처넣었다. 어깨가 바닥에 닿았다. 아픔이 전해졌다. 그리고 허공을 걷던 다리가 땅으로 빨려갔다.

아직 내 몸이 나를 놓지 않고 있었다.

자욱한 김 사이로 웃통을 벗은 세자의 모습이 보였다. 나는 눈을 끔뻑거렸다. 살아있는 것인가.

반쯤 잠긴 몸을 끌어올렸다. 오른쪽 팔이 뻐근했다. 쓰러지면서 팔이 빠진 모양이었다.

세자는 내 앞으로 얼굴을 가져다댔다.

"어마마마."

그래, 난 세자의 어미였지. 나는 목을 일으켜 세웠다. 목 뒤로 피가 넘어가면서 비릿한 맛이 났다. 나는 힘겹게 입을 열었다.

"아들아, 나를 죽이려고?"

세자는 나를 죽이기 위해 향이라는 덫을 놓고 출구 없는 미로 속에서 나를 가지고 놀았다. 그리고 이곳으로 데리고 왔다.

길목에서 중전의 시체가 발견되는 것보다는 물에 빠진 것이 뒷일을 감당하기 쉽겠지. 나도 세자의 머릿속을 읽어나갔다.

세자는 아무 말도 없이 물 위로 손을 내밀었다. 머릿속이 몽롱했다. 아편 기운이 떨어지고 있었다. 따뜻한 물속에서도 한겨울의 차가운 얼음물에 몸을 담근 것 같은 추위가 올라왔다. 나는 어깨를 잡고 바들바들 떨었다. 이가 맞부딪히는 소리가 들렸다.

"마지막으로 우리 팔씨름 한번 해볼까요?"

세자의 말 한마디에 온몸이 굳었다. 약 기운에 얻은 당당함은 사라지고 두려움이 커졌다. 죽음이 눈앞에서 알짱거렸다.

"도대체 원하는 게 뭡니까?"

말할 때마다 목으로 저릿저릿한 통증이 전해졌다. 죽는 건 얼마나 더 고통스러울까.

"만약 팔씨름에서 중전마마가 이기면, 이 나라를 가지세요."

"내가 지면요?"

세자는 턱을 매만졌다.

"당신도, 당신의 새끼도 죽는 겁니다."

"너는 살 거 같아? 대신들은 끈질기게 너를 의심할 거야."

세자는 어깨를 으쓱했다.

"저는 이 나라의 세자입니다. 망상초를 넣은 사람도, 공희를 죽인 사람도 모두 죽은 사람의 몫이죠. 대신들은 갈아치우면 그뿐입니다. 그들은 저마다 흠 몇 가지는 가지고 있지요. 정치라는 게 원래 이렇답니다. 누가 얼마나 많은 흠을 가졌느냐가 중요한 게 아니라 얼마나 많은 상대의 흠을 쥐고 있느냐가 중요한 것이거든요."

나는 세자의 눈을 피해 빠진 팔을 잡아당겼다. 이를 꽉 물고 아픔을 참았다.

"죽기 전에 이유나 압시다. 세자, 왜 궁의 여인들을 죽였어요?"

세자는 가만히 물 위의 자신을 들여다봤다.

"나 같은 새끼가 나올까 봐."

왕도, 세자도 자신을 낳은 어미를 죽였다. 그리고 자신의 아이를 밴 궁의 여인들을 죽였다. 그들은 여인들을 두려워한 것이다. 씨를 품고 세상에 퍼뜨리는 존재를.

세자는 물을 흔들어 자신을 지워버렸다.

"나는 왕이 될 거야. 아버지가 대신들의 눈치를 보느라 펼치지 못한 개혁을 할 거야. 요순시대 부럽지 않은 평화로운 나라를 만들 거야. 대신 사람 몇 죽이는 것쯤은 괜찮잖아? 이제 팔씨름을 해볼까?"

나는 죽을 것이다. 분명 죽고 말 것이다. 물에 비친 나를 봤다. 찢어지고 부은 얼굴. 그 위로 반쯤 남은 중전의 첩지가 보였다. 그래, 난 중전이다. 그렇다면 적어도 죽음 앞에서 초라해지진 말자. 부끄러워지지는 말자.

고개를 들어 살인마의 맨얼굴을 마주했다. 세자의 잘생긴 얼굴이 어느 순간 벗겨지고 악취가 진동하는 시체로 보였다. 그래, 비웃어 주자. 나는 애써 입꼬리를 끌어올렸다.

"말만 번지르르한 살인마 주제에. 요순시대? 그냥 죽으라고 하세요. 계집이 어찌 사내의 힘을 이길까요?"

고개를 갸웃하던 세자가 미소를 지었다.

"어마마마는 나를 사내로 봅니까?"

물 아래 있던 세자의 한 손이 치마 속으로 불쑥 들어왔다. 세자의 얼굴이 코앞까지 다가왔다.

"당신을 처음 봤을 때부터 이런 상상을 했어요. 당신은 남자의 손길이 닿으면 어떤 표정을 지을까? 늙어가는 아버지를 상대하다 나를 만나면 어떤 희열을 느낄까? 내가 당신의 입에 입을 맞추고 다리를 벌리게 하면 어떨까? 만약 우리가 중전과 세자로 만나지 않았다면 우리도 사내와 여인으로 만날 수 있지 않았을까?"

나는 웃음이 났다. 개가 신의 탈을 벗었다.

"넌 결국 개였어."

나는 세자의 얼굴에 침을 뱉었다. 세자가 내 턱을 잡아 쥐었다. 큰 두 눈이 불타오르고 있었다. 욕망이 보였다. 한 번 불이 붙은 욕망은 잠재울 수 없다. 세자의 욕망을 나는 알 것 같았다. 나는 세자의 얼굴을 손으로 감쌌다.

"나는 중전이 아니야. 네 어미도 아니야."

나는 세자의 입술에 입을 맞췄다. 세자의 혀가 거칠게 밀고 들어왔다. 나는 다리를 벌렸다. 동시에 세자의 손이 속곳 안으로 들어왔다.

저절로 입이 벌어졌다. 저고리가 벗겨지고 세자의 입술이 가슴으로 옮겨갔다. 입에서 신음이 터져 나왔다. 그래, 나도 세자와 자고 싶었다. 세자와의 밤이 미치도록 궁금했다. 세상을 다 품을 젊은 사내에게 몸을 맡겨보고 싶었다.

다리속곳을 푸는 세자의 손길이 느껴졌다. 내 손은 세자의 바지를 내리고 있었다. 세자는 급하게 내 안으로 들어왔다. 온몸이 따뜻해지면서 몸이 물 아래로 가라앉았다. 순간 세자가 내 얼굴을 짓눌렀다.

허우적거릴수록 입과 코로 물만 들어왔다. 세자는 아랑곳하지 않고 내 다리를 잡고 늘어졌다. 나는 고개를 악착같이 내밀었다.

"살, 살려주세요."

세자의 거친 숨소리가 들렸다.

"더 구걸해봐, 더!"

머리가 물 밑바닥에 닿았다. 나는 물속에서 눈을 뜨고 세자를 바라봤다. 세자는 죽어가는 나를 보며 절정을 향해 달려갔다. 정신이 몽롱해지고 사지가 풀어졌다. 나는 더 이상 고개를 물 밖으로 내밀기를 포기했다.

숨은 차올랐지만 몸은 한 번도 경험하지 못한 흥분으로 일렁였다. 나는 숨을 멈춘 채 세자를 힘껏 껴안았다. 더 깊이. 더 깊이. 이대로 죽어버려도 괜찮을 것 같았다. 죽음은 두렵지 않았다. 이 쾌락이 끝나는 것이 겁이 났다.

"순옥아!"

누군가 나를 불렀다.

목을 누르던 세자의 손에서 힘이 서서히 빠졌다. 정신을 차려야만
한다. 나는 물 위로 솟아올랐다. 참았던 숨을 토해냈다. 내 위로 세
자가 쓰러졌다.

나는 주변을 두리번거렸다. 자욱한 김 사이로 향이가 보였다. 향
이의 두 손에는 커다란 돌이 들려 있었다.

나는 세자를 몸 밖으로 힘겹게 밀어냈다. 향이가 죽은 세자의 허
리를 잡아끌었다. 세자의 그곳은 빠져나올 생각을 하지 않았다. 나
는 있는 힘껏 그곳을 잡아 뽑았다. 몸이 뒤로 밀리면서 세자가 빠져
나갔다.

나는 이제 세자의 손아귀에서 벗어났다. 향이가 나를 꼭 안았다.

나는 살아남은 것인가……. 안도하는 순간, 가슴에 안긴 향이의
얼굴이 굳었다. 뭐지? 향이가 물속으로 빨려 들어갔다. 정신을 차린
세자가 향이의 발목을 잡아당기고 있었다.

세자의 입에서 으르렁거리는 소리가 났다. 세자는 향이의 얼굴을
온천에 밀어 넣었다. 허우적거리면서 향이는 나를 쳐다봤다. 향이
의 눈은 말하고 있었다. 도망가라고.

나는 그럴 수 없었다. 나는 더 이상 도망가지 않을 것이다. 죽기
전까지 나는 작두에서 내려갈 수 없었다. 나는 향이가 들고 온 돌을
집어 들었다. 그리고 향이를 짓누르는 세자에게 달려갔다. 나는 세

자의 머리에 돌을 그대로 내리꽂았다.

세자가 앞으로 고꾸라졌다. 나는 세자의 머리를 눌렀다. 세자는 온몸으로 버둥거렸다. 향이도 합세해 세자의 머리를 눌렀다. 물이 튀어 앞을 볼 수 없었다. 나는 버둥거리는 세자에게 소리쳤다.

"살려달라고 구걸해봐!"

나는 점점 세자가 되어가고 있었다. 미쳐가고 있었다. 세자는 물속에서 무언가 말을 뱉었다. 살려달라고 하는 것 같기도, 쌍년이라고 욕을 하는 것 같기도 했다. 상관없었다. 나는 어차피 너를 죽일 것이야.

나는 팔에 더 힘을 가해 세자의 머리를 물속으로 밀었다. 팔이 뻐근해질 때쯤 세자는 더 이상 움직이지 않았다.

나는 내 두 손을 내려다봤다. 사람을 죽인 손을. 향이가 손을 내밀었다. 하얗고 작은 손. 저 손을 잡으면 나는 다시 예전으로 돌아갈 수 있을까.

나는 고개를 들어 향이의 유난히 까만 눈동자를 바라봤다. 그 안에 세자가 보였다. 뒤를 돌자 뿌연 김 사이로 세자가 일어나고 있었다. 두 눈이 번뜩였다. 세자는 더 이상 사람이 아니었다.

세자가 돌로 내 머리를 내려쳤다. 나는 그대로 물속에 얼굴을 처박고 쓰러지고 말았다. 의식은 분명한데 몸을 움직일 수가 없었다. 세자는 향이에게 걸어가고 있었다.

겁을 먹은 향이가 뒷걸음을 쳤다. 세자는 향이의 목을 움켜쥐었다. 향이는 나를 내려다봤다. 그리고 몸에서 힘을 뺐다. 내가 죽었다고 여기는 듯했다.

세자가 서서히 향이의 목을 졸랐다. 향이는 스르르 눈을 감았다. 이대로 끝나는 것인가. 그건 절대 안 된다.

"안 돼!"

그때야 몸이 움직였다. 나는 소리를 지르며 무작정 세자에게 돌진했다. 더 이상 두려운 것이 없었다. 세자는 더 이상 신이 아니다. 한낱 개에 불과하다. 개에게 잡아먹히든, 개를 때려잡든 우리의 이야기는 끝을 맺어야 한다. 세자가 내 목을 틀어쥐었다.

핏발이 선 눈이 나를 바라봤다. 점점 세자의 손이 숨통을 조여왔다. 눈을 돌려 물 위를 살폈다. 향이의 모습이 보이지 않았다. 물이 향이를 잡아먹었다. 온몸에 힘이 빠졌다. 일순간에 피로가 몰려왔다.

온천 가장자리에는 죽은 이들이 나를 맞이하러 왔다. 죽은 중전도, 수심이도, 젊은 상궁도, 정화도 있었다. 얼굴을 알지 못하는 궁의 여인들도 보였다. 그들은 누구를 응원하지도, 질타하지도 않았다. 그들은 무표정한 얼굴로 자신들과 함께할 자를 기다렸다. 그래, 향이와 함께라면 저승길도 외롭지는 않겠지.

세자의 말처럼 평화로운 시대가 오면 궁의 여인 몇 죽이는 것이게 뭐 대수일까. 이승의 일은 이젠 나와 상관없었다. 눈이 점점 감겼다. 흐릿해진 시선 사이로 향이가 물을 토하며 몸을 일으켰다. 세자가 등을 돌렸다.

만약 내가 이대로 죽으면 향이도 죽는다. 나는 정신을 차려야만 한다. 나는 입술을 꽉 깨물었다. 피 맛이 났다. 내 입에서도 으르렁 거리는 소리가 났다. 온 힘을 다해 오른손을 들었다. 세자의 큰 두 눈이 나를 보며 빙긋 웃었다.

세자는 내 목젖을 더 세게 눌렀다. 나는 세자의 눈을 뚫어져라 쳐 다봤다. 더는 그 눈이 보기 싫어졌다.

"이제 그만하자."

나는 그대로 손가락을 세자의 눈에 꽂아버렸다.

생선의 내장을 훑는 것 같은 물컹거리는 느낌이 났다. 세자의 비 명이 연이어 들렸다. 멈추면 안 된다. 더 깊숙이 손가락을 푹 찔러 넣었다.

세자는 고통으로 온몸을 비틀었다. 나는 세자의 고통을 물끄러미 바라봤다. 그리고 손가락을 잡아 뺐다. 세자의 눈에서 피가 뿜어져 나왔다. 세자는 내 목을 잡았던 손을 놓고 물속에서 휘청거렸다. 나 는 있는 힘을 다해 세자의 머리를 물에 밀어 넣었다.

세자는 발버둥을 쳤다. 물 아래에서 내 다리를 끌어내렸다. 하지 만 나는 지지 않고 세자의 머리를 눌렀다. 나는 눈을 감고 외쳤다.

"제발 죽어!"

얼마나 흘렀을까.

향이가 내 손을 잡아 세웠다. 세자는 더 이상 움직이지 않았다. 나 는 주위를 둘러봤다. 모든 것이 핏빛이었다. 나는 한동안 꿈쩍도 못 한 채 물 위로 떠오른 세자의 시체를 바라만 봤다. 당장에라도 벌떡 일어나 다시 물속으로 나를 처넣을 것만 같았다. 나는 다시 돌을 찾아 쥐었다.

"중전마마."

향이가 일어나 나를 불렀다.

"다 끝났어요."

그때야 나는 손에 든 돌을 놓았다.

날이 서서히 밝아오고 있었다. 하늘을 올려다봤다. 나는 살아남
았다.

56

나는 향이를 안은 채 왕의 침전으로 걸어갔다.

침전을 지키는 세자의 호위무사들이 보였다. 나는 향이를 계단에
앉혔다. 얼굴에 서서히 핏기가 돌았다.

동문을 지나자 호위무사들이 나를 막아섰다. 그들의 얼굴에는 당
혹감이 역력했다. 그들은 세자를 기다렸겠지. 내가 살아 돌아올 줄
은 꿈에도 몰랐겠지.

당황한 호위무사의 칼날이 흔들렸다. 나는 호위무사의 칼을 손으
로 치웠다. 그들은 나를 죽이지 못한다. 칼보다 강한 것이 나였다.
아니, 중전이라는 자리였다.

나는 침전의 모든 문을 열어젖혔다.

코를 찌르는 시큼한 냄새가 났다. 급히 요강을 들고 나와 바닥에 내동댕이쳤다.

"중전마마, 괜찮으십니까?"

좌의정의 목소리였다. 뒤를 돌아보니 연이어 영의정과 세자빈의 아비도 남문으로 들어왔다. 뒤로 사병들도 보였다. 나는 그들을 바라봤다. 그들은 과연 내 편일까?

"서찰을 받고 전하를 지키기 위해서 사병을 데리고 왔습니다."

세자를 먼저 만났다면 이상한 서찰을 받아 중전의 역모를 감지하고 들어왔다고 했겠지. 그들은 언제나 이긴 자에 설 뿐이었다.

뒤에서 익숙한 목소리가 들렸다.

"중전."

왕이었다. 왕의 눈이 초점을 찾고 있었다.

"나 좀, 여기서 꺼내줘요."

나는 왕에게 손을 내밀었다. 왕은 힘겹게 내 손을 잡았다.

아침, 온천에서 세자의 익사체가 발견됐다.

대신들이 소집됐다. 왕은 정신을 조금씩 찾고 있었다. 나는 그의 뒤에 발을 치고 앉았다.

대신들은 입은 닫은 채 서로의 눈치를 살폈다.

정전의 문이 열렸다. 공희가 현상궁의 부축을 받으며 들어왔다. 하룻밤 사이에 공희의 얼굴은 까맣게 타들어 갔다. 여기저기서 놀라는 소리가 들렸다. 공희는 발 너머의 나를 물끄러미 바라봤다. 내가 고개를 끄덕이자 공희가 힘겹게 입을 열었다.

"세자마마가 저에게 풀을 줬습니다. 그 풀을 먹으면 아픈 기억을 잊을 수 있다면서요."

공희의 입에서 검은 피가 쏟아져 나왔다. 고개를 돌리는 대신들이 보였다. 공희는 마지막 힘까지 다 끌어모으고 있었다.

"그것은 점차 기억을 잃고 죽게 만드는 독초였습니다."

나는 현상궁에게 눈짓을 했다. 문이 열리고 정전을 울리는 발걸음 소리가 들렸다. 세자빈의 모습이 햇살 아래 드러났다. 대신들이 놀란 눈으로 세자빈을 쳐다봤다. 입을 벌리고 닫지 못하는 자도 있었다.

세자빈은 궁녀 넷의 부축을 받으며 정전으로 들어왔다. 세자빈이 왕과 나에게 인사를 하려고 몸을 숙이자 왕이 세자빈을 저지했다. 세자빈은 힘겹게 다시 고개를 들고 침을 삼켰다.

"동궁에서 왕의 침전에서 태운 것과 같은 풀을 발견했습니다. 세자는 그 독초를 공희에게 먹였습니다. 그리고 저에게도 먹이려고 했습니다."

세자빈의 말에 대신들이 술렁이기 시작했다. 세자의 방에서 망상초는 나오지 않았다. 세자빈의 입에 쑤셔 넣은 풀은 망상초가 아니었다. 하지만 상관없었다. 세자는 죽었다. 모든 죄는 그의 몫이 될 것이다.

이제 내가 나서야 할 때다. 원래 나는 세자를 세워놓고 이런 말을 할 생각이었다.

기억을 잃은 왕의 침전에서 이상한 냄새를 맡았다. 그날 밤, 세자가 나를 폐위시키기 위해 공희에게 독초를 먹이고 중궁전으로 보냈다. 여색을 탐하는 중전으로 만들기 위해서. 그런데 정신을 잃은 공희의 입에서 익숙한 냄새가 났다. 왕의 침전에서 맡은 냄새와 같은 것이었다. 나는 그 길로 왕의 침전으로 달려갔다. 그리고 왕의 침전에서 이상한 풀을 발견했다. 공희는 세자가 풀을 준 것을 실토했다. 그러나 증거가 필요했다. 나는 동궁을 의심 없이 드나들 수 있는 세자빈에게 부탁을 했다. 그리고 왕의 처소에서 나온 풀이 세자의 처소에서 나왔다. 세자는 독초를 태워 왕의 기억을 잃게 만든 다음 서서히 죽이려고 했다.

내 말이 끝나면 광기 어린 세자가 나에게 다가와 중전, 말도 안 되는 소리는 때려치우라고 했겠지. 다시 날 위기에 몰아넣기 위해 모함을 하고 계략을 꾸몄겠지. 큰 두 눈이 대신들의 마음을 휘어잡겠지. 내 눈은 어느새 정전에 선 세자를 찾아 헤맸다. 하지만 세자는 없었다. 나는 대신들을 내려다봤다.

"세자는 전하를 죽이고 왕이 되려고 했습니다."

우의정 최현의 눈이 가늘어졌다. 나는 그에게도 서찰을 보냈다. 하지만 세자를 지지하는 그는 궁에 오지 않았다. 그의 목소리가 정전에 울려 퍼졌다.

"중전마마, 죽은 자는 말할 수 있는 입이 없죠. 지금 모든 죄를 세자에게 뒤집어씌우시려고 하는 겁니까?"

나를 모함하고 끌어내리려는 세력은 앞으로도 계속 있을 것이다. 나는 목을 가다듬었다.

"우의정 대감께서는 세자와 긴밀한 사이셨지요? 망상초라는 것은 왜에서 들어왔다고 들었습니다. 지난해 왜의 사신단이 왔을 때, 우의정 대감께서도 축하연에 같이 계셨지요?"

왜의 사신단을 맞이한 대신은 한둘이 아니었다. 영의정도, 좌의정도 있었다. 하지만 그런 것은 중요하지 않았다. 나는 최현을 위협하는 것이다. 역모에 얽히면 우의정이라도 무사할 수 없었다.

우의정은 급히 눈을 내리깔고 내 시선을 피했다. 대신들은 모두 숨을 죽였다. 영의정이 재빠르게 대화의 흐름을 바꿨다.

"주상전하 심신이 미약하신데, 앞으로 종사의 일은 누가 이끌어나갈 수 있겠습니까?"

다시 침묵이 흘렀다.

"중전마마가 계시지 않습니까?"

세자빈의 아버지였다. 놀라움의 소리와 긍정도 부정도 하지 못하고 서성이는 자들.

나는 내 앞에 가로막힌 발을 걷어내고 왕의 옆으로 걸어갔다. 영의정이 제일 먼저 고개를 숙이고 엎드렸다.

왕당파의 지지 세력들은 영의정을 따랐다. 못마땅한 얼굴로 고개를 숙이는 자들도 있었다. 하지만 조정의 모든 대신들이 내 발아래 고개를 조아렸다.

　나는 이제 모든 사건을 마무리 지어야 했다. 나는 고개 숙인 대신들을 찬찬히 내려다봤다. 그리고 입을 열었다.

　"세자는 어젯밤 지병으로 세상을 떠났습니다."

이 별

57

창문을 열어 목련을 보다가 문득 궁을 거닐고 싶어졌다. 오전 중으로 해야 할 지시사항도 모두 하달한 상태였다. 치마를 조심스럽게 펴며 자리에서 일어났다. 현상궁과 궁녀들이 뒤따랐다. 지나가는 궁녀들과 내관들이 고개를 숙여 인사를 했다.

나는 인자한 미소를 지으며 그들에게 모두 고개 인사를 해주었다. 소주방에서는 온종일 음식 냄새가 흘러나왔다. 귀퉁이에 서서 냄새를 한참 맡았다. 현상궁과 궁녀들도 멈춰 섰다. 우리는 모두 봄날의 고양이라도 된 듯이 햇살을 받으며 코를 킁킁거렸다.

궁녀 아이 하나가 웃음을 터뜨렸다. 누가 말릴 사이도 없이 모두 웃음을 터뜨렸다. 마치 처음으로 웃어보는 사람들처럼 우리는 서로의 얼굴을 보며 입도 가리지 않은 채 웃었다.

고양이 한 마리가 다가와서는 내 발밑에 배를 깔고 누웠다.

"이 아이도 중전마마를 알아보나 봅니다."

나는 다시 길을 걷기 시작했다. 궁에 들어온 이후로 궁을 찬찬히 본 적이 있었던가.

속으로 더듬어봤다. 매일매일 무언가에 쫓기듯 살다 보니 이 아름 다운 궁을 한 번 제대로 본 적이 없었다. 발길이 멈춘 곳은 동궁이었 다.

세자는 지병으로 세상을 떠난 것으로 처리됐다. 왕은 어의들의 도 움으로 기억을 되찾는 시간이 늘긴 했지만 일시적인 현상일 뿐이라 고 했다. 나는 발 뒤에서 조정대신들에게 왕 대신 어명을 내렸다. 내 배는 향이의 배가 솟는 만큼 따라서 부풀어 올랐다.

빈궁전도 단장을 했다. 하지만 세자빈은 다시 방에서만 생활할 수 밖에 없었다. 부러진 다리가 살에 파묻혀서 더는 구실을 하지 못한 다고 했다. 나는 소주방에 매일 맛있는 음식을 쉬지 않고 대라고 일 렀다.

"닭 뼈도 나오지 않는다고 합니다."

현상궁이 빈궁전을 슬쩍 들여다보곤 고했다.

"현상궁, 가끔 내가 무서워요. 아비에겐 아편을 대주고, 최문호는 함경도에서 죽였습니다. 세자빈에게 기름진 음식을 대는 게 꼭 세자 빈을 위해서겠습니까?"

세자빈의 아비는 세자가 죽자 세력을 모아 나에게 힘을 보탰다.

아직은 순종적이었지만, 언젠가 그는 또 다른 생각을 품을지도 몰랐다. 나는 그날을 위해 세자빈에게 음식을 대주는 것이었다.

그가 나를 떠나면 나는 세자빈의 음식에 독을 탈 것이다. 세자빈에게 음식은 아편과 같은 것이었다. 끊을 수가 없었다. 세자빈은 독이 든 음식이라도 한 번에 들이킬 게 뻔했다.

"공희의 아비는 침입이 잦은 북방의 병사로 보냈습니다."

매일매일 난이 일어나는 곳이었다. 난에는 상처도, 아픔도, 슬픔도 있었다. 공희의 새 아비는 내가 공희에게 약조한 것처럼 죽는 순간까지 매일매일 고통을 겪을 것이다.

하염없이 궁을 걷고 또 걸었다. 정화가 죽은 존덕지를 지나자 다리가 아파왔다. 졸음도 쏟아졌다.

중궁전에서 나는 긴 낮잠을 청했다. 반쯤 열린 창문 사이로 목련이 흐드러지게 폈다. 모든 게 꿈처럼 멀어지다가 암흑의 세계로 들어갔다. 나는 꿈속에서도 여전히 걸었다. 나무 한 그루가 바람에 가지를 흩날리고 있었다.

나무 아래 앉아 지친 다리를 매만졌다. 졸음이 몰려오고 잠시 눈을 감았다. 무언가가 얼굴을 만지는 느낌이 났다. 눈을 뜨니 강아지 한 마리가 내 뺨을 혀로 핥고 있었다. 강아지의 까만 눈동자에 내가 비쳤다. 머리가 하얗게 새어버린.

문이 열리고 현상궁이 뛰어 들어왔다.

"중전마마, 향이마마가 곧 몸을 푸실 것 같습니다."

중궁전에 산실이 차려졌다. 입이 무거운 의녀를 불렀다. 향이는 몇 번을 정신을 잃을 듯 차렸다. 나는 옆에서 그저 향이의 손을 꼭 잡고 있을 수밖에 없었다. 하나의 생명이 태어나는 것은 고통의 연속이었다. 우리는 왜 이 세상에 나온 걸까. 사는 건 더한 고통인데.

의녀가 걱정스러운 눈으로 나를 올려다봤다.

"다리부터 나옵니다."

머리부터 나오지 못하는 아이들은 산고의 시간이 길어지면 숨통이 막혀 죽기 일쑤였다.

나는 향이의 손을 꽉 쥐었다.

"향이야, 포기하지 마."

향이는 힘들게 고개를 끄덕였다.

세자의 협박 속에서도, 생사가 오가는 온천에서도 살아남은 아이다. 아비를 죽이고 생명을 얻은 아이다. 나를 닮은 아이다. 우린 꼭 살아남을 것이다.

향이가 입술을 꽉 물었다. 배에 힘을 주고 서까래에 매단 무명천을 힘껏 잡아당겼다. 의녀의 얼굴이 점차 밝아졌다.

"중전마마, 드디어 머리가 나옵니다."

아이가 태어났다. 사내아이였다. 아이는 곧 첫울음을 터뜨렸다. 지금 실컷 울어라. 목이 쉬고 눈물이 마를 때까지 울어라. 왕이 될 아이다. 거짓이라도 눈물보단 웃음을 보여야 할 시간이 많을 것이다. 그게 너의 운명이다.

나는 왕에게 아이를 보였다. 왕은 망상초의 후유증으로 여전히 기억이 흐렸다 맑아졌다 했다.

"전하, 전하의 아들입니다. 이 나라의 왕이 될 아이입니다."

왕은 아이를 보고 나를 올려다봤다. 두 눈에 두려움이 가득했다.

"중전."

나는 왕을 바라봤다.

"내가 개 새끼를 들였군요."

58

세자를 지지하던 세력의 대부분이 세자가 죽자 왕당파로 옮겨왔다. 그리고 나에게 와서 고개를 조아렸다. 살아남기 위해서.

"왕자를 생산하신 것을 감축하옵니다, 중전마마!"

영의정이 마룻바닥에 이마가 닿도록 고개를 숙였다. 잇따라 모든 대신이 고개를 숙이고 외쳤다.

"감축하옵니다, 중전마마!"

세자의 죽음은 더 이상 아무도 입에 올리지 않았다. 아니, 이 나라에 세자는 없었다. 나와 향이의 아들을 두고 세자 책봉이 빠르게 논의됐다.

누군가 목을 가다듬는 소리가 들렸다. 우의정 최현이었다.

"왕자의 탄생도 분명 축하해야 할 일이지요. 하지만 이상한 소문이 돕니다. 향이라는 세자의 후궁이 아직 궁에 남아 있다면서요?"

세자가 죽으면 빈을 제외한 모든 후궁은 궁을 나가야만 했다.

"그 아이가 죽은 세자마마의 아이를 가졌다는 말도 돕니다. 이게 무슨 해괴망측한 소문입니까?"

분명 최현 대감도 궁에 궁녀나 내관 몇 명쯤은 매수했을 것이다. 조정에 그러지 않은 자가 어디 있겠는가.

"세자를 아직도 추종하는 세력은 세자가 궁 안 어디에 살아있다고 믿는다고 하더이다. 중전이 죽지 않을 만큼의 음식만 주면서 개나, 돼지나, 소처럼 가뒀다고도 하더이다. 이 얼마나 해괴망측한 소문입니까? 우의정께서는 이 뜬소문을 믿으세요?"

최현 대감은 거친 기침 몇 번을 해댔다. 지금 그가 흠집을 내고자 하는 상대는 바로 나일 것이다. 아무리 조심한다고 해도 말은 어디서나 새어 나왔다.

"왕께서는 몸져누워 계십니다. 세자는 지병으로 세상을 떠났고, 저는 이제 갓 왕자를 생산했습니다. 왕의 명으로 조정의 일을 맡았지만 제 나이 이제 겨우 열여섯입니다. 지금 제게 필요한 것은 날 선 비판이 아니라 저보다 세상을 오래 산 조정 대신들의 진심 어린 충고와 조언입니다. 그것을 명심해주세요."

나는 고개를 조아린 대신들을 하나하나 눈에 담았다. 불편한 기색이 역력한 몇몇이 눈에 띄었다. 지금 내 말은 부탁이 아니었다. 선전 포고였다. 날 비판하는 자들은 여기서 살아남지 못할 것이다.

중궁전 문을 열자 몸을 푼 향이가 아이에게 젖을 먹이고 있었다. 나는 다가가서 땀에 젖은 향이의 머리를 가만히 어루만졌다. 향이가 배냇웃음을 짓는 아기를 나에게 내밀었다.

"중전마마, 꼭 마마를 닮았어요."

나는 아이를 품에 안고 향이를 올려다봤다.

"향이야, 이 아이는 나의 아이로 키울 것이다. 왕의 핏줄이고 장차 이 나라의 왕이 될 세자로 자라날 것이야. 그러나 궁에 두 명의 어머니는 존재할 수 없어."

나는 마음이 약해졌다. 향이를 곁에 두고 싶었다.

"네가 싫다면 궁에 비밀 방을 만들어줄게. 이곳에서 영원히 나와 함께……."

향이가 고개를 가로저었다.

"저는 더는 궁에 있고 싶지 않습니다."

나는 향이의 붉어진 뺨을 손으로 어루만졌다.

"나는 궁에 갇혀서 왕이 될 것이야. 너는 내 대신 세상에 나가 자유로워져."

고개를 숙인 향이는 소리 죽여 눈물을 흘렸다.

향이는 아이에게 마지막 인사를 한 뒤 짐을 챙겨 궁의 뒷문으로 나갔다. 나는 향이에게 새 신분을 줬다. 양반의 딸로는 태어나지 못했지만 향이는 이제 어엿한 양반의 족보를 가지게 됐다. 평생 재물이 끊이지 않게 해줄 생각이다.

권세가들을 피해 남촌에 집을 마련해뒀지만 언제든 다른 곳으로 옮겨가도 됐다. 내가 가보지 못한 바다에도, 청나라에도, 왜국에도 가도 됐다. 아니 그러길 바랐다. 나는 향이의 마지막을 보지 않았다. 치맛단이라도 잡을까 두려워서였다.

"한참을 궁의 뒷문에서 서성이셨어요. 제가 믿는 아이 둘을 같이 보냈습니다. 걱정 마세요. 소식이야……"

"소식도 알려주지 마세요. 소식을 듣게 되면 보고 싶고, 보고 싶으면 만나고 싶은 것이 사람의 마음입니다. 저한테 향이는 죽은 사람입니다."

현상궁이 내 앞에 앉아 남령초를 내밀었다.

"모든 건 연기에 날려 보내세요."

나는 남령초를 길게 빨아들였다. 처음과 달리 기침도 나지 않았다. 온몸을 훑고 나온 연기가 입 밖으로 나오자마자 공기 중으로 흩어졌다.

"이래서 남령초를 피우나 보군요."

"이 한 대에 아픈 일도, 슬픈 일도 모두 다 날려 보내죠. 그래야 내일을 또 살지 않겠습니까?"

나는 향이를 연기와 함께 보냈다.

그날 밤, 궁의 모든 내관과 궁녀들이 인정전 앞에 모였다. 오백이 넘는 수였다. 이 중에는 내 얼굴조차 모르는 궁녀도 있었다. 나는 그들 앞에 중전의 복장을 갖추고 섰다. 모두 고개를 조아리고 얼굴조차 들지 못했다. 현상궁이 횃불을 들고 그들 앞에 나섰다.

현상궁이 얼핏 나를 쳐다봤다. 내가 고개를 끄덕이자 현상궁은 목을 몇 번 가다듬더니 모인 궁녀와 내관들을 향해 소리쳤다.

"궁은 살아있다. 모든 곳에 눈과 귀와 입이 있다. 너희는 모든 것을 보고 듣는다. 그동안 궁에서는 잔인한 살인이 이어지고 우리의 동료들이 죽어 나갔다. 수많은 추문이 꼬리에 꼬리를 물었다. 이야기의 시작은 너희로부터일 것이다. 오늘부터 너희에게 눈과 귀는 있어도 입은 없다. 앞으로 입을 함부로 놀리는 것들은 이 횃불로 입을 지져버릴 것이다. 명심하거라."

현상궁이 횃불을 든 채로 내관과 궁녀들 한 명, 한 명의 얼굴을 보며 지나쳐갔다.

뒤따르는 상궁들이 횃불을 내관과 궁녀들의 얼굴에 들이밀었다 뗐다. 궁녀들은 두 손으로 입을 꼭 가렸다. 상궁들의 엄한 목소리가 궁 안에 퍼졌다.

"쥐부리 글려, 쥐부리 지져!"

현상궁과 나는 나란히 서서 횃불로 입을 지지는 시늉을 하는 상궁들을 쳐다봤다.

"현상궁, 현상궁도 이름이라는 게 있지요? 처음부터 현상궁이지는 않았을 거 아닙니까?"

미소를 머금은 현상궁이 입을 열었다.

"경지입니다."

이름이 낯설었다. 우리는 모두 궁에서 자신의 이름을 잊어가고 있었다.

나는 현상궁을 올려다봤다.

"현상궁, 내 이름은 순옥이에요. 순할 순(順)에, 구슬 옥(玉)자. 내가 이제는 개가 되어야 할 것 같아요. 혹시 제가 돌아오지 못하면, 그때 이름을 불러주세요. 그럼, 정신 차리고 돌아올 수 있을 것 같아요."

현상궁은 단호하게 고개를 끄덕였다.

에필로그

구름을 걷는 왕의 눈이 서서히 감겼다. 뼈밖에 남지 않은 왕의 손이 내 손을 힘없이 잡았다.

"다음 왕은 누구인가?"

나는 왕의 귀에다 대고 속삭였다.

"이제 당신의 왕조는 끝났어요. 내 왕조가 시작될 것입니다."

왕은 쓸쓸한 웃음을 지은 채 그대로 죽었다. 열아홉에 왕의 자리에 올라 이십 년을 넘게 이 나라를 통치했다. 조세제도를 개편하고 법전을 보강했다. 적잖은 업적들이 과장돼 적힐 것이다. 그가 살인자라는 사실만 빼고.

나는 어린 왕을 앞세워 여전히 발 뒤에서 수렴청정을 했다. 그리고 삼년상이 지나자마자 전국에 금혼령을 내렸다. 왕비를 맞아들일 때였다.

현상궁이 처자단자를 올린 가문의 명단을 내밀었다.

"어리게는 열 살에서 많게는 열다섯까지입니다. 전하의 나이에 맞춰서 연령에 제한을 뒀습니다."

현상궁의 머리는 하얗게 새어버렸다. 나이가 들면서 젊은 상궁의 칼에 찔린 오른쪽으로 몸도 조금 기울었다.

"현상궁도 늙었어요."

기가 차다는 듯 현상궁이 웃었다.

"요즘 거울도 안 보십니까? 대비마마는 뭐 안 늙으신 줄 아십니까?"

옆에 놓인 경대를 열었다. 눈가와 입매에 깊은 주름이 지기 시작했다.

"참, 사가의 아버님이 위독하시답니다."

아버지라. 참으로 오랜만에 듣는 호칭이었다. 나는 아비에게 아편을 대주었다 끊기를 반복했다. 아비는 아편을 끊을 때마다 무릎을 꿇고 내 발을 핥았다.

"임종을 지키시는 게."

"대신들에게 흠을 안 잡히겠지요?"

현상궁이 나이만큼 느리게 고개를 끄덕였다.

"현상궁도 노모를 보고 오세요."

노름에 빠진 현상궁의 오라버니는 노모가 죽기도 전에 노름빚 때문에 맞아 죽고 말았다. 내가 손쓸 필요도 없었다. 세상일은 어쩌면 모든 것이 정해져 있는지도 모르겠다. 아무리 발버둥쳐도 난 중전이 되고 이렇게 살아남을 운명이었었는지도.

"가마는 한 대면 됩니다. 궁녀도 다섯이면 되고요. 호위무사는 네 명이면 족해요."

북촌에 마련된 아버지의 집은 시령부원군이 살던 곳이었다. 부원군이 죽으면서 세가 급격하게 기운 가문에서 집을 팔았다.

아버지가 이곳을 산 이유를 어렴풋하게나마 짐작할 수 있었다. 자신의 영광이 시작된 곳이었다.

문을 두드리자 나이 든 남자 한 명이 문을 열었다. 내가 맨 처음 이 집을 찾았을 때도 문을 열어준 그 문지기였다. 이제 제법 나이가 들어 앞머리가 훵했다.

문지기는 예전의 눈빛 그대로 나를 한 번 흘깃 쳐다보곤 아무 말 없이 사랑채로 안내했다. 이태 전에 어머니가 죽고 난 후 아버지 곁에 붙은 첩이 나를 반겼다. 어머니는 밤중에 홀로 조용히 숨을 거뒀다. 평생을 고통을 짊어지고 산 어머니에게 다행히 죽음만큼은 평온했다.

"안 그래도 아버지께서 무척 보고 싶어 하셨어요."

내 명에 따라 아버지에게 아편을 대주고 끊기를 반복한 첩이 사랑채의 문을 열었다. 이부자리에 누운 아버지는 아편 때문에 또래보다 열 살은 더 많아 보였다. 아버지는 나를 보자 썩어 들어간 잇몸을 드러내며 웃었다.

"순옥아, 내 딸아."

나는 아버지 앞에 무릎을 꿇고 앉았다. 죽음이 모든 것을 용서해 줄 것이라는 생각은 착각에 불과하다. 나는 죽어가는 아버지를 차갑게 내려다봤다. 아버지는 피식 웃었다.

"아직도 그 말이 생각나지 뭐냐. 시령부원군의 사랑채에서 들었던 그 말이. 누가 나와 같이 딸자식을 팔아 권세를 얻지 않겠소?"

벌써 십수 년이 흘렀지만 또렷이 기억했다. 사랑채 문 너머로 보던 시령부원군의 몸짓과 말투.

"권세를 얻어 보니 어떠셨나요?"

"너는 어떠냐? 왕을 죽이고, 세자를 죽이고, 모두 다 죽이고 그 자리에 앉아보니?"

나는 대답을 하지 않았다. 아버지는 마지막까지 악담을 뱉었다.

"이년아, 너도 언젠간 죽어."

아버지의 손이 맥없이 축 처졌다. 나는 소리 높여서 울었다. 진심으로 눈물이 났다. 그러나 아버지가 죽어서 슬픈 것은 아니었다. 이제 내 곁에 있던 모든 이들이 죽었다. 내가 죽인 이도, 세월이 다 해 죽은 이도 있었다. 이 자리에서 버티기 위해서 수많은 이들을 유배 보내고 죽였다. 어느 날은 기분에 따라 참형을 명하기도 했다. 말하지 않지만 대신들은 나를 두려워했다. 결국, 나도 개가 되었다. 나는 눈물을 훔치고 일어섰다.

밤은 어두웠다. 어둠 속에서는 아무도 나의 표정을 읽지 못할 것
이다. 나는 가마를 잠시 세웠다.

"남촌으로 가주게."

가마는 곧 방향을 틀었다. 향이의 집 앞에서 가마가 멈췄다. 향이
가 떠난 후에 정인을 두기도 했다. 어쩔 땐 궁녀 아이였고, 하급 관
리이기도 했다. 그러나 잠시뿐이었다. 그들의 말이 지겨워지고 웃음
이 미워지면 가차 없이 죽이거나 유배를 보냈다.

현상궁이 향이의 소식을 들려주지 않은 것은 아니었다. 잠 못 들
고 뒤척이면 향이가 보낸 서찰을 읽어줬다. 내가 보지 못한 바다를
보았다고 했다. 그리고 미천한 가문의 남자와 혼인해서 아이도 여럿
낳았다고 했다. 나는 가마에서 나오지 않은 채 눈을 감았다. 피곤했
다. 가마는 다시 들려서 움직였다. 궁으로 향하고 있었다. 나는 흔들
리는 가마 안에서 잠을 청했다.

간택 날에 맞춰 지은 노란 저고리에 다홍치마를 입고 가마에서 내
리는 열다섯의 내가 보였다. 그날 올려다본 하늘은 구름 하나 없는
푸른빛이었다. 나는 뒤를 돌아봤다. 뒤로 나와 같은 복장을 한 아이
들이 열 명은 족히 더 있었다. 나는 발길을 돌려 아이들을 헤치고 뛰
어가기 시작했다. 이곳에서 벗어나고 싶었다. 그 순간 누군가 내 어
깨를 잡았다. 뒤돌아보니 지금의 내가 서 있었다.

꿈에서 깼을 때, 가마는 궁의 문을 통과하고 있었다. 이제 이곳이
내 집이다. 내가 죽을 곳이다.

중전 간택일이 찾아왔다. 각종 가문의 처자들이 궁으로 모여들었다. 첫 관문은 예전에 내가 했듯이 앵무새 피를 손목에 흘려 처녀임을 증명하는 것이다. 다음으로는 타락죽을 먹는 모습으로 됨됨이를 평가했다.

마지막으로 남은 세 명의 처자가 내 앞에 정수리를 보이며 앉았다. 현상궁이 언질을 준 처자는 경주 김씨 가문 김호조 참판의 둘째 딸이었다. 이변이 없는 한 이 아이가 다음 중전이 될 것이다.

김호조는 욕심이 없기로 정평이 나 있는 데다가 겁이 많았다. 김호조의 여식은 인물은 뛰어나지 않았지만 길게 뻗은 눈매가 마음에 들었다.

"중전에게 가장 필요한 덕목이 무엇이라고 생각하는가?"

나는 후보들에게 물었다.

"매사에 지혜로움과 모두를 너그럽게 이해하고, 후사를 생산할 만큼 건강해야 합니다."

김호조의 여식이 뻔한 답을 내놓았다. 아마 배운 대로, 본 대로 행하는 착한 중전이 될 것이다.

"글쎄요. 버티겠다는 다짐이 아닐까요?"

옆에 앉았던 진주 정씨 정황의 여식이 끼어들었다. 서글서글한 눈매와 달리 입매가 무척이나 야무져 보였다.

"버티겠다는 다짐?"

내가 되묻자 정황의 여식이 내 눈을 똑바로 바라봤다.

"이 나라의 왕인 사내를 지아비로 모신 여인은 궁에서 일어나는 모든 일을 알아야 하지만 모른 척도 해야 합니다. 그러려면 참고 견디는 나날이 계속될 것이기 때문입니다."

후보에도 없던 정황 여식의 말이 내 마음을 흔들었다. 아비와 어미는 어릴 적 역병으로 죽었다고 했다. 큰아버지 밑에서 자랐다고 하니 그동안의 마음고생이 그녀의 대답을 만들었을 것이다.

눈치만 보고 있는 세 번째 후보는 대답을 듣지 않아도 이미 탈락이었다. 결정이 꽤 어려워졌다. 현상궁이 옆에서 가만히 내 어깨를 잡고 눈짓을 했다. 과거는 반복되면 안 됐다.

"대비마마, 이제 결정을 하시지요."

나는 결국 내정된 김호조의 여식을 중전으로 선택했다.

현상궁이 이부자리를 매만졌다. 자꾸 오른쪽으로 기우는 몸이 힘에 겨워 보였다.

"이제 잠자리는 어린 궁녀에게 시키세요."

현상궁은 고개를 저었다.

"이래야 오늘도 살아남았구나, 그런 생각이 드니 죽을 때까지 할 것입니다."

내가 빙긋 웃어 보이자 현상궁이 다가와 귀에다 속삭였다.

"순옥아."

이제 사람이 될 시간이다.

나는 화장을 지우고 대비의 옷을 벗었다. 머리를 온종일 짓누른 가체를 덜어냈다. 이불 속으로 들어가 베개에 머리를 댔다. 현상궁이 촛불을 끄고 대비전의 문을 닫았다.

잠시 후에 문이 열리더니 수심이 들어왔다. 여전히 특색 없는 얼굴이다. 창문을 열고 얼굴 반쪽이 날아가 버린 정화가 들어와 곁에 앉았다. 젊은 상궁이 윤기 나는 까만 머리를 풀어헤친 채 뒤를 따랐다. 천장에서 죽은 중전이 바닥으로 내려왔다.

몸을 돌리자 공희가 내 옆으로 누웠다. 모두들 내 곁에 옹기종기 모여들었다. 문 너머로 거친 발소리가 들렸다. 나는 눈을 꼭 감았다. 보지 않아도 세자일 것이다. 매일 밤 그들은 나를 찾았다. 나는 속으로 잠자리에 들 때마다 했던 다짐을 읊조렸다.

오늘만, 오늘만 견디자.